A E
& I

Venirse arriba

Autores Españoles e Iberoamericanos

Borja Cobeaga
Diego San José

Venirse arriba

Con la colaboración de Juan Cavestany

Planeta

Avda. Diagonal, 662-664, 08034 Barcelona
www.editorial.planeta.es
www.planetadelibros.com

Diseño de la colección: © Compañía

Primera edición: octubre de 2014
Depósito legal: B. 20.921-2014
ISBN: 978-84-08-13254-7
Preimpresión: Víctor Igual, S. L.
Impresión: Rotapapel
Printed in Spain - Impreso en España

El papel utilizado para la impresión de este libro es cien por cien libre de cloro y está calificado como **papel ecológico**

1

—¡Orgasmus!

Miguel soltó la palabra clave como quien planta sobre la mesa la carta ganadora que pone la partida patas arriba.

Pero nada. Silencio. La única sonrisa que provocó entre los asistentes a la fiesta era la suya propia, que de hecho ya le estaba costando bastante esfuerzo mantener.

Miguel Roncero no era delgado porque hiciera dieta o fuese al gimnasio. Ni siquiera tenía que ver con su metabolismo. Eran los nervios. Así su nariz no era especialmente grande, pero lo parecía, y sus piernas no eran demasiado largas, pero parecían dos alambres. Y ahora se estaba poniendo muy nervioso.

¿Cómo podía ser que ese juego de palabras que tanta gracia hacía en la Universidad de Oviedo, antes de irse de erasmus, no funcionara en Ámsterdam? No podía ser. Había que volver a intentarlo.

—¡Or-gas-mus!

Esta vez marcó bien las sílabas. Era como utilizar un desfibrilador para resucitar chistes muertos. Silencio. Que alguien se riera, por favor, aunque solo fuera por un efecto colateral del alcohol o por compasión. Pero no reía absolutamente nadie. Y lo que es peor, no reía Marion.

Esa mañana, mientras se dirigía en bici al Lidl que había al otro lado del Sarphatipark, al oeste de la ciudad, ya se le había pasado por la cabeza que esa fiesta podría acabar en desastre. Sobre la mesa, el plan parecía incontestable: una celebración de temática española con vino de la Tierra de Castilla y un jamón serrano envasado que guardaba desde su última visita a España en Navidades. Para no quedarse corto a ojos de Marion, también iba a sacar tres tabletas de turrón para el centro, aunque estuvieran en mayo. Adquirió en el Lidl un queso que sin etiqueta podría parecer manchego y un embutido en barra de Rumanía con la esperanza de que pasara por fuet, siempre que ninguno de los asistentes conociera el fuet, claro.

—Es que *orgasmus* en castellano suena como si mezclas *Erasmus* con *orgasmo*, ahí está el quid de la cosa —trató de explicar. Cuando se juntaban estudiantes de varias nacionalidades, se hablaba inglés—. *Orgas* de *orgasmo* y el *mus* es el final de...

—Te hemos entendido —intentó zanjar Fernando, su compañero de piso, un chaval de Huelva con patillas de bandolero que le daban un aspecto canalla y un inconfundible aire latino.

—Quedaos con el juego de palabras porque cuando lo pilléis os va a entrar la risa con efecto retardado —insistió—. Bueno, técnicamente no es un juego de palabras porque es solo una...

Alguien se rio un poco, lo cual a estas alturas ya era casi peor. Parecía que la fiesta no podía empeorar, pero sí, en ese momento empezó a sonar una baladita de Chambao.

—¿Qué te pasa? Estás tenso.

En cuanto se disolvió el corrillo, Fernando aprovechó para interrogar a su compañero de piso.

—No teníamos que haberla hecho hoy, te lo dije. Por culpa del partido de fútbol hay gente que no ha venido. —Miguel trataba de justificar el más que patente fracaso de la fiesta.

—¿Qué partido?

—Hoy se decide la Liga holandesa, es el partido del siglo. El Ajax contra no sé quién, bueno, no sé si es el Ajax, pero alguien así. Por eso no ha venido más gente.

—No, no es por eso. Es porque los italianos han organizado otra fiesta. Han alquilado una barca con karaoke portátil y llevan toda la tarde por los canales —soltó Fernando convencido de que su fiesta no podía competir con esa bacanal flotante.

—La próxima vez que hagamos una fiesta, que no coincida con la Liga holandesa, te lo pido por favor.

—No sé si vamos a hacer más fiestas, Miguel.

Esa era una de las dos frases que menos quería escuchar Miguel esa noche.

—Y relájate un poco, que me parece que Marion se está aburriendo.

Y esta era la otra.

Fernando y él cursaban el tercer año de Empresariales en Ámsterdam con una beca del Plan de Acción de la Comunidad Europea para la Movilidad de Estudiantes Universitarios, más conocido como programa Erasmus. Cuando Miguel se planteó irse a estudiar fuera, sus primeras opciones fueron Londres, Dublín y Manchester, pero, aunque se tiró dos cursos estudiando para conseguirlo, no le dio la media. Este contratiempo lo maquilló diciendo a sus amigos que había elegido Ámsterdam por su ambientazo canalla y la fiesta loca. Por eso, el primer día que visitó el apartamento con dos habitaciones, cocina integrada en el salón, suelo de tarima flotante y varios muebles sin alma de Ikea, se imaginó cientos de fiestas sin fin que se solapaban entre sí. Ocho meses después, esta era la primera y tenía pinta de estar acabando.

Y eso era lo único bueno que le podía pasar a esa fiesta: que dejara de ser una fiesta y se allanara el camino para quedarse a solas con Marion, esa compañera francesa de la facultad con la que llevaba ya un tiempo teniendo una «relación». Él mismo hacía las comillas en el aire cuando se lo explicaba a sus amigos.

La atracción fue mutua desde el momento en que ambos coincidieron en una apasionada defensa de la Teoría del empleo, de John Maynard Keynes, frente al sector friedmanita durante un debate en la Facultad de Empresariales. Marion era el tipo de persona que aseguraba tener «una fe ciega en la bondad del ser humano», pero a diferencia de muchos que solo habían leído cosas así en la solapa de algún libro de Paulo Coelho, ella lo demostraba en la práctica con un optimismo irresistible. En su trato con los demás, engrandecía siempre a su interlocutor, que después se iba con la sensación de ser mejor persona. Miguel, más escéptico y confundido, nunca había conocido a nadie así. Alguien cuya constante alegría no le resultara un delirio gratuito.

Marion lo tenía todo. Una personalidad arrolladora, un sentido del humor puñetero y un novio en París con el que llevaba saliendo un par de años.

Claro, que Miguel también mantenía su novia del instituto en Asturias: Cova, una chica de Mieres que trabajaba en una perfumería Juteco mientras se sacaba un módulo de higienista bucodental. La existencia del novio francés y de Cova dejaba a Marion y a Miguel con las mismas posibilidades de dar rienda suelta a su incipiente «relación» (siempre con énfasis en las comillas). Es decir, ninguna.

—Estás tenso por Marion —afirmó Fernando.

—No —espetó Miguel, confirmando a su compañero que, efectivamente, era por eso.

Marion había llegado con sus dos compañeras de piso: una francesa muy tímida y otra belga, a las cuales Miguel visualizaba como dos obstáculos que debía despejar de su camino lo antes posible. Danielle y Sophie respondían al tópico de Guardia Pretoriana de la chica guapa: cuchicheando, controlando el perímetro y, sobre todo, escoltando a Marion como si fuera su nave nodriza. Miguel le ofreció a la belga un poco del embutido rumano.

—Se llama *fuet*. Es un embutido típico de Cataluña, bastante caro, por cierto —explicó Miguel.

Sophie cogió una rodaja y se la llevó a la boca.

—Está bueno —dijo—. ¿Sabías que en Rumanía hacen un salchichón muy parecido a este? Pero allí es barato.

—¿Ah, sí? Primera noticia que tengo.

Luego le ofreció a Marion, aunque no quiso probarlo.

También andaba por allí Matthijs, un profesor de Contabilidad de la Facultad de Empresariales al que Fernando había insistido en invitar para «hacer buenas migas». De momento el señor holandés de frente ancha y aspecto de haber sido funcionario desde párvulos se había apretado una tableta de turrón del duro y ahora empezaba con el de frutas confitadas. El séptimo del grupo era Kifimbo, un keniata que nadie sabía qué estudiaba ni qué pintaba allí, pero que Miguel no se había atrevido a echar de casa por no parecer racista. Obviamente, los demás erasmus habían preferido irse a la fiesta de los italianos.

—Seguro que la gente viene cuando acabe el partido de fútbol —dijo Miguel con la única esperanza de acabar convenciéndose a sí mismo.

Él no era muy futbolero, a pesar de haber presenciado en su momento el ascenso a Segunda B del Caudal Deportivo, el equipo de Mieres. Tenía once años y no entendía por qué su padre le llevó al campo a rastras. Sentado en el estadio Hermanos Antuña, Miguel comprendió que su padre había insistido tanto en llevarle para poder disimular dos bengalas pesqueras dentro de su anorak infantil. La celebración por lograr el campeonato de la Tercera División le parecía desproporcionada, ya que en realidad ni siquiera era literalmente la Tercera División. Era la cuarta, porque había dos segundas. Aun así, no volvió a ver a su padre celebrar nada más. De hecho, llevaba casi dos años sin verle y varios meses sin saber nada de él.

—Que la gente venga cuando quiera, ¡aquí nos lo estamos pasando mejor que en ningún otro sitio! —zanjó Marion lanzándole una sonrisa a Miguel. Luego se zumbó un chupito de vodka a su propia salud. La francesa era conocida también en las fiestas Erasmus por su alta tolerancia al alcohol y su inmunidad a la resaca.

De golpe, esa sonrisa de Marion consiguió que a Miguel ni le importara que estuviera sonando Café Quijano. Tampoco que Kifimbo, que bailaba *La Lola* moviendo más músculos de los que usaría Miguel para huir de un incendio envuelto en llamas, se estuviera adueñando de la fiesta.

—También me sé un chiste con un keniata —dijo Miguel—. Pero es en español, y en inglés no funciona, así que no puedo contarlo. No es nada incorrecto ni ofensivo, es simplemente que no se puede traducir. Si pudiera contarlo en inglés, cosa que no se puede, lo contaría y os daríais cuenta de que no tiene connotaciones negativas de ningún tipo y, en concreto, no tiene nada de racista.

Después de algunas citas como amigos, a los dos meses de curso Miguel y Marion habían paseado de noche por los canales del centro de Ámsterdam. De todos los puentes, el que más le gustaba a Miguel era el de Kloveniersburgwal, quizás no porque fuera objetivamente el más bonito, sino porque mirando las casas flotantes sobre el río Amstel había fantaseado con prorrogar su vida lejos de Asturias de manera indefinida. En aquellos paseos le gustaba imaginar lo que Marion estaría imaginando. Se imaginaba a la francesa imaginando que le gustaría pasar el resto de sus días junto a él regentando un negocio propio, por qué no un Bed and Breakfast sobre el agua. El subidón provocado por tanta fantasía de la fantasía ajena armaba de valor a Miguel y acababa acercando su mano para agarrar la de Marion. Pero entonces la expresión de Marion se oscurecía, bajaba la mirada y negaba con la cabeza. Se soltaban de la mano y cada uno se ponía a pensar en sus respectivas y lejanas parejas. Marion, en su novio parisino, Jean Pierre. Y Miguel, en

Cova. Bueno, Miguel fingía pensar en Cova, para no parecer un insensible ante la única persona que de verdad le sacudía por dentro en ese momento.

Por el equipo de música empezó a sonar a todo trapo un tema pop estomagante interpretado por un dueto femenino con acento del III Reich. Miguel comprobó que alguien había puesto en Spotify una playlist de las canciones ganadoras de todas las ediciones de Eurovisión, con artistas tan populares como ABBA, Massiel o Celine Dion y otros que solo disfrutaron de sus quince minutos de fama, como Brødrene Olsen, Sertab Erener o Teach In.

—Pero ¿quién ha puesto esta bazofia? —gritó Miguel a los presentes lanzándose sobre el ordenador para cambiar la música.

—¡He sido yo y no se te ocurra quitarlo! —contestó Marion mientras le hacía cosquillas para alejarle del Spotify.

Miguel no recordaba, o mejor dicho había querido borrar de su mente, que en alguna ocasión ella le había confesado ser muy fan de Eurovisión. Por algún motivo absolutamente inexplicable, esta afición era compatible con su buen gusto en otros frentes.

En vez de quitar la canción, Miguel pidió disculpas a toda prisa, la puso más alta y aprovechó para llevarse a Marion a una esquina.

—¿Qué tal estás? —le preguntó en inglés.

—Fenomenal —contestó ella.

—¿Qué vas a hacer hoy?

—Pues nada, seguir aquí, en la fiesta, todo lo que dure.

—Ya, pero digo después.

—No sé, ¿hay plan? ¡El plan que haya, yo me apunto! —exclamó Marion apretándose el enésimo chupito.

—No hay nada, que yo sepa —dijo Miguel intentando que sonara a indirecta.

—¿Entonces?

—No lo sé, ¿me estás proponiendo algo?

—¿Te pasa algo? —preguntó ella al advertir cómo Miguel se mordía nerviosamente el labio inferior y lo disimulaba dando tragos a un vaso de plástico que llevaba un rato vacío.

Un pequeño revuelo en el salón rompió su intimidad. Kifimbo, que a estas alturas ya iba bastante cocido, había salido al balcón y pretendía saltar a una cama elástica de muy poco diámetro que algún niño se había dejado sobre el césped que rodeaba el edificio de apartamentos. Fernando pretendía grabarlo con el móvil.

—¿Qué coño hacéis? —gritó Miguel.

Pero era demasiado tarde. El resto de los asistentes, ya muy animados por la mezcla de las bebidas nacionales de España y Holanda, jaleaban al keniata, que pegó un brinco, cayó en la cama elástica y rebotó en ella grácilmente, para aterrizar con suavidad en la hierba.

Estaban en un primer piso y lo máximo que podía pasar era que alguien cayera mal sobre la cama elástica y se torciera un pie. Sin embargo, lo que Miguel más temía era molestar a los vecinos del pacífico bloque de viviendas y contribuir por tanto a esa opinión generalizada —e injusta, a su parecer— de que el programa Erasmus no era más que una excusa para que los universitarios de Europa se pudieran ir de fiesta a desparramar en el extranjero. Pese a noches como esa, que eran la excepción, Miguel se tomaba muy en serio los estudios de Empresariales que había iniciado para esquivar el destino que le habían marcado. Su abuelo, ahora con fibrosis pulmonar, había sido minero, su padre también, y Miguel no tenía la menor intención de acabar sus días como ellos, sacrificando su salud por un sector que además estaba enfermo.

Animados por Fernando, todos los presentes empezaron a corear el nombre del anfitrión.

—¡Mi-guel! ¡Mi-guel! ¡Mi-guel!

—Vale, ya está bien, ya habéis hecho el ganso un rato, ahora cerrad la ventana.

—¡MI-GUEL! ¡MI-GUEL! ¡MI-GUEL!

—No puedo liarla hoy también, ya estoy teniendo problemas con los vecinos por fiestas que ando montando aquí cada dos por tres, con mucho escándalo y muchas movidas.

Era mentira, obviamente, pero necesitaba algo para no parecer un cobarde delante de Marion. La negativa de Miguel a participar en el *balconing* solo hacía aumentar las ganas de sus amigos y en pocos segundos se vio sentado en la barandilla del balcón. La altura era muy escasa, pero aun así no se atrevía.

—No puedo, de verdad —susurró con ganas de vomitar.

—¿Qué dices? —preguntó Fernando.

—No seas cobarde —insistió el keniata, que acababa de subir corriendo las escaleras.

—No es por cobarde.

—¿Estás llorando? —preguntó su compañero de piso al notarle los ojos más brillantes.

—¡Claro que no estoy llorando! —gritó Miguel mientras se sacudía las manos que querían empujarle y miraba de reojo a Marion. Ella estaba en una esquina del salón y le miraba con sus ojos azules, tentadores, pletóricos.

—Vamos, Miguel —dijo la francesa añadiendo una sonrisa irresistible—. Si te lo piensas tanto, es peor.

Y Miguel estaba ya en el aire, en dirección a la cama elástica. El trayecto vertical duró una fracción de segundo en el sistema métrico convencional, pero una eternidad en la boca de su estómago. Le dio tiempo a visualizar el trompazo que iba a darse, el trayecto a Urgencias y su coronación como *trending topic* mundial cuando alguien colgara el vídeo. A imaginarse tetrapléjico y hasta alegrarse de que, al menos, todo esto le ocurriera en Holanda, donde le sonaba que la eutanasia estaba contemplada como opción legal. Cuando ya estaba recordando el día que fue al cine a ver *Mar adentro,* Miguel rebotó en la goma y cayó en el césped de forma casi elegante. Por un instante se imaginó a un gimnasta cubano recibiendo tres nueves y un diez por parte del jurado. Y el diez era de Marion, tenía que ser de ella. Luego, corrió escaleras arriba y se preguntó por qué se había imaginado a un gimnasta cubano y si eso le convertía en racista.

Al entrar al salón, Miguel anunció entre aplausos que no era para tanto, que en la anterior fiesta habían saltado desde la azotea. Dicho esto, fue al cuarto de baño a vomitar la tortilla española que había preparado Fernando.

Una vez subida a Youtube la sesión de *balconing,* el evento se fue desinflando con la marcha de Danielle, que pretendía ponerse a estudiar. Kifimbo anunció que tenía que irse también a estudiar, pero en su caso «a estudiar el ambiente del Barrio Rojo». Rápidamente Miguel convocó a Fernando a un aparte y le preguntó si no le importaba irse también por ahí un rato para dejarle a solas en el piso con Marion.

—¿Vas a intentar algo con ella? Ya era hora.

—No voy a intentar nada, ¿intentar qué?

Llevaba semanas esperando ese momento y desde hacía un par de horas iba al cuarto de baño cada dos por tres a echarse agua en las axilas. Por la mañana había cambiado las sábanas y se había cortado las uñas de los pies, por lo que pudiera surgir. Aun así, negar que lo tenía todo calculado era una manera de mitigar un posible batacazo.

—Claro que no voy a intentar nada, Fernando, no me jodas, te he hablado de Cova muchas veces —se justificó Miguel.

—No sé por qué te pones así, si sabes que quiero que te vaya de la hostia.

—Solo quiero hablar con ella.

—Pues entonces me quedo.

—Voy a hablar mejor si estamos solos, eso sí.

—Mira, me voy a ir, pero que conste que lo hago por pura amistad y sin esperar nada a cambio —dijo Fernando.

—No esperaba menos —sonrió Miguel.

—Pero de forma igualmente altruista tú me tienes que dejar el piso para mí solo mañana y otra noche más adelante que ya te diré.

No parecía mal trato. Cuando Fernando anunció que se iba con Matthijs «a tomar el aire», Sophie se percató de la maniobra y casualmente se encaminó a la puerta alegando que tenía cosas que hacer. En cuestión de minutos, por fin Miguel y Marion estaban a solas. Miguel probó suerte con una *playlist* romántica de Spotify esperando que la noche empezara a mejorar. No fue así, saltó una de Melendi.

—Por fin a solas —suspiró.

Marion le devolvió una sonrisa juguetona y dio un trago a su bebida, pero luego miró su reloj como si planeara irse en breve.

—Me gustaría que habláramos —dijo Miguel.

—¿Hablar de qué?

—¿Vienes a la habitación y te lo cuento?

—Dime sobre qué es.

—Sobre nuestra «relación» —dijo Miguel.

—Me cansa un poco cuando haces ese gesto de las comillas con las manos todo el rato.

—Entonces déjame que diga la palabra sin comillas.

—Miguel, por favor. Los dos sabemos que de momento no podemos hacer otra cosa. —La cara de Marion parecía resplandecer incluso dando malas noticias.

—No, de lo que hemos hablado alguna vez es de no ser infieles.

—Es lo que estoy diciendo: no seamos infieles. Es demasiado vulgar.

—Pero ser infiel es poner los cuernos a tu pareja a sus espaldas —empezó a razonar él—. Y aquí no estamos a sus espaldas, sino a muchos kilómetros de distancia. Estando de erasmus no se es infiel, es otra cosa, no sé qué, pero no es poner los cuernos.

Miguel había preparado esa argumentación durante las últimas semanas para justificar ante sí mismo un posible escarceo con Marion. Ahora quería que ella se adhiriera a su enrevesada teoría, que ni siquiera él mismo se creía del todo. Algunas veces, mientras le daba forma en su cabeza, había tenido miedo de que sonara quizás un poco inconsistente. En cambio, ahora que por primera vez lo escuchaba en voz alta, estaba seguro de que era absolutamente patética.

—No me suena de nada haber leído eso en el folleto de Erasmus —replicó Marion con humor. Miguel le miraba los dientes y se preguntaba cómo podía tenerlos tan blancos y perfectamente alineados—. Pero, sea como sea, yo no quiero engañar a Jean Pierre.

—Esto no es engañar, te digo —insistió Miguel incapaz de darse por vencido—. Cuanto más lejos estás de tu novio, menos infiel eres. ¿Ponerle los cuernos con él delante en la misma fiesta? Muy infiel, máximo nivel. ¿Liarte con alguien en una despedida de soltero en otra provincia? Infiel, no digo que no, pero no me compares con lo de la misma fiesta. Ahora, ya a este nivel que estamos aquí, ni es infidelidad ni es nada.

—¿Me estás diciendo que si me lío contigo estoy siéndole yo más infiel a Jean Pierre que tú a Cova? —preguntó Marion provocando un largo silencio de Miguel—. Lo digo porque Francia está más cerca que España.

Miguel se había metido él solito en un callejón y decidió salir de él con otro «argumento», también entre comillas.

—Es como si me dijeras que le estás poniendo los cuernos a tu profesor de Macroeconomía en París porque aquí en Ámsterdam estás yendo a las clases de otro. Para esto se inventó el Erasmus, para experimentar, tener vivencias...

—Miguel, podríamos haber tenido un lío de una noche y que la cosa quedara ahí —explicó ella—, pero los dos sabemos que hay algo más. Por eso soy tan precavida. Porque me conoces, y creo, estoy segura, que lo nuestro puede terminar bien.

—Ya, pero es que el Erasmus está a punto de acabar, Marion, y no quiero que se quede en esto.

Si el dominio de un idioma es la distancia entre lo que realmente quieres decir y los matices que puedes utilizar para no decirlo, estaba quedando claro que Miguel no dominaba el inglés y, por tanto, estaba yendo al grano con la sutileza de una bola de demolición.

—Ninguno de los dos quiere que esto se quede en una noche —dijo Marion cogiéndole la mano, tal vez porque Miguel le había recordado que la beca se estaba terminando o porque era la quinta sangría que se tomaba.

Miguel miró sus manos cogidas y se planteó si no le compensaría justo eso: llegar hasta el final con Marion ya mismo y luego olvidarse, en vez de haberse metido en este lío sentimental que ahora no iba ni para adelante ni para atrás. Llegó a valorar sobre la marcha si proponerle a Marion echar un polvo esa misma noche y luego zanjarlo todo, si eso a ella le parecía bien, como al parecer había insinuado. Pero no, lo cierto es que no iba a parecerle bien. Y de hecho, tampoco es lo que había insinuado.

Y en ese momento, de manera absolutamente inesperada, Marion se acercó para besarle en la boca. Fue como un primer beso. No entre ellos, que también lo era, sino como un primer beso en general porque era torpe y descompasado, aún fruto de la improvisación con la que había surgido todo. Lo inesperado del beso, unido a los cinco meses que llevaba Miguel sin besar a nadie, le hacían parecer una trucha dando bocanadas en la orilla. Y fue en ese momento en el que se dio cuenta de que lo importante no era el beso en sí, sino que estaba ante la señal que indicaba la salida de la rotonda en la que llevaba meses dando vueltas. Pero para tomar la salida que le llevaba a algo más serio con Marion, necesitaba hacer un movimiento en el que, ahora sí que definitivamente, se jugaba el todo por el todo con ella.

El cerebro de Miguel envió un mensaje que en décimas de segundos llegó hasta su boca. Allí la lengua recibía la misión de abandonar la comodidad de su paladar para lanzarse a lo desconocido, como quien lanza una sonda en busca de agua en Marte. Sin tiempo para recibir una despedida con honores de quien se va a la guerra sin saber si va a volver, la lengua de Miguel se asomó con timidez en la boca de Marion con la esperanza desesperada de provocar alguna reacción, por tibia que fuera.

—Es muy tarde, vamos a acostarnos, anda —dijo Marion retirándose de inmediato. Luego ella añadió, de camino al dormitorio, que «sin hacer nada, por favor».

Tumbados en la cama de Miguel, con la ropa puesta, ella con la cabeza apoyada en el pecho de él y él enredando sus dedos en la melena rubia de ella, pensó que quizás debería alegrarse, porque esto era lo más lejos que habían llegado en cuatro meses de «relación». Poco a poco Miguel percibió que la respiración de Marion se ralentizaba. Después se quedó dormida. Notaba el calor de su rostro en su pecho y no quería dejar de sentirlo nunca.

Mirando al techo de su habitación en silencio, pensó de golpe en Cova y tuvo la certeza de que iba a pasar la noche en blanco.

También pensó que al final no se había enterado de qué equipo había ganado la Liga holandesa. Pero no le interesaba demasiado.

2

Cuando los vídeos de la «fiesta española» se difundieron por YouTube, la presidenta de la comunidad de vecinos fue a buscar a Miguel a su clase de la Universidad de Ámsterdam para expresarle su «profunda decepción» por haber hecho *balconing*. A la presidenta le acompañaban Louis van Gaal, seleccionador nacional de fútbol, y la rubia teñida de la familia Flodder, esa comedia holandesa de chistes escatológicos que Miguel se bajó de The Pirate Bay en cuanto se enteró de que le daban la beca Erasmus en Ámsterdam. Miguel no tuvo tiempo de aclarar la situación porque, para cuando se quiso dar cuenta, Van Gaal le saltó al cuello y empezó a gritarle rojo de ira: «¡Siempre positifo! ¡Nunca negatifo!». Las babas de Van Gaal le caían en la cara y Miguel observaba cómo una vena de la frente del seleccionador se hinchaba hasta parecer fuet rumano...

El timbre de la puerta le sacó de su pesadilla, devolviéndole a la realidad con el corazón a cien. De golpe se incorporó en la cama sudando a chorros. Odiaba el calor pegajoso de Ámsterdam. Comprobó que Marion dormía a su lado y se había quedado en ropa interior en algún momento de la noche. Miguel tampoco odiaba tanto el calor de Ámsterdam.

La nariz perfecta de Marion se recortaba de perfil sobre el blanco de la almohada. Miguel, en cambio, prefirió mirarle las tetas. No sabía qué iba a pasar con su vida al acabar el Erasmus, pero tenía claro que esa imagen se la iba a llevar en el equipaje. Miró a Marion semidesnuda como quien solo tiene un instante para memorizar el mapa de la fuga antes de escapar de la cárcel. Su cerebro se transformó en un disco duro que trabajaba a toda velocidad con el fin de preservar esa estampa para siempre, consciente de que iba a echar mano de ella meses más tarde, años probablemente, y para conservarla a la máxima resolución estaba dispuesto a liberar espacio borrando otros recuerdos mucho menos importantes como la primera vez que vio el mar o su Primera Comunión.

Se alegró de haber ordenado su cuarto la tarde anterior, en previsión de que finalmente sucediera un milagro y Marion durmiera allí. El milagro se produjo en una habitación pequeña y sin grandes alardes decorativos. Aparte de la cama —o «lecho donde los Adán y Eva del siglo XXI yacieron por vez primera», que era como pensaba llamar a su futón a partir de ese momento—, su cuarto solo daba para una pequeña mesa de estudio y un burro de ropa que hacía las veces de armario. No se había traído ningún póster de Asturias, así que aceptó sin entusiasmo pero sin protesta los típicos cuadros de Ikea que decoraban su cuarto.

Miguel intentó recordar si había pasado algo más con Marion durante la noche. En algún momento de la noche se había quitado la ropa y se había quedado en calzoncillos. Pero no, definitivamente, no había pasado nada más. Miró el reloj: eran las siete y media de la mañana. Le dolía la cabeza, tenía la boca pastosa, una inoportuna erección y se preguntó por qué se había despertado tan de golpe.

Ah, sí: el timbre, que volvió a sonar. Recordó que una hora antes o así había oído entre sueños cómo Fernando entraba en casa riéndose. Ahora estaría durmiendo la mona en su habitación, o sea, que no podía ser él. Se levantó con sigilo y, al atravesar el salón en calzoncillos en dirección a la puerta, pensó si tal vez su pesadilla no estaba a punto de hacerse realidad. Sin duda venían a pedir explicaciones por el *balconing* de la noche anterior. ¿Quién más podía ser si no un lunes a esa hora de la mañana?

Antes de abrir, Miguel acercó el oído a la superficie de la puerta y trató de escuchar durante unos segundos antes de preguntar:

—*Who is it?*

—¿Chusmi? —se oyó desde el otro lado—. ¿Eres tú?

El tiempo pareció detenerse, con Miguel suspendido en el vacío de los siglos pasados. No era miedo, era como si le hubieran hecho una foto en mitad de un movimiento y fuera a quedarse congelado para siempre. Aquello no era posible.

Chusmi. Solo una persona llamaba así a Miguel. Solo una persona seguiría llamándole así con esa voz entre cazallera y supuestamente graciosa. Y solo una persona se pondría a dar puñetazos en la puerta como un desquiciado.

Esas tres personas eran solo una y se trataba precisamente del hombre que estaba en el rellano de la escalera con una maleta descomunal cuando Miguel abrió la puerta.

Era su padre.

Cincuenta y tantos años pésimamente llevados. Muchas entradas y coronilla despejada. Calvo, vamos. Y un barrigón a punto de estallar y salpicarlo todo de sidra, cachopo y fabes. Miguel y su padre tenían la misma nariz, pero lo que en la cara de Miguel era una napia considerable, en el rostro rechoncho de su progenitor tan solo pugnaba por sobresalir más que los mofletes.

—¡CHUSMI! —volvió a gritar atravesando el umbral del piso con los brazos abiertos.

—Papá, ¿qué haces aquí?

—¡Sabía que eso iba a ser lo primero que me preguntases!

—Habla más bajo, por favor.

—En realidad ha sido lo segundo, porque primero me has dicho eso de «juisit», ¿qué es «juisit»?

—Papá...

—¿No vamos a darnos un abrazo?

Miguel nunca había pensado que su padre fuera muy de contacto físico. Se acercaron el uno al otro y se dieron unas palmadas en la espalda rápidamente.

—Ven aquí, me cagon ros, que no se diga —exclamó Jesús volviendo a abrazar a su hijo con un apretón de oso gigante.

Permanecieron ahí agarrados un momento. Miguel se preguntaba cómo había conseguido su padre su dirección y la respuesta era evidente: se la había mandado él mismo en una postal meses atrás. Nunca obtuvo respuesta.

—¿Te alegras de verme? —preguntó Jesús.

Pero era demasiada cercanía. Miguel se dio cuenta de que seguía erecto y se escabulló rápidamente del abrazo de su padre.

—Ya veo que te alegras.

—No es por eso.

—¿El qué?

—No sé, ¿tú por qué lo dices?

—¿No te alegras de verme? —preguntó Jesús, dando un paso atrás. Llevaba un pantalón de tergal y una camisa de cuadros. Al no obtener respuesta de su hijo, fue a recoger la maleta que seguía fuera, la metió en el piso y cerró la puerta.

—Primero dime qué haces aquí —dijo Miguel.

La maleta de su padre era enorme, como si hubiera empaquetado toda su vida ahí dentro. Sin embargo, según lo que sabía Miguel a través de su madre, la vida de Jesús Miguel cabía en un neceser. Luego miró de reojo hacia el pasillo para comprobar que Marion seguía en la cama y Fernando en su habitación. Por un instante se hizo la ilusión de que si su padre se iba rápido, ni siquiera le verían y no tendría que darles explicaciones de ningún tipo.

—Perdona, pero tengo que ir al baño —dijo Miguel.

—Picha española nunca mea sola —sonrió Jesús, llevándose la mano a la bragueta.

—Sí que mea sola, sí, no te creas —puntualizó Miguel, cerrando la puerta del cuarto de baño en las narices de su padre.

Jesús oyó ruidos de puñetazos y algún lamento procedentes del interior del lavabo.

—¿Estás bien, Chusmi? —preguntó a la puerta.

—Sí, estoy bien, ya salgo.

Sonó la cisterna, Miguel salió y Jesús entró a hacer lo mismo, cruzándose con un leve gesto afirmativo de la cabeza. Al rato se reencontraron otra vez en el salón.

—Así que esto es tu casa —preguntó Jesús consciente de la obviedad. Había vasos de papel por todas partes, algunos con colillas flotando en líquidos inidentificables, el suelo entarimado estaba cubierto de una capa oscura y pringosa. Olía a presencia humana, a sudor concentrado y a humo—. ¿Habéis tenido fiesta aquí o qué? Cómo te lo has montado, ¿eh, Chusmi? Cuando decías que te gustaba la buena vida, ibas a por todas. Menudo crac.

—Te pido que no vuelvas a llamarme Chusmi, por favor.

—¿Por qué?

—Además te he pedido que no hables tan alto, por favor, papá, hay gente durmiendo.

—¿Qué gente? ¿Quién? —preguntaba Jesús Miguel como si se tratara de un juego donde tenía algo que adivinar.

—¿Y cuándo he dicho yo que me gustaba la buena vida?

—Desde que te metiste a Empresariales, ¿no?

—No tiene nada que ver una cosa con otra —dijo Miguel.

Jesús miró por el balcón hacia los árboles y el canal que había al otro lado de la calle.

—No me jodas que por ahí pasan barcos.

—¿Me quieres decir qué haces aquí, papá, por favor? ¿A qué has venido? —insistió Miguel.

—De acuerdo, voy a contártelo —contestó Jesús—. Pero antes dame un vaso de agua.

El fregadero de la diminuta cocina pegada al salón estaba a rebosar, pero Miguel se las ingenió para llenar con agua un vaso de plástico mientras su padre hacía sitio en el sofá para sentarse. Se fijó en un póster de *Los girasoles,* de Van Gogh, clavado con chinchetas sobre la pared, el único adorno que había en el salón. Miguel le dio el agua y su padre se la bebió de un trago. Se sentó frente a Jesús Miguel, a la espera de una explicación.

—Llegué de madrugada, pero estuve haciendo tiempo por las calles para no despertarte en mitad de la noche. Me duele el lumbago de estar echado en un banco.

—Papá, por favor...

—Vale, vale, vale... Vamos a ver, ¿tú conoces la cadena 100 Montaditos?

—Sí, claro.

—Pues me pidieron que no diga nada, pero... ¡me mandaron a abrir aquí la primera franquicia europea!

—¿Vas a poner un 100 Montaditos en Ámsterdam? —preguntó Miguel tras varios segundos en los que su cabeza no supo construir ninguna reacción.

—Es una empresa que está en auge y tienen un plan de expansión a tope porque Europa es un mercado virgen todavía para el concepto del picoteo a precio *low cost.* La historia es larga, pero te la resumo. Tú sabes que antes de trabajar en la mina yo tenía larga experiencia en el sector de la restauración.

—¿Cuando eras camarero en Langreo?

—Por ejemplo.

—Ah, que tienes más experiencia...

—No, solo esa.

Miguel se quedó mirando fijamente a su padre.

—¿Sigo? —preguntó Jesús.

—Por favor.

—Pues a lo que iba. Me llaman de 100 Montaditos porque al parecer alguien les habló de mí, y me convocan a una entrevista en Madrid, que es donde tienen la central, concretamente en Pozuelo, que ya sabes que es donde vive la gente bien y donde están las mejores empresas. Me recibe la plana mayor de la compañía y me preguntan si estaría dispuesto a reubicarme en algún país de Europa para encabezar una sucursal de su cadena. Llámame temerario, no me importa, pero les contesté que para seguir hablando tenían que poner sobre la encimera dos condiciones a las que no estaba dispuesto a renunciar: primero, un mínimo económico bastante considerable, y b), que solo aceptaría la misión si fuera en Alemania, porque, les dije, mi hijo está ahí estudiando. Entonces van y me aceptan las tres condiciones y directamente me dicen: pues a Alemania entonces, allá que te vas. Así que hice la maleta y aquí estoy. Sé que estás pensando que esto es imposible, que no puede ser así, pero lo cierto es que tú ya me conoces y en realidad puede que haya adornado algunos detalles de la historia. De acuerdo, lo reconozco: no me convocaron ellos a la entrevista, fui yo quien los llamó. Pero como yo siempre digo: ¿qué más da quién llamara a quién? ¿Que si la entrevista era para 100 Montaditos? Pues mira, ya que me preguntas, en realidad no era para 100 Montaditos, sino para el mismo bar de Langreo donde estuve trabajando antes de la mina, El Yantar de Pepe. Que no sabes cómo hacen los grelos, por cierto. Y que por cierto no tenían ningún plan de expansión por Europa ni de hecho necesitaban a ningún camarero, y fue por ese motivo exclusivamente, solo por ese y no por ningún otro, por el que no conseguí el trabajo que fui a pedirles, solo por eso fue, ahí sí que no cedo un ápice. No tengo trabajo, ni casa, ni dónde caerme. Pones cara como de que te extraña lo que te estoy contando.

—No sabría por dónde empezar.

Miguel escuchó a su espalda una puerta que se abría y giró la cabeza para ver a Fernando salir de su cuarto. El andaluz arrastraba los pies y se rascaba la cabeza. Llevaba una buena resaca. Miguel se alegró de que no fuera Marion.

—¿Ese guaje es tu compañero de piso? —Miguel asintió y Jesús se levantó para saludar a Fernando, pero este se metió en el cuarto de baño cabizbajo y cerró el pestillo sin haber reparado en la presencia de nadie en el salón.

Casi inmediatamente empezaron a escucharse arcadas y estertores de vómito desde el otro lado de la puerta.

—¿Igual necesita que le ayudemos?

—Siéntate, por favor —dijo Miguel a su padre, que le obedeció.

Permanecieron un rato en silencio hasta que se oyó la cisterna del váter. Fernando salió igual que había entrado y regresó a su habitación en silencio. Miguel se preguntó cuánto tiempo quedaba para que Marion se despertara y qué explicación le daría sobre la presencia allí de ese señor que era su padre.

—Casi mejor que te voy a contar lo que pasó realmente —dijo Jesús.

3

Jesús Miguel tomó un poco de aire y en un par de segundos se le pasó por la cabeza lo que había sido su vida desde el pasado 15 de abril. Aquella mañana cogió un autobús para ir al INEM a preguntar por qué no le habían ingresado su subsidio de desempleo el día 13 como lo venían haciendo durante los dos últimos años.

—Señor Roncero, su prestación por desempleo se acabó el mes pasado —le dijo Rosa María Sáenz Covarrubias, funcionaria de cuarenta y seis años.

Era un mensaje claro, pero Jesús lo interpretó como un acertijo. Si la funcionaria le hubiera dicho «oro parece, plata no es», habría tenido la misma sensación de desconcierto. En circunstancias normales, una persona normal, ante una noticia extraordinaria como aquella, pide explicaciones. Pero eso no va con Jesús Miguel, que era practicante de algo tan asturiano como guardar el máximo respeto ante el jefe, profesor o padre y luego despotricar por la espalda en El Trasgu.

En el último año la sidrería El Trasgu se había convertido en su punto de encuentro casi diario con Mariano y José, otros dos perjudicados por el ajuste de plantilla de la empresa Ropsa. En la pared había un televisor apagado y una imagen de santa Bárbara, la patrona de los mineros, junto a un calendario de una cooperativa láctea. El local olía a productos de limpieza baratos y a carne cruda. Seguramente, también barata. Da miedo cuando los tópicos se muestran tan reales, pero parecía que había sido ayer cuando los tres habían empezado a trabajar juntos en el pozo de Sotrondio, más de treinta años atrás. ¿Qué había pasado desde entonces?, se preguntaba Jesús Miguel muchas veces. Pues media vida, eso era lo único que había pasado desde entonces.

—A nuestros abuelos les mandaban al paro y quemaban Mieres. Ahora nos dejan en la calle y encima tenemos que alegrarnos porque nos están dando una oportunidad para «reinventarnos» —señaló José, que era flaco como una escoba y calvo desde los dieciocho años.

—Pues yo no me pienso reinventar, estoy a todos los niveles como cuando tenía treinta y cuatro —dijo Jesús.

Con cincuenta y seis años recién cumplidos, a Jesús Miguel le gustaba decir que se sentía igual que cuando tenía treinta y cuatro, tal vez con la esperanza de que a base de repetirlo acabara siendo verdad. A veces podía redondear la cifra a treinta o ya puestos incluso a veintitantos, pero nunca supo por qué había elegido concretamente treinta y cuatro años como el culmen de sus facultades.

—Yo me puedo reinventar más fácil si nos pagan ya los veinte mil euros. —Mariano no dejaba pasar tres frases sin recordar que aún no les habían pagado la indemnización.

Eran exactamente 21.188,56 euros lo que les correspondía como despido procedente por causas objetivas o despido colectivo. Jesús se había aprendido la cifra de memoria, con decimales y todo, a base de esperarla impresa cada vez que actualizaba la cartilla en la caja de ahorros. Y eso era todos los días. Algunos, un par de veces.

—El fin de semana va y me salta mi concuñado que *crisis* en chino significa 'oportunidad'. Qué cojones sabrá este de chino. ¿En serio alguien se cree estas bobadas? Seguro que ahora mismo hay alguien en China diciéndole a su concuñado que *crisis* en castellano significa 'oportunidad'. —Mariano llevaba con ganas de decirlo desde el fin de semana.

—Eso si en China hay concuñados. —Jesús ya no tenía de eso, así que prefería emparentarse con los chinos, que le sonaba que eran una civilización milenaria.

—¿Sabéis lo que os digo? —preguntó José rascándose su poblada barba blanca con unas uñas que siempre serían de negro permanente por mucho que se lavase. Al no obtener respuesta, siguió hablando—: Pues que a mí esto de estar sin trabajo no me está pareciendo tan mal. Estoy aprovechando para salir de *trekking* con Pilar. Ya hemos hecho varios tramos de la ruta del Cares y nos hemos hecho un calendario de rutas a pie para todo el año, empezando por Picos de Europa.

—¿Ah, sí? ¿Y con qué dinero piensas dedicarte a la buena vida? —preguntó Jesús convencido de que había detectado un error insalvable en el plan de su amigo.

—Para empezar, es un plan barato porque nos gusta tirar de bocata y hacer vivac —razonó José—. Pero además contamos también con mis ahorros.

En la cabeza de Jesús se formó al instante una maraña. Otra vez. No entendía nada. ¿Qué ahorros? ¿Su amigo tenía ahorros? ¿Qué era el «vivac»?

—Tengo los ahorros de treinta años en la mina, pues como vosotros. —A José no le gustaba hablar de dinero, como a casi todo el mundo que no lo tiene—. ¿Tú no, o qué?

Jesús no sabía cómo ni por qué, pero apenas le llegaba con su sueldo, y eso que jamás hacía gastos extraordinarios. Esto había sido así toda su vida. De hecho, tenía la sensación de estar viviendo siempre al límite de la subsistencia. Ganando lo mismo, José, sin embargo, mantenía a una mujer y tres hijos, iba a cenar al casino todas las semanas, había viajado a la República Dominicana más de una vez y, para colmo, ahora se jactaba de haber ahorrado. ¿Cómo era posible? Hacía tres años que Jesús Miguel llevaba una bolsa de plástico en el bolsillo de la trenca para que no le cobrasen los cinco céntimos en el supermercado. No podía ser, por algún lado tenía que haber una trampa matemática.

—Yo también, claro. Sin ahorros, iba a estar aquí tomando sidras —bufó Jesús antes de llevarse un trago a la boca e intentar recordar si tenía monedas suficientes para pagarlo.

—Pero aparte del dinero —sentenció José— lo más importante es tener a alguien con quien hacer estos planes. Si no fuera por Pilar, yo no estaría recorriéndome Asturias de arriba abajo, pero el sentirse acompañado te anima y te motiva. Aparte del calorcito que te da por las noches, claro.

Jesús Miguel se quedó absorto. Parecía estar mirando a la cara a José, pero en realidad no le estaba viendo. La mención a Pilar le había hecho recordar irremediablemente a Rosario zanjando de golpe un cuarto de siglo de matrimonio. Hoy por hoy, Jesús Miguel no estaba seguro de si la única mujer de su vida tenía una relación, aunque sospechaba que así era. No por nada, sino por ponerse en lo peor, que es donde se abona a estar uno cuando le despiden con cincuenta y tantos.

—¿Te pasa algo? —preguntó Mariano al ver que no reaccionaba.

—No, perdona, te estaba escuchando perfectamente —dijo Jesús Miguel consciente de que no había oído nada de nada.

—¿Me has escuchado lo último que he dicho?

—Claro.

—¿Y qué te parece?

—Eso en concreto, no.

—Que lo de que estoy sin trabajo es relativo —prosiguió por fin Mariano, que había engordado bastante desde la prejubilación. Tenía los brazos y las piernas finas, pero un barrigón desproporcionado.

—Ah, pero ¿has encontrado algo?

—Son mis hijas, que me tienen todo el santo día cuidando a los rapaces, meto más horas que en la mina —afirmó Mariano con la nostalgia del que había sido capaz de sacar carbón a doscientos metros de profundidad y ahora se veía calentando potitos en el microondas.

Jesús empezó a pensar que la culpa de su situación era del Estado, por eso sus amigos estaban mejor que él. No es justo que un país solo te auxilie en lo económico, ¿en qué cabeza cabe que una cobertura económica basta para salir del hoyo? El que decidió que la gente solo iba a cobrar el paro cuando estuviera sin trabajo era alguien casado y con hijos. ¿Y quién te mantiene sentimentalmente cuando estás divorciado? Él había cotizado veinticinco años de matrimonio y ahora se merecía una prestación emocional mientras lograba reengancharse al mercado. Ellos no tenían la culpa, pero sus amigos le habían hecho sentir abandonado, y eso no es muy difícil cuando estás en una sidrería a las afueras de Mieres. Se preguntó para qué demonios habría sacado el tema, en vez de haberse limitado a pasar allí el rato, sin más. Luego se preguntó si era él quien había sacado el tema. Tampoco sabía qué tema era exactamente ese que tanto parecía afectarle. Pero quería adelantarse al tema, fuera cual fuera, si es que había un tema, y no parecer el único fracasado entre tres perdedores.

—Está bien, no pensaba decíroslo, pero ya que preguntáis tanto, ahí va. Mi hijo Chusmi está en la Universidad Erasmus de Alemania y no deja de insistirme en que me vaya allí con él. Dice que hay muchísimas posibilidades de trabajo y eso me tira mucho, sin duda, aunque también aquí tengo otras posibilidades. Pero sobre todo me estoy planteando en serio lo de ir allí porque creo que Chusmi está muy solo y me necesita. Sabe que, en estos tiempos de cambio, puede ser bueno para los dos reiniciar una nueva vida juntos.

Ahora estaba sentado frente a su hijo en aquel tresillo áspero de Ámsterdam. Y no quería contarle lo que en realidad le había llevado allí. Yendo estrictamente a los hechos, Jesús Miguel había intentado volver a trabajar en el bar donde estuvo empleado como camarero de joven, antes incluso de la mina, pero le habían dicho que era demasiado mayor para volver a ponerse tras la barra. Le quedaba en el bolsillo el dinero suficiente para sobrevivir un mes, y a partir de entonces, solo podría sobrevivir tirando de la beca Erasmus de su hijo. Eso era lo que había pasado realmente. Pero se negó a reaparecer en la vida de su hijo como un fracasado.

—Han cerrado la mina y he pensado que mientras me sale algo mejor podría pasar contigo una temporadita en Alemania. ¿Te duele la cabeza?

Miguel tenía los codos clavados en las rodillas y se tapaba la cara con las manos. Levantó la cabeza de golpe.

—¿«Algo mejor»? —exclamó.

—Quiero decir que...

—Para empezar, no sabes ni dónde estás, papá: esto no es Alemania, esto es Ámsterdam, estamos en Holanda.

—Ah, pues qué bien, ¿no? Así aprovecho y me compro un reloj.

—Eso será en Suiza.

—Pero ¿no dices que estamos en Holanda?

—Por eso.

—Si no quieres que me compre un reloj, no me lo compro.

—No me puedo creer lo que estoy oyendo.

—Eh, eh, tranquilo, no me hables así. Que soy tu padre.

—¿Que no te hable cómo?

—Bueno, en ese caso habla como quieras.

—Está bien, de acuerdo. —Miguel intentó relajarse—. Te lo diré de otra manera. No te puedes quedar aquí.

—¿Por qué?

—Porque no.

—¿Eso es un no?

—¿Cómo?

—Pero es que no tengo nada, Chusmi.

—No me llames Chusmi, por favor.

—Lo último que tenía me lo gasté en el billete de avión y ahora solo tengo cuarenta euros en el bolsillo.

Miguel permaneció en silencio, pensativo. Miró a la puerta de su habitación y pensó si no sería mejor zanjar la tensión y entrar a su cuarto para contarle a Marion que su padre estaba allí. El silencio incomodó a Jesús, que siempre que alguien se quedaba callado se veía obligado a hablar. Una vez Mariano le dijo que tenía «horror vacui verbal». A Jesús le pareció una manera fina y elegante de definir uno de sus mayores miedos, así que, cuando se presentaba a alguien, añadía el dato a modo de broma: «Hola, me llamo Jesús Miguel, minero de profesión. Ah, y tengo carpe diem verbal». Efectivamente, Jesús no había retenido bien la locución latina en cuestión.

—Ya te lo he dicho: pasar aquí una temporadita, siempre que te parezca, por supuesto, hasta que me salga algo interesante. ¿No decías tú que aquí la economía estaba bien y había muchas oportunidades?

—¿Cuándo te he dicho yo eso?

—Bueno, igual tú en concreto no, pero se dice.

—Pero se dirá en general, para la gente que vive, estudia y trabaja aquí.

—Ah, claro, pero para tu padre no. Doble rasero veo yo aquí.

Miguel estuvo a punto de contestar un exabrupto, pero se contuvo y en cambio soltó una bocanada de aire. Se levantó para abrir la puerta del balcón y dejar que entrara corriente. Junto con los olores de la noche anterior, la tensión presente se estaba haciendo insoportable.

—¿Y en la megafonía del avión no te diste cuenta de adónde venías?

—Es que no sé alemán.

—¡Pero que esto es Holanda!

—¿Entonces por qué me insistes en que me compre un reloj?

—A ver si lo entiendo —dijo Miguel desesperado, porque era, o decir algo, o salir corriendo—. Lo que quieres es quedarte aquí a vivir conmigo mientras buscas trabajo.

—Hombre, pues no lo había pensado, pero gracias, me parece una idea cojonuda.

—Eh, eh, que no he dicho que sí.

—¿Me estás diciendo que no?

—Pero vamos a ver, ¿cómo vamos a vivir los dos en este piso, que además, por si no te has dado cuenta, es compartido?

—Vamos a echar números, que lo estás deseando. ¿Cuánto te pagan a ti en la universidad?

—¿Cómo que cuánto me pagan?

—Sí, ¿no tienes un sueldo?

—No, yo lo que tengo es una beca Erasmus de doscientos cincuenta euros con la que no llego a fin de mes.

—¿Y entonces cómo haces?

—Eso ahora mismo da igual.

No daba igual. De hecho, era un asunto bastante delicado que Miguel no iba a soltar así como así. Su estancia en Ámsterdam era posible gracias a la ayuda de Víctor, la nueva pareja con la que Rosario había reinventado su vida en Zaragoza. Pero Miguel no estaba dispuesto a cometer la crueldad de soltarle eso a su padre, ni mucho menos.

—Con doscientos cincuenta euros yo te digo que nos arreglamos de sobra, vamos. —Jesús ya se sentía un holandés más, dispuesto a darlo todo por su nueva patria.

—Además la beca y el curso están a punto de acabar.

—Eso no es problema. Cuando tú te vuelvas a España, yo me voy también.

—¿Quién te ha dicho que voy a volver a España?

—Bueno, pues a donde vayamos, es igual.

—Papá, por favor —imploró Miguel—. No te puedes quedar aquí, por favor, no me hagas explicarte más veces que es imposible.

Jesús había esperado no tener que recurrir al chantaje emocional, pero su hijo se lo estaba poniendo muy difícil, así que de golpe soltó:

—Prefería no hablar del tema, ya sabes que me afecta mucho, pero... con la separación de tu madre lo estoy pasando muy mal.

—Eso fue hace más de tres años —contestó Miguel con incredulidad.

—Ya, pero en el corazón el tiempo pasa más despacio —contestó Jesús llevándose el puño al pecho y suplicando a su suerte que Miguel no reconociera que la frase era un verso de Pablo Alborán que había sonado en el aeropuerto de Oviedo.

—Lo siento, pensaba que estarías mejor... —murmuró Miguel, sintiéndose un poco culpable.

—Un poco sí lo he superado.

—¿Entonces?

—¿Sabes algo de ella?

—*Hello?*

Jesús y Miguel miraron hacia el pasillo y se pusieron en pie rápidamente al ver a Marion, que ya se había vestido con su camiseta gris de tirantes y sus pantalones vaqueros y parecía dispuesta a marcharse.

—Marion... —balbuceó Miguel.

—Joder, cómo se lo monta tu compañero de piso, ¿no?

—*Marion, this is my father.* Jesús.

—*Nice to meet you* —dijo ella tendiéndole la mano.

—Jesús Miguel Roncero, encantado —dijo él cogiéndole la mano y dándole dos besos en las mejillas apurando hacia las comisuras todo lo que pudo y tal vez un poco más.

Era su mayor contacto sexual desde que Rosario le dejó, o seguramente desde unos meses antes de que le dejara.

—Marion es una amiga de la facultad, no te entiende —informó Miguel a su padre.

—Joder, pues si no me entiende, te digo tal cual que tiene unas tetas que son para echársele encima. ¿Te has fijado?

—Pues no, no me había fijado.

—*Is everything okey?* —preguntó Marion.

—*It's fine, I'll tell you later* —contestó Miguel.

—¿Qué le has dicho?

—Nada, que luego hablaremos.

—*I father Chusmi* —chapurreó Jesús.

—¿Chusmi? —preguntó ella mirando a Miguel.

—¿Es inglesa? —preguntó Jesús Miguel a su hijo.

—No, francesa.

—Ah, como habláis en inglés...

—Y además te he pedido por lo que más quieras que no me vuelvas a llamar Chusmi.

—Pero ¿es que te avergüenzas de tu nombre o qué? —preguntó Jesús ante la mirada confundida de Marion.

—Mi nombre es Miguel —respondió.

—Jesús Miguel.

—No, me quité el «Jesús» en el registro civil.

—¿Cómo? ¿Cuándo?

—El día antes de venirme aquí. A Ámsterdam. Capital de Holanda.

—*What are you talking about?* —interrumpió ella con una genuina curiosidad que asomaba por las comisuras de su sonrisa.

Miguel tranquilizó a Marion diciéndole que todo estaba bien y que no tenía de qué preocuparse, aunque ella no estaba en absoluto preocupada. Le explicó que su padre había aparecido allí para darle una sorpresa y que se quedaría en Ámsterdam unos días. Miguel sentía que la cabeza estaba a punto de estallarle. Sin embargo, a Marion la explicación le pareció un plan fabuloso y dedicó una sonrisa a padre e hijo.

—Tenemos que irnos —confirmó Miguel a su padre.

—Ah, claro, que tenéis clase. Por mí ningún problema.

—Vamos —dijo Miguel decidido, mientras se dirigía a la puerta.

Marion afirmó que le gustaría verle ir a clase en calzoncillos, pero que tal vez sería mejor si se vistiera. Miguel resopló y regresó a su habitación a vestirse rápidamente mientras en el salón Jesús Miguel miraba a Marion de arriba abajo sin el menor disimulo.

—¿Qué tal tiempo os está haciendo aquí? —preguntó el asturiano.

Desde el dormitorio, Miguel repitió a gritos que Marion no hablaba español.

—Ah, claro, claro, perdona —se excusó ante la chica, que sonreía con gesto amable—. Yo tampoco fransuá. No fransuá.

Marion sonrió y Miguel apareció en el salón ya vestido.

—No tengo otra llave —dijo—, así que quédate aquí y cuando vuelva por la tarde hablamos.

—Tú a lo tuyo, sin ninguna prisa. Dile, por favor, de mi parte que está más buena que la madre que la parió.

—Vámonos, Marion.

Ella le dijo a Jesús Miguel que estaba encantada de conocerle y ambos salieron, dejándole a solas en el salón, con la maleta a los pies.

Miró a un lado y otro hasta que su mirada se detuvo en los girasoles de Van Gogh del póster y entonces cayó en que, efectivamente, no estaba en Suiza, estaba en Holanda. La tierra del chocolate.

4

Unos tres kilómetros separaban el piso de Miguel en Ruysdaelkade de la Universidad de Ámsterdam y a diario los recorría en bicicleta. Como en cualquier ciudad avanzada de Europa, pedalear se había convertido en un signo de modernidad y había quien decía que en la capital de los Países Bajos había más bicicletas que personas. Al menos eso aseguraban las mismas personas que decían que las personas de raza negra llevan el ritmo en la sangre o que la pasta se puede preparar de mil maneras. Por todas partes brotaban extensos aparcamientos de bicis como bosques de hierro y no había una barandilla o pasamanos que no tuviera diez, veinte o treinta encadenadas. En Ámsterdam, él había optado por pedalear desde el primer día por aquello de disfrutar la experiencia Erasmus integrándose en su destino, o lo que es lo mismo, por miedo a parecer un provinciano de Asturias que va a los sitios andando. Le habían robado la bici en dos ocasiones desde que vivía allí y otras tantas se había tenido que comprar una de segunda mano, seguramente robada a su vez.

Cuando bajaba con Marion del bloque de pisos, pensó que muy probablemente hoy se la habrían vuelto a robar. No se consideraba un cenizo, pero tras el frustrado intento con Marion después de la fiesta y la aparición de su padre, le invadía la desasosegante certeza de que no hay dos sin tres. Marion, sin embargo, se mostraba radiante aquella mañana (como todas, por otra parte) y le preguntó con su inagotable sonrisa si le pasaba algo. Mientras se dirigían al soporte de bicicletas junto al canal, Miguel no contestó hasta que localizó la suya. Seguía allí. De nuevo le traicionaban los pensamientos negativos.

Ella le informó entonces de que la noche anterior no había traído su bicicleta porque no le gustaba volver pedaleando a casa a esas horas. Además, ahora tenía que pasar por su piso en Prinsengracht para ducharse y cambiarse de ropa antes de ir a clase.

—Si estás muy bien. Bueno, tú estás bien siempre, vayas como vayas. —Solo la falta de dominio del idioma, el nerviosismo del momento y el atisbo de resaca podrían justificar el piropo menos ingenioso de la historia. Y no, no se justificaba ni por esas.

—No digas chorradas, anda —dijo Marion dándole un suave empujón propio de un jugueteo adolescente—. Me voy a casa andando.

Eran las nueve menos cuarto de la mañana, y el cielo estaba encapotado, pero se presagiaba otra jornada de calor. Miguel insistió: la llevaría en bici a su casa, les pillaba de camino. Finalmente Marion aceptó la oferta. Pero antes de montarse en la bici, él puso la mano sobre el brazo de ella y dijo:

—Anoche, en la cama, no pasó nada, ¿verdad?

—No.

—Ah, vale.

—Bueno, a lo mejor como mucho nos dimos un beso —concedió Marion—. Pero sabes que no puede volver a pasar.

—¿Quién ha dicho que vaya a volver a pasar?

—Estamos de acuerdo en esto, ¿verdad?

—Por favor, Marion, parece mentira que no me conozcas. Ayer nos equivocamos, pero estuvimos bien parándolo a tiempo.

—No podemos complicarnos la vida ahora, con lo bien que hemos llevado lo nuestro estos meses.

—Ya, y ninguno de los dos quiere dar un paso más allá... ¿no? Digo, ni aunque esté acabando esto ya, ¿a que no, eh? —Ante el silencio de Marion, Miguel optó por dar un paso atrás y salir del lodo—. Yo no quiero, ¿tú quieres?

—Yo tampoco, lo has dicho muy bien.

A Miguel no le estaba funcionando la psicología inversa, de modo que desplegó otra idea por la retaguardia.

—Eso sí, te pediría que no vayas por ahí contando lo que ha pasado —dijo.

—¿A quién se lo voy a contar? —contestó ella un poco sorprendida—. Claro que no lo voy a contar. Tú tampoco, supongo.

—No sé, a Jean Pierre desde luego que no, vamos, como tú veas, pero ya que me preguntas si contárselo o no, yo no tiraría por ahí. Si me quité fue por respeto a todos, pero a él también.

—Perdona, pero creo que me quité yo.

—Ya te digo que tengo lagunas. Marion, te lo voy a decir solo una vez más: tengo novia. No sé ni por qué vuelves a sacar el tema.

—¡Pero si lo has sacado tú! —señaló Marion, más cerca de reírse de Miguel que de enfadarse con él.

Al subirse a la bici, Miguel miró hacia el balcón de su casa y vio a su padre, que estaba asomado mirándolos. Era imposible que los hubiera oído y menos entendido, pero ¿llevaba espiándolos toda la conversación? Rápidamente Jesús Miguel dio un paso atrás al verse sorprendido y desapareció en la oscuridad del piso.

Marion se sentó en el trasportín y al alzar las piernas a ambos lados de la rueda sus chanclas quedaron colgando de los dedos de esos pies que Miguel también adoraba. Tras un par de intentos fallidos, consiguió hacerse con el control de la bici y ponerse en marcha.

—Está todo bien —aseguró él, y los dos se rieron.

Enfilaron hacia el norte por Ferdinand Bolstraat y pasaron junto a la fábrica de Heineken antes de cruzar el río por el puente de Weteringlaan. Para llegar al piso de Marion había que cruzar otros dos canales.

—Por cierto, tu padre me ha caído muy bien —dijo Marion mientras Miguel pedaleaba.

—No te oigo —contestó él girando la cabeza.

—Que tu padre parece muy simpático. Qué bueno que haya venido, ¿no?

A Miguel se le pasó por la cabeza aprovechar el trayecto en bici para explicarle que llevaba dos años sin hablar con su padre o que los veinte años anteriores en los que sí se suponía que podían haber hablado, tampoco hablaban mucho. Podía haberle dicho también que lo último que sabía de él, a través de su madre, es que se tiraba días enteros en una sidrería de Mieres bebiendo orujo con dos borrachos. En cambio, optó por la versión corta.

—Sí, qué bien.

—Qué bien —corroboró Marion—. No sabía que se iba a quedar en tu casa unos días.

—Yo tampoco —contestó Miguel.

—¿Qué quieres decir?

—Que ha sido una sorpresa, no sé cuánto piensa quedarse. En mi casa no puede quedarse, desde luego. ¿Tú qué harías?

—¿Yo?

—Quiero decir, si viniera tu padre así de repente.

—¡A mí me encantaría! —exclamó ella.

—Ya, bueno. Luego hablaré con él.

Cuando llegaron al portal de Marion, Miguel bufaba como un toro asmático y deseó la aniquilación nuclear de Berlín, Ámsterdam, Copenhague y todas las ciudades bicicleteras que le pusieran delante. Ella se bajó de la bici preguntándole si con esos resoplidos la estaba llamando gorda, y él contestó que no, en absoluto. Aunque estaba claro que en algún repecho hubiera deseado que ambos pesaran un par de kilos menos.

—Te estoy tomando el pelo —dijo ella dándole un pellizco en el brazo. Luego entró en su portal y Miguel se quedó esperándola para seguir cada uno en su bici hasta la universidad.

Marion vivía en un edificio similar al de Miguel y su piso era una versión acogedora del suyo. Resultaba natural que tres chicas francófonas tuvieran mejor gusto a la hora de decorar un apartamento que una pareja de veinteañeros españoles, aunque corrieran el riesgo de empalago con una ambientación al estilo Amélie. Miguel odiaba esa película, pero cuando se trataba de Marion estaba dispuesto a asumir alguno de sus gustos horribles. Amar no significa «no tener que decir nunca lo siento». Más bien se trata de aceptar que a tu amada le puedan gustar mierdas como El Circo del Sol o Eurovisión.

Miguel pasó la mirada por los titulares de algunos periódicos que estaban colgados fuera de un kiosco y así se enteró de que la noche anterior el Ajax había ganado la Liga. «Mai bloemen», rezaba el titular de otra revista con la foto de unas flores en la portada. Miguel sí sabía que eso significaba 'Flores de mayo', y la frase le tocó muy profundo: le recordó a Cova. Porque con esas mismas palabras había titulado él un poema que escribió a su novia al poco tiempo de conocerse en Mieres.

Jesús Miguel Roncero Salazar había nacido en esa localidad el 20 de abril de 1992, precisamente el mismo día en que se inauguró la Expo de Sevilla, por lo que las enfermeras del hospital le habían sugerido en broma a sus padres que le llamaran Curro.

—¡Qué va, le vamos a llamar Pedro! —les contestó Rosario entre risas, sujetando en brazos al recién nacido.

—¿No le íbamos a llamar Jesús Miguel? —se indignó su padre.

—¿Como tú?

—No lo decía pensando en eso, es que me gusta el nombre.

—Lo que quieres es que tu hijo se llame como tú. Seguro que estás deseando que se parezca a ti en todo.

—Eso ya es buscarle tres pies al gato, mujer. De todos modos, esa nariz es la mía. ¿Y qué tendría de malo que se pareciera a mí?

La discusión entre sus padres sobre su propio nombre fue la primera que presenció Miguel en su vida, a la hora escasa de haber venido al mundo. Quién sabe si percibió la tensión de algún modo en su subconsciente. Al final fue Rosario quien cedió, cosa que luego durante muchos años utilizaría en negociaciones con su marido de vez en cuando. Pero, en realidad, Jesús Miguel y Rosario no eran una de esas parejas que está a la gresca todo el rato. Al menos al principio.

De hecho, los recuerdos que Jesús Miguel júnior —o Chusmi, como todo el mundo le había llamado siempre desde niño— conservaba de su infancia en el Colegio Público Santiago Apóstol de Mieres eran agradables por lo general. Había sacado siempre buenas notas y en verano sus padres le recompensaban mandándole a pasar una semana en una casa que tenían unos primos cerca de Luanco. En el instituto conoció a Cova, hija de un mecánico de una fábrica de ascensores y de una zurcidora. Su rasgo más llamativo era una cicatriz que tenía en la mejilla por un corte que se había hecho de niña al caerse por unas escaleras. Era una chica de melena corta y morena, bajita y con una bonita sonrisa. Una tarde después de ir al cine por primera vez juntos, se dieron un beso y luego Miguel le regaló el poema que traía escrito sobre un folio doblado en cuatro. Le pidió que no lo leyera hasta llegar a casa, pero ella lo hizo nada más doblar la esquina al despedirse y lo primero que vio fue el encabezamiento «Flores de mayo». Le pareció el poema más bonito de todos los que había leído en su vida, lo cual era curioso viniendo de Cova, porque no había leído ninguno.

A pesar de las buenas notas, su padre siempre había dado por supuesto que al acabar la enseñanza secundaria, Miguel se iría a trabajar con él a la mina. Miguel no tenía la menor intención de ser minero, pero como no había dicho nunca nada de esto, llegó el día en que su padre anunció la noticia por sorpresa ante varios familiares y amigos:

—Después del verano Chusmi empieza a trabajar conmigo en Sotrondio.

Hubo un brindis y varios aplaudieron. Miguel, que estaba en el último año de instituto, cruzó una mirada circunspecta con su madre a través de la mesa. Rosario siempre le había dicho que tenía que hacer con su vida lo que él quisiera, que si quería ir a la universidad, iría a la universidad. Su padre también pensaba que debía decidir su futuro con total libertad, siempre y cuando su futuro lo pasara en la mina hasta que le retirara la artritis. Tras unos segundos de tensión, Miguel se levantó de la silla con ánimo de decir algo con una rotundidad definitiva.

—Igual voy a la universidad. —El ánimo era de rotundidad, sí, pero solo era el ánimo—. Tengo que mirarlo mejor, si no os importa, claro.

—¿Y me lo dices ahora? —espetó Jesús—. Habíamos quedado en que te venías a la mina.

—Yo nunca he dicho eso.

—Pero cuando yo sacaba el tema, no decías que no.

—¿Y no decir que no quiere decir que sí? No, no decir que no puede ser decir que no.

—¿Esos trabalenguas es lo que os enseñan en la universidad?

—¡Si todavía no he ido!

Después de la comida, la discusión se alargó toda la tarde en casa y al caer el sol se suspendió en tablas por agotamiento de ambas partes. Por la noche, Miguel corrió a encontrarse con Cova en el puente de Seana sobre el río Caudal. Miguel tenía que ser valiente, dijo ella, sobreponerse a su padre e ir a la universidad.

—Lo que estás intentando hacer es muy grande, Miguel. Huir de la mina porque hay otras cosas fuera de ahí y de tu familia, eso es muy grande.

En realidad, la única motivación de Miguel era trabajar en un lugar que no tuviera riesgo de explotar por exceso de gas grisú. Pero la épica que le había caído gratuitamente del cielo le pareció oportuna y no se iba a sacudir así como así la ocasión de quedar delante de su novia como un idealista.

—Por lo menos alguien que me entiende, Cova.

Para su sorpresa, Jesús lo acabó aceptando. Años después, Miguel se enteraría de que su propia madre también había contribuido a convencerle. No pudo evitar el desastre de que le llamaran Jesús Miguel, es cierto, pero años más tarde su madre había evitado que tuviera que ir todos los días a trabajar con un canario en una jaula para medir la calidad del aire.

Durante los dos primeros años en la Universidad de Oviedo, la relación de Miguel y Cova no hizo sino reforzarse. Sin embargo y de forma inesperada, una tarde al terminar el segundo año de carrera, Miguel le dijo a su novia que había pedido una beca Erasmus para estudiar un año fuera de España. Cova se quedó planchada, porque no había compartido con ella el plan antes de echar la solicitud.

—Lo siento, tienes razón —reconoció él—. Pensé que no iban a cogerme.

—¿Y nuestros planes?

—Nuestros planes siguen exactamente igual. Estamos hablando solo de medio año. Menos, incluso, cinco meses. Vendré en Navidades. Y tú puedes ir allí cuando quieras.

—Yo no puedo tomarme una semana libre en el trabajo así como así.

Miguel se sentía culpable por haber tomado la decisión sin contar con Cova, pero necesitaba salir de Asturias porque tenía veintidós años y la sensación de haber viajado poco, si es que la ruta Langreo-Riaño-Cudillero y dos visitas a Port Aventura cuentan como viajar.

—Me hacía ilusión que hiciéramos juntos nuestro primer viaje —suspiró Cova—. Pero también te comprendo. Tienes que aprovechar la experiencia. Algo así se vive una sola vez en la vida. Viajando se aprende muchísimo. —Parecía complicado decir más tópicos seguidos, pero Cova lo consiguió—: He oído que Ámsterdam es una ciudad muy cosmopolita, y de hecho a mí me gusta llamarla *la Venecia del Norte*.

—Claro que sí, eso es —contestó Miguel agradecido. Era la segunda vez que en una encrucijada importante ella le respaldaba con firmeza. Estaba cada vez más seguro de que Cova sabía quererle como nadie. Y eso no era un tópico.

Pero no era menos cierto que ahora se había enamorado de Marion Delaune, una chica de París huérfana de madre, cuyo padre se ganaba la vida lavando en seco y planchando trajes en una tintorería, y que en este preciso instante abría la puerta de su portal y salía a las calles de Ámsterdam resplandeciente con un vestido corto azul de primavera.

—No tienes que preocuparte tanto —dijo ella aupándose a su propia bicicleta—. Ya verás como al final te alegras de que tu padre haya venido.

—¿Qué? —preguntó Miguel, saliendo de su ensimismamiento. Retiró la vista de las «Flores de mayo», se sacudió los recuerdos de Mieres y Cova y se incorporó a la conversación—. Ah, no, no estoy preocupado por eso.

—Estabas pensando en él.

—No, de verdad.

—Entonces, ¿qué te pasa? —preguntó Marion.

—¿Eh? Bueno, que tengo que hablar con él, sí —respondió mientras Marion le adelantaba.

Miguel cambió de marcha y aceleró para avanzar en paralelo hasta la universidad. En algún momento del trayecto, de pronto, miró a Marion pedalear y esta le devolvió la mirada con una sonrisa que hubiera iluminado todo el Carlos Tartiere. Y fue justo ahí cuando, de golpe, decidió que cuando volviera a Oviedo diría que le encantaban las ciudades donde se andaba en bici.

Si es que volvía a Oviedo algún día.

5

Cuando Chusmi se fue a la universidad con Marion, Jesús Miguel se quedó sin saber qué hacer. Se asomó a la ventana del balcón y vio a los dos abajo hablando en inglés, junto a las bicicletas. Chusmi parecía discutir con esa chica francesa que debía de ser la novia de su compañero de piso. Jesús Miguel no podía dejar de observar la escena y se encargaba de traducir imaginariamente su diálogo:

—Estoy ahí a gustísimo con mi padre y me sales con eso de que hay clase para fastidiar el momento —fantaseaba Jesús Miguel con tanta precisión que casi podía encajar sus pensamientos en los labios de Chusmi como un doblaje perfecto—. La próxima vez que me veas con mi padre, haz el favor de dejarnos a solas, que es como más nos gusta estar.

—Mira, lo siento, no sabía que estabais tan unidos. Además, no podía imaginar que era tu padre, en todo caso, parece tu hermano mayor —decía Marion solo en su mente, pero, aun así, bastó para sentir su ego reforzado.

—Pues para muchas cosas es como un hermano, sí, así que vete acostumbrándote porque nos vas a ver mucho liarla juntos a partir de ahora. —Jesús Miguel estuvo a punto de emocionarse a sí mismo con esta sentencia.

Podía haberse tirado horas imaginando esa y otras versiones aún más elogiosas, pero el disfrute solo duró hasta que Miguel le sorprendió mirando por el cristal y Jesús reaccionó escondiéndose de golpe. Permaneció un rato largo sin moverse, aguantando la respiración y rígido como un bastón, no sabía exactamente por qué, pero así estuvo hasta que decidió asomarse al dormitorio de su hijo. La puerta no estaba cerrada del todo, así que era lícito echar un vistazo sin ninguna intención de cotillear. En realidad daba igual, habría tirado la puerta de un rodillazo solo por la puñetera curiosidad que tenía de fisgonear dentro. Había un futón de matrimonio con un edredón tirado encima. En el suelo también había ropa, zapatillas de deporte y algún libro. A un lado, una mesa con un ordenador portátil. Jesús se agachó para husmear alrededor de la cama. En el fondo no estaba buscando nada raro y no lo encontró. En la pared sobre la cama había un póster con una imagen antigua en blanco y negro que Jesús Miguel se tomó como un homenaje que le hacía su hijo: era un grupo de obreros sentados en la viga de un rascacielos en construcción.

En el cuarto de baño abrió el armarito de la pared y revisó su contenido: espuma de afeitar, unas maquinillas de doble hoja, crema hidratante, dos peines y una caja en la que quedaban dos Espidifén. Mirándose a sí mismo en el espejo del lavabo, se preguntó si Chusmi se había mostrado hostil ante su llegada. No, no podía ser hostilidad, qué tontería, ¿tal vez tendría que haberle avisado con un poquito más de antelación? Pero de haberle avisado antes, casi seguro habrían discutido, y no venir a Ámsterdam era una posibilidad que Jesús Miguel sencillamente no podía permitirse. Era lo único que tenía.

Regresó de puntillas a la cocina, por llamarlo de alguna manera porque no era más que una parte del salón. Abrió la nevera y vio dentro una lata de cerveza a medias, dos cebollas y una tarrina de foie gras. También descubrió un trozo de queso. De forma impulsiva lo cogió con el puño y le arrancó un buen pedazo de un mordisco. Menuda bazofia, pensó masticándolo, mira que venirse a Alemania a comer queso... Claro que, en realidad, no estaban en Alemania, sino en Suiza. El fuet, en cambio, sí era auténtico espetec catalán del caro.

Si quería estar a buenas con Chusmi, tenía que mostrar algún gesto positivo. Bueno, y dejar de llamarle Chusmi. Así que, haciendo el menor ruido posible para no despertar al compañero de piso de su hijo, Jesús Miguel empezó a recoger los restos de la fiesta de la noche anterior. Recolectó todos los vasos de plástico y latas vacías, ceniceros y sobras de comida que encontró y fue a tirarlos a la basura, pero el cubo estaba separado en dos: a un lado había una bolsa azul y al otro lado una bolsa amarilla.

—Menuda mierda de diseño —se dijo a sí mismo mezclándolo todo sin orden ni concierto.

Una vez despejado el fregadero y la encimera, con todos los vasos y platos recogidos, solo quedaba fregar el suelo, pero Jesús Miguel no encontraba la escoba ni la fregona. No había ningún armario alargado en la cocina, tampoco en el salón ni en el cuarto de baño. Así que se dispuso a fregar el suelo con papel de cocina mojado en agua, cosa que hizo meticulosamente. Le llevó más de una hora y cuarto a cuatro patas y dos rollos enteros, pero cuanto más le dolía el lumbago, más convencido estaba de que su hijo iba a valorar el esfuerzo.

Cuando pudo levantarse, pensó que se merecía un cigarrito y salió al balcón a fumárselo. No estaba seguro de si se podía fumar en Holanda al aire libre, lo mismo el tabaco en sí mismo era ya un delito y podía acabar en alguna cárcel de Berlín. Desde fuera cerró la puerta corredera de cristal para no despertar al otro con el ruido. Nada más encender el mechero y dar la primera calada, se dio cuenta de que a un lado estaban la escoba y la fregona.

Luego se fijó en la vista que tenía frente a sí desde el balcón. Justo debajo había un espacio de paso con césped, y mirando en ángulo hacia el final de la calle, había una hilera de coches aparcados junto al canal, que tenía la anchura de una avenida y sobre el cual reposaban algunas barcas pequeñas de motor protegidas con lonas de diversos colores. En la siguiente manzana empezaba una hilera de casas antiguas características de Ámsterdam, moles alargadas y estrechas de colores diferentes pero perfectamente alineadas dibujando un perfil de tejados armoniosos. Todo estaba limpio y ordenado, y Jesús Miguel supo cómo iba a explicar a Mariano y José lo que eran las calles de Europa: eran como una maqueta de trenes. España, en cambio, ahora le parecía como un Exin Castillos montado por un borracho con las piezas que le habían sobrado a otro borracho.

Inhaló la última calada y estaba a punto de tirar la colilla a la calle cuando le frenó la idea de que a lo mejor eso estaba mal visto en ese país. Llevaba pocas horas en el extranjero y ya estaba modernizando su mentalidad, pensó. Entonces escuchó el timbre de la puerta y se giró. Tras una pausa, el timbre volvió a sonar. Por un lado del salón vio aparecer al tipo ese de antes en calzoncillos y camiseta, abrió la puerta y dejó pasar a un hombre un poco mayor que él cuya frente era de un tamaño desproporcionado respecto al resto de su cabeza.

No tenía forma de saberlo, pero se trataba de Matthijs, el profesor de Contabilidad que había estado la noche anterior en la fiesta. Desde el otro lado del cristal, Jesús Miguel no podía escuchar de qué hablaban en el salón. Pensó que era ridículo permanecer ahí y que le descubrieran medio escondido, así que se dispuso a entrar de nuevo en el piso y presentarse. Pero, en ese momento, el recién llegado apoyó la frente en el hombro de Fernando, que le rodeó con los brazos como para consolarle.

«¿Qué habrá pasado? —pensó Jesús Miguel—. Sin duda ese hombre ha venido aquí con una mala noticia y el amigo de mi hijo le está animando...»

Sin embargo, ahora Matthijs también rodeaba la cintura de Fernando con sus brazos, mientras metía las manos por debajo de la camiseta y le acariciaba la espalda con una tendencia bastante tramposa hacia las nalgas. La toma de contacto con Europa había empezado bien, sí, pero Jesús Miguel pensó que con ese tipo de saludos europeos no comulgaba. No se veía en El Trasgu sobando el culo de Mariano a dos manos. Pero no podía ser un saludo, pensó Jesús Miguel, cuando ambos se buscaron con la boca y en una fracción de segundo estaban unidos en un morreo muy aparatoso. Jesús Miguel miró hacia el canal, tratando de desconectar mentalmente. Se le pasó por la cabeza agazaparse en un rincón del balcón y aguantar la respiración hasta que la cosa acabara, pero no había ninguna esquina donde estuviera a salvo de ser descubierto.

Por fortuna, en ese momento no tenían mucha pinta de ponerse a mirar hacia la ventana porque estaban de rodillas en el suelo, quitándose la ropa, magréandose con las manos, la boca, y cualquier parte del cuerpo susceptible de tocar y ser tocada. Jesús Miguel se asomó a la calle y calculó la altura que había hasta el suelo, que no parecía mucha. No tenía a mano canalones ni tuberías por los que descolgarse, pero milagrosamente abajo había una pequeña cama elástica sobre la que podría saltar. Tardó ocho segundos en desechar la idea. Justo el tiempo que le llevó visualizar el trompazo que iba a darse y el trayecto a Urgencias. Imaginó también a un gimnasta cubano realizando el salto con perfecta elegancia.

No quería volver a mirar al interior del salón, pero lo hizo movido por una fuerza ajena a su voluntad. Los dos amigos estaban ya completamente desnudos y al que estaba «triste» hace un momento se le notaba ahora más animado porque hacía algo que, al menos en Mieres, era una felación en toda regla. Rápidamente volvió a mirar a la calle. Esto no podía estar pasando. Tenía que saltar en el acto a la cama elástica, aunque se descalabrara, porque después de lo que acababa de ver, morir estampado contra una colchoneta infantil le parecía un final digno. Estaba ya subiéndose a la barandilla cuando una mujer apareció caminando sobre el césped, cogió la cama elástica y se la llevó. Jesús optó por sentarse otra vez en el suelo del balcón y cubrirse la cabeza con los brazos tal como indican que hay que hacer en los aviones a punto de estrellarse. Así dejó pasar un rato, jurándose a sí mismo por su vida que la curiosidad no le iba a hacer echar otro vistazo. El juramento le duró un par de segundos, lo que tardó en alzar levemente la cabeza y ver que los dos amantes ahora estaban echados, uno encima del otro, entre sus piernas, apretando con fuerza. Podía oír los gemidos. Jesús estuvo a punto de marearse. Intentó sacar la cabeza por entre los barrotes de la barandilla, y no le cabía. Hacía años que no lloraba, pero ahora quería hacerlo, a moco tendido. «Piensa en otra cosa», se repetía, inundando a la fuerza su mente de otras imágenes aleatorias, recuerdos de la mina, paisajes industriales, o de cuando ganó el quinto concurso de mejor camarero en Langreo, cosa que no había pasado jamás, pues tampoco existía dicho certamen, pero lo había imaginado tantas veces que podía recordarlo en alta definición.

En el suelo del salón, Fernando y Matthijs se dejaron caer a un lado boca arriba, jadeando exhaustos. Matthijs se levantó, recogió su ropa y se fue al cuarto de baño. Fernando se incorporó y miró a su alrededor. La casa estaba totalmente recogida, y la cocina, como los chorros del oro. ¿La habrían limpiado Miguel y Marion antes de irse? Por algún motivo, le extrañaba.

Entonces, por pura casualidad, dirigió la mirada hacia el balcón y vio que alguien se había dejado fuera la bolsa de la ropa sucia. ¿Por qué? Al fijarse mejor, se dio cuenta de que no era la bolsa de la ropa sucia, sino un señor acurrucado en el suelo, dándole la espalda y a punto de llorar. Rápidamente se puso los bóxers y salió a hacerle frente.

—*Who is it?*

Otra vez con lo mismo: «juisit». Debía de significar algo, 'hola' o 'le deseo una buena mañana', pero Jesús comprendió que no era un buen momento para buscar un diccionario.

—¿Quién es usted? —preguntó otra vez Fernando en castellano al darse cuenta de que aquellos pantalones de tergal solo eran legales en España y Portugal.

—Perdón, no he visto nada, de verdad —respondió Jesús Miguel totalmente asustado.

—Le he preguntado quién es.

—Perdón —repitió—, soy Jesús Miguel Roncero, el padre de Chusmi, de Miguel, que he venido a verle. Pero vamos, a verle a él, que es lo único que he visto y pienso ver.

—Levántese, por favor.

Jesús Miguel obedeció.

—¿Es usted el padre de Miguel?

—Te lo prometo. Soy Jesús Miguel, encantado —dijo tendiéndole la mano.

Fernando fue a estrechársela, pero el propio Jesús Miguel la retiró justo a tiempo de evitar el contacto.

—¿Qué hace aquí?

—Ya te lo he dicho: he llegado hoy. He estado con Miguel por la mañana antes de que tuviera que irse a clase, pero no me ha dejado las llaves, así que estaba aquí fuera tomando el fresco. No he visto nada, de verdad, no sé qué estabais haciendo, yo estaba aquí, mirando para allá, a esa parte del canal, creía que había pasado un barco y estaba mirando para allá todo el rato, de hecho, se me había olvidado que detrás de mí había una casa, ni que había nadie, no tengo ni idea de lo que habéis hecho en el salón ni mucho menos por qué, y por lo tanto tampoco he de ser yo quien lo juzgue, puesto que no tengo elementos de juicio, ya que, como te digo, estaba mirando allí, ¿ves ese edificio ahí enfrente? Pues en eso estaba yo concentrado, en eso y en nada más. Vamos, que si se llega a incendiar la casa, igual ni me doy cuenta, que no quiero decir que hubiera ningún motivo para que la casa se incendiara, ¿eh?, o sea, que no es por hacer ningún símil con nada de lo que pudiera, o mejor dicho no pudiera, estar pasando, o no pasando, que como digo no sé lo que es.

—Tiene que salir inmediatamente de aquí, se puede armar un lío gordo para todos.

—Sí, ¿verdad?

Una voz llamó a Fernando desde dentro de la casa. Era Matthijs, que le pedía una toalla.

—Ahora mismo vengo —dijo Fernando a Jesús Miguel.

—Espera, puedo salir ahora corriendo hacia la calle.

—¿Fernando? —preguntó Matthijs, que estaba en el salón desnudo y completamente mojado. Fernando entró en la casa.

—*What are you doing?* —preguntó Matthijs mirando hacia el balcón.

Fernando siguió la dirección de la mirada del holandés, asustado, pero en el balcón no había nadie. Empujó a Matthijs hacia el cuarto de baño, donde le dio una toalla. Luego cerró la puerta y regresó corriendo al balcón, para descubrir que Jesús Miguel se había colgado de la barandilla.

—Estoy bien, no pasa nada —contestó el asturiano, cuyos dedos, sin embargo, parecían resbalar por la superficie de hierro.

En ese instante se escuchó un grito desde la calle.

—¡¿Qué pasa?!

Era Miguel, que dejaba caer la bicicleta al suelo y corría alarmado al lugar de los hechos. Pero poco podía hacer más que esperar a que su padre le cayera encima.

—Pero ¿qué haces ahí? —volvió a preguntar. La típica increpación que no sirve de nada en un momento de urgencia.

—¡Estoy bien, no os preocupéis! —contestó Jesús Miguel, aunque las manos habían resbalado hasta el límite antes del trompazo—. Os he recogido toda la casa y he fregado la cocina.

—¿Qué dices?

—¡Ve a coger algo para que tu padre se descuelgue! —gritó Fernando, mientras trataba de sujetar a Jesús Miguel por las muñecas.

Miguel desapareció tras la esquina y a los pocos segundos regresó al trote, trayendo un montón de sillas apiladas del bar de al lado. Detrás de él venía un camarero de origen antillano al que de alguna manera había convencido del préstamo. Colocó la torre de sillas bajo los pies de su padre y le dijo que se apoyara.

—¡No puedo! —gritó Jesús Miguel—. Voy a matarme.

—Suéltate, no pasa nada —dijo Miguel mirando hacia arriba.

—Si me pasa algo, no le digas nada de esto a tu madre, Chusmi, por favor.

—Llévate a tu padre de aquí y no volváis a casa hasta que os llame por teléfono —dijo Fernando desde arriba.

—¿Por qué? ¿Qué pasa? —preguntó Miguel.

—Haz lo que te digo —insistió su amigo.

Entonces soltó a Jesús y este se dejó caer apenas unos centímetros sobre las sillas. Intentó mantener el equilibrio hasta que la torre se desplomó. Miguel y el antillano se apartaron para que el hombre no les cayera encima. Jesús se desplomó de culo sobre la hierba, soltando un agudo gruñido en el momento del impacto.

—*Who's yelling?* —preguntó Matthijs a Fernando al tiempo que se acercaba al balcón recién vestido y peinado. Fernando entró en el piso y le aseguró que no pasaba nada.

Abajo, Miguel ayudaba a su padre a levantarse.

—Venga, vámonos de aquí.

Después de devolver las sillas al café y pedir disculpas al

antillano por las molestias, padre e hijo echaron a andar por Ruysdaelkade en dirección norte, hacia el centro de la ciudad.

—¿Estás bien? —preguntó Miguel.

—Ahora mismo no me duele, pero mañana te lo diré.

—¿Tú sabes la que me puede caer a mí encima si ven a alguien saltando del balcón?

Miguel se acordó del *balconing* que él mismo se había marcado la noche anterior y casi le dio vergüenza haber esgrimido ese argumento contra su padre, que le miraba con cara de cordero degollado. Pensó que tal vez Marion tenía razón. Debía calmarse y darle una oportunidad.

6

Miguel y su padre llegaron caminando hasta la plaza de Heinekenplein. Como era lunes no tuvieron ningún problema para hacerse con una amplia mesa de madera en la terraza de un pub irlandés en la esquina de la calle Quellijnstraat. Cuando les trajeron dos jarras de cerveza, Jesús se bebió la mitad de la suya de un trago.

—Decías que necesitabas una cerveza antes de contarme por qué estabas colgando del balcón —le recordó Miguel—. Soy todo oídos.

—Pues verás —contestó su padre secándose los labios con el dorso de la mano—. Ese amigo tuyo, tu compañero de piso...

—Fernando.

—¿Fernando?

—Sí, ¿qué pasa?

—¿Es normal?

—¿Normal de qué?

—¿Todo bien con él?

—Pues sí —afirmó Miguel encogiéndose de hombros. La verdad es que no había tenido ningún problema con Fernando en todo el año y, de hecho, se estaban haciendo muy amigos—. ¿Te refieres a algo en concreto?

—Si tú le ves normal, a lo mejor no pasa nada.

—¿Nada de qué?

—Verás. Eh... Creo que está engañando a su novia con otra.

—Eso no puede ser.

—Claro que sí. En cuanto la francesa tetona se fue del piso contigo, vino otra chavala y empezaron a hacer de todo. Y cuando digo de todo, quiero decir «de todo». —Miguel tenía que mirar para otro lado cuando su padre también usaba las comillas.

—¿Qué francesa? ¿Marion?

—Sí, la que estaba contigo.

—Marion no es la novia de Fernando.

—¿Ah, no?

—Y no es «tetona».

—¿Qué?

—Tiene unos pechos que están bien, que no es lo mismo.

—Ah, vale.

—Pero sobre todo no entiendo qué tiene que ver nada de eso con que te encuentre colgando del balcón.

—Supongo que el haberte limpiado el piso entero no cuenta a mi favor —argumentó Jesús Miguel a la desesperada, recordando que también había repasado los rodapiés con las uñas porque no encontró estropajo.

Bebieron sus respectivas cervezas. Por la calle Quellijnstraat pasó un autobús turístico y pudieron escuchar un breve fragmento de la megafonía en japonés. Antes de llegar a una plaza llena de cafés con terraza, Miguel había tenido un despiste de cálculo al caminar: habían ido andando a lo largo de Ruysdaelkade, uno de los barrios rojos de Ámsterdam, donde las prostitutas ofrecían sus servicios en escaparates a pie de calle. Miguel no había hablado jamás de sexo con su padre y ahora no sabía cómo evitar el bochorno al verse bombardeados por la oferta sexual más amplia de Europa. Pero era demasiado tarde para cambiar de ruta sin que se notara que era una evasión evidente, y más cuando su padre ya se había quedado hipnotizado por la visión. Jesús Miguel caminaba como un niño que visita Eurodisney por primera vez, con la agonía de quien quiere subirse en todas las atracciones al mismo tiempo, pero en vez de Goofy y Donald, ahí lo que había eran putas. Miguel había intentado distraerle sugiriendo que mirara hacia el canal, o intentando girar por alguna bocacalle.

—¿Qué es esto? —había preguntado Jesús, parado ante uno de los múltiples escaparates con neones que se alineaban a lo largo de la calle.

—¿El qué? —preguntó Miguel haciendo como que no se daba cuenta de que tras una ventana había una mujer en tanga con peluca rubio platino señalándoles la entrada con un vibrador gigante—. No sé a qué te refieres, pero ven, que vas a ver algo alucinante.

Finalmente había conseguido desviar a su padre para enseñarle una tienda de coleccionismo de sellos. Jesús Miguel quiso preguntar a su hijo qué mierda de interés tenía aquello, pero no lo hizo.

Ahora se acababa de terminar la primera jarra de cerveza del pub O'Donnell's mientras Miguel solo había dado un trago a la suya. Se miraron. Jesús Miguel decidió que había llegado la hora de coger el toro por los cuernos y afrontar el tema que más urgía resolver.

—¿Por qué te has cambiado el nombre? —preguntó a su hijo sin mirarle a los ojos.

—¿Cómo dices?

—Antes me has dicho que habías ido al registro para cambiarte Jesús Miguel por Miguel. Espero que solo lo dijeras por el calentón del momento y que no sea verdad.

—Pues sí, es verdad —contestó Miguel tras una breve pausa—. Fui al registro de Oviedo hace unos meses, pero eso no es lo importante ahora.

—¿Lo has hecho por rechazo a mí? Lo sabía. Igual que antes te fuiste a estudiar a Oviedo en vez de matricularte en Mieres.

—Me fui a Oviedo porque en Mieres no había Empresariales, ¿o es que no te acuerdas?

—Ah, es verdad —reconoció Jesús—. ¿Y tu madre sabe lo del nombre?

—Sí.

—¿Y a mí por qué no me habías avisado?

—¿Quieres que hablemos acerca de avisar antes de hacer algo importante?

—No sé si es una ironía, pero no la pillo.

—Tú pillas lo que quieres, según parece —dijo Miguel mientras sacaba el teléfono móvil del bolsillo para dejarlo sobre la mesa—. Y encima Fernando no llama, esto es la hostia.

—Déjale que acabe tranquilo, nos quedamos nosotros por aquí tan a gusto a tomar algo y lo que surja.

—¿Que acabe el qué? ¿Se puede saber de qué estás hablando? —No entendía nada.

El volumen de la discusión había ido creciendo y llamaba la atención de una pareja sentada en la mesa de al lado, que los miró de reojo.

—*Is everything okey?* —preguntó el camarero, que pasaba por allí justo en ese instante.

—*Yes, it's okey* —contestó Miguel.

—Hola, «juisit»... A mí tráeme otra cerveza —le espetó Jesús, pero en español. Miguel se lo tradujo y el camarero asintió antes de seguir su camino.

Miguel resopló y bebió de su cerveza.

—Perdona —dijo.

—No, perdona tú —se excusó su padre—. No he venido aquí a discutir contigo.

—¿A qué has venido entonces? Ahora lo pregunto en plan bien.

—Te lo estaba explicando antes de que tuvieras que irte corriendo —contestó Jesús—. La situación en España está muy jodida, como ya sabes.

—¿Y por qué crees que aquí va a ser mejor?

—Porque estás tú.

—Ya, pero la beca Erasmus se acaba en unas semanas.

Miguel se quedó cabizbajo. Se confirmaba la teoría que había elaborado a lo largo del día, incapaz de concentrarse en las clases desde la llegada de su padre esa misma mañana. Estaba claro que había venido a Ámsterdam para vivir de su beca Erasmus el tiempo que fuera posible. Su situación, sin duda, debía ser extrema para haber tomado una decisión así. Sintió un poco de lástima por él, pero no podía hacerse cargo de su problema. Tenía que decirle que no podía quedarse bajo ningún concepto.

—Está bien, puedes quedarte —dijo entonces.

—Gracias —contestó su padre con una sonrisa que hizo a Miguel darse cuenta del equívoco que había provocado.

—Un par de días, quiero decir. Pasamos un par de días juntos mientras te sacas el billete de vuelta.

—Pero si no tengo dinero.

Miguel se llevó las manos a la cabeza. Estaba claro que iba perdiendo paulatinamente el control de la situación. Se levantó de golpe, no podía más.

—Voy al cuarto de baño —dijo.

Jesús Miguel se quedó a solas y reparó en la pareja que antes los había mirado. Se cogían las manos fuertemente y se besaban, sin duda muy enamorados. Entonces sonó el teléfono móvil de su hijo, que seguía en la mesa. Jesús comprobó que era Fernando quien llamaba y contestó.

—¿Dígame?

—Miguel, soy Fernando. Ya podéis volver.

—Vale, gracias —dijo Jesús sin aclarar la confusión.

Fernando había colgado ya. ¿Tan parecida era su voz a la de su hijo? Debía de ser que sí. Se quedó unos segundos pensativo con el móvil en la mano. Una tarde de cañas con su hijo no podía acabar ahí. Navegó con torpeza por el menú del móvil y finalmente encontró la pestaña de las llamadas recientes. Borró la llamada entrante de Fernando y aprovechó para hacer un rápido repaso del registro de llamadas, donde comprobó que el nombre de «Mamá» aparecía una y otra vez.

Mientras tanto, en el cuarto de baño del pub, a donde había ido para poder llamar a Marion en privado, Miguel se dio cuenta de que se había dejado el móvil en la mesa, así que volvió a salir. Al sentarse otra vez frente a su padre, cogió el teléfono y se lo guardó en el bolsillo. Ya la llamaría más tarde.

—¿Tienes hambre? —preguntó Jesús—. ¿Quieres comer algo? Si quieres podemos comer algo mientras llama Fernando.

Un poco después, estaban ante una especie de máquina expendedora que servía comida caliente. En Asturias no había de eso, pero Jesús vio que la gente sacaba con toda naturalidad empanadas de aquel «cajero automático». Varios carteles anunciaban que el lugar se llamaba FEBO, pero a Jesús le parecía más propio de la NASA, una cosa del futuro que uno relaciona con coches voladores o corbatas de papel Albal.

Llevaban fuera horas, empezaba a caer la noche y se sentaron en una parada de tranvía, pues no encontraron un banco cerca del lugar de comida rápida.

—¿Esto es típico de aquí? —dijo Jesús Miguel señalando el envase que empezaba a abrir.

—Es una hamburguesa.

—No sabía que la hamburguesa era típica de aquí.

—No, no, pero también la comen aquí, en los Países Bajos.

—Ah, pero ¿no me habías dicho que estábamos en Holanda?

—Por eso.

—¿Qué tal Cova? —preguntó Jesús Miguel tratando de disimular su confusión geográfica—. ¿Quieres que ponga kétchup o cada uno se pone el suyo? —Se refería a una ración de patatas fritas que habían puesto al centro.

—¿Qué? —se sorprendió Miguel.

—Que si le pongo kétchup, digo.

—¿A qué viene ahora lo de Cova?

—¿Cuándo quieres que te lo pregunte?

—Déjalo, no empecemos otra vez.

—¿Y con tu madre hablas mucho? ¿Eso te lo puedo preguntar?

—De vez en cuando.

Un tranvía paró, pero Miguel hizo un gesto al conductor. No se iban a montar. Entonces, miró de reojo a su padre, que seguía comiendo. Sin duda quería hacerle creer que la pregunta sobre su madre había sido meramente casual y que ya no quería saber más, pero con su silencio estaba tratando de extraerle más información. Jesús Miguel terminó su hamburguesa y se limpió la boca con el envoltorio. Se le había quedado un trozo de cebolla casi en la barbilla y él no quiso decirle nada pensando que ya se daría cuenta solito o se le caería sin más.

Al cabo de un rato Miguel le dijo que su madre, Rosario, estaba bien. Que al menos él la notaba bien cuando hablaban. Que seguía en Zaragoza, donde trabajaba en una empresa de telemarketing.

—¿Sabes si está con alguien? —preguntó Jesús.

—No lo sé.

Se miraron un rato.

—Mira, si te empeñas, mañana me compro un billete de vuelta a España.

—No es que me empeñe.

—Escucha, déjame terminar. Mañana me voy a comprar el billete. Pero esta noche te invito a otra copa, venga. —Seguía teniendo el trozo de cebolla en la boca.

—No puedo, mañana tengo clase.

—Que creo que todavía tienes muchas cosas que contarme.

—No pienso hablarte de mamá. Paso de andar contándole a uno las cosas del otro, ni hablar.

—Me refiero a la francesa. Si no es la novia de Fernando, tienes muchas cosas que contarme.

Durante las dos horas siguientes, Miguel le contó a su padre todo sobre la situación con Marion mientras daban cuenta de una cerveza tras otra en cada bar por el que pasaban. Se habían olvidado de que, en teoría, estaban esperando la llamada de Fernando para poder volver a casa. El tema ahora era Marion. Y Cova. Y el novio de Marion, que vivía en Francia. Y la «relación» (entre comillas) de Miguel y Marion. Y de nuevo qué hacer con Cova.

—Lo que no puedes es dejar así como así una relación como la que tenías con Cova —le dijo Jesús en la cuarta cerveza.

...

—Lo que hay que hacer es aprovechar la vida y las cosas según vengan —volvió a atacar su padre en la séptima jarra, varios pubs más allá.

...

—Yo que tú... —balbuceó sin terminar la frase al dar el primer trago de la novena. Miguel iba siempre dos o tres cervezas por detrás.

—Ahora sí que lo tengo claro —contestó Miguel, y ambos estallaron en una carcajada.

Al terminar la duodécima, las carcajadas habían dado paso a un notable bajón y los estaban echando de un pub, del cual salieron casi a cuatro patas.

—Sé que estamos cerca de casa, pero no estoy seguro —balbuceó Miguel. No estaba claro si su padre le había oído, pese a que iban andando cogidos del brazo.

—¡Vámonos a las putas de ahí! —chapurreó Jesús. Él tampoco le oyó, pues estaba intentando enfocar el letrero de una calle.

Miguel miró a Jesús y advirtió que su padre había cruzado la calle por su cuenta y desaparecía tras una esquina.

Salió corriendo tras él sin reparar en que un coche venía a toda velocidad y casi se lo lleva por delante.

Al doblar la esquina vio a su padre calle abajo y apretó el paso como pudo, hasta alcanzarle.

—No es por aquí —dijo Miguel cogiéndole de un brazo.

—Sí, es aquí —contestó Jesús señalando al bloque de casas que, efectivamente, era el suyo.

Miguel atinó con la llave en la cerradura del portal, y empezaron a subir las escaleras agarrando la barandilla para remolcar sus propios cuerpos escalón a escalón.

—Eres la hostia, tú —se rio Jesús Miguel—. Qué callado te lo tenías..., la francesita...

—Sssshhhh...

Las risas de Jesús se oían por toda la escalera. Finalmente entraron al piso. La luz estaba apagada y no había nadie. Jesús Miguel intentó contener una risotada, pero le salió un bufido que se transformó en una carcajada espasmódica y silenciosa, revolcándose por el suelo.

—Vamos, levanta... —Miguel, que se había recuperado un poco, tiró del brazo de su padre.

—¿Viste cómo te dejé la casa, eh?

Miguel consiguió arrastrar a su padre hasta la habitación y Jesús se dejó caer en la cama entre gemidos, buscando la posición adecuada para dormirse mientras Miguel le quitaba los zapatos y luego los pantalones.

—¿Tú estás bien? —le preguntó su padre.

—Calla, acuéstate.

—¿Dónde vas a dormir?

Miguel apagó la luz y ambos se quedaron tendidos en la cama hombro con hombro.

—¿Echaste bien el pestillo de la habitación? —preguntó entonces Jesús Miguel.

—¿Para qué?

—Por si alguien, y no voy a decir quién, tiene la tentación de entrar aquí por la noche buscando carne fresca

—contestó, estallando después en una irrefrenable carcajada.

Permanecieron un rato en silencio, solo interrumpido por la respiración pesada y los gruñidos de Jesús.

—No puedo más, ¿a ti no te da vueltas todo? —dijo finalmente.

—Intenta relajarte y echa el ancla —contestó Miguel.

—¿El qué?

—Que pongas el pie en el suelo.

Jesús Miguel intentó pasar entonces su pierna derecha por encima de Miguel, como para llegar al otro lado de la cama.

—¡La otra pierna, hombre, por el otro lado!

—Perdón —dijo bajando la pierna al suelo.

—¿Mejor?

—Mucho mejor, este truco es la hostia. ¿Se lo puedo contar a Mariano y a José?

—¿A quién?

—Diciéndoles que es tuyo, claro, aunque ya les dije que como hijo eres la leche.

La respiración de Jesús Miguel empezó a recobrar la normalidad y Miguel ya se estaba dejando llevar por el sueño cuando de repente oyó:

—Voy a vomitar.

Los ojos de Miguel se abrieron como platos. Y en ese momento empezó a comportarse como el héroe de una película de acción. Sabía perfectamente lo que debía hacer y lo ejecutó con una eficacia sublime: salir de la cama de un salto, agarrar a su padre, sacarlo de la habitación casi a gatas, llevarlo hasta el baño, ponerlo de rodillas junto a la taza del váter y sujetarle la cabeza. Quizás la vida no le había preparado para lidiar con el enamoramiento de una parisina, pero en lo relativo a bregar con pedales ajenos era el Bruce Willis de las borracheras.

Justo cuando levantó la tapa del retrete, su padre comenzó a devolver. Miguel sintió una agradable punzada de orgullo por su eficiencia, pero enseguida se dio cuenta de que no había nada de lo que presumir. Estaba sujetando la cabeza de un señor de mediana edad que no paraba de vomitar. Su padre. No existía motivo para estar orgulloso. Aun así, Miguel tenía tantas horas de vuelo acumuladas auxiliando a amigos borrachos en las fiestas de Mieres y Ribadesella que sabía de memoria qué decir para tranquilizar al afectado:

—Ya está, ya está...

Tras la primera descarga, Jesús parecía haber recuperado la consciencia, pero en cuanto giró la cabeza hacia su hijo, Miguel advirtió que aún no estaba bien.

—Chusmi..., te quiero muchísimo.

En cuanto Miguel reparó en los ojos vidriosos de su padre, identificó esa mirada como algo típico de la situación «borracho arrodillado junto a taza del váter» que estaban viviendo. Se le avecinaba el clásico tsunami de exaltación cariñosa y no había dónde resguardarse.

—Eres un sol, Chusmi, yo a ti te quiero pues muchísimo, ¿cómo no te voy a querer yo a ti? Estás guapo de cojones además —balbuceó Jesús mientras ponía el dedo índice en la nariz de su hijo—. Esta nariz sale a tu padre.

Miguel consiguió sujetar la frente sudorosa de su padre con la mano izquierda y abrir el grifo del lavabo con la derecha. Se mojó la mano con agua fría y aplicó suaves friegas sobre la nuca de Jesús. Si existiera un mir para homologar el título como asistente sanitario de borrachos, Miguel lo obtendría cum laude y se lo rifarían en la sanidad privada.

—Lo siento mucho. Eres lo único que tengo en el mundo.

Miguel podría haberse ablandado por ese comentario, esas palabras habrían calado en él si su padre no tuviera unos mocos colgando de la nariz. No hablaba la sensatez, hablaba el pedo cariñoso.

—Anda, dame un besito, Chusmi.

No es que los sentimientos de su padre no fueran reales, pero la experiencia invitaba a Miguel a relativizar, como cuando en la fiesta de bienvenida a los erasmus un austriaco al que jamás había visto le juraba que era su mejor amigo y le dio una copia de las llaves de su casa en Innsbruck. No había vuelto a verle el pelo jamás.

—Te juro que mañana me compro el billete de vuelta a Asturias, que yo quiero que seas feliz y no ser una carga, que yo solo quería ver cómo estabas porque te echaba de menos, Chusmi, perdona, Miguel, te juro que no te vuelvo a llamar Chusmi, ya te llamo Miguel a partir de ahora, si además lo dice el Registro que te llamas así, pues así te llamas y no se hable más. Venga, dame un abrazo, Chusmi...

Aprovechó el abrazo para llevar a su padre hasta la cama a rastras y este se quedó dormido una fracción de segundo antes de tocar la almohada. Miguel, en cambio, se quedó mirando los haces de luz que entraban por la ventana y se proyectaban haciendo formas rectangulares sobre el techo. Imaginó cómo sería si pudiera mover mentalmente esos volúmenes de luz para cambiarlos de posición y encajarlos unos con otros, creando figuras geométricas, lo cual era síntoma inequívoco de que a) su cabeza estaba eludiendo lo realmente preocupante de su situación y b) se había desvelado.

Uno de esos haces de luz iluminó la cara de su padre y unas décimas de segundo le bastaron para descubrir que los restos de cebolla seguían heroicamente aferrados a la barbilla. Miguel se humedeció un dedo con la lengua y dejó el rostro de Jesús sin rastro alguno de su primera noche en Ámsterdam.

7

De: miguel_ron@hotmail.com
Para: covamail1994@gmail.com
Asunto: Sin asunto

Hola, Cova:

Espero que te encuentres bien. Me he estado acordando mucho de ti esta última noche y por eso nada más levantarme quería escribirte este mensaje, porque además creo que tenía algún mensaje anterior tuyo sin contestar. Perdóname, pero he estado muy ocupado últimamente con los estudios y con nada más que eso, a lo que dedico todo el tiempo. ¿Qué tal va todo por ahí? Saluda a tus padres de mi parte, diles que también me acuerdo mucho de ellos. Por aquí en Ámsterdam todo bien. Ha venido mi padre a verme unos días. En tu anterior mensaje me decías que estabas saliendo bastante últimamente y pasándotelo muy bien de fiesta por ahí, ¿no? Espero que esto siga siendo así. De hecho, no sé si era tu intención, pero creí entender que me estabas animando a que yo saliera mucho también aquí en Ámsterdam y me lo pasara lo mejor posible. Ahora no estoy seguro de si me decías esto en tu mensaje porque a lo mejor lo confundo con las muchas veces que hemos hablado de esto en persona, lo de tener cierto margen dentro de la relación que facilite que podamos pasarlo bien cada uno por su cuenta. No sé si me estoy explicando bien, no quiero que pienses nada porque no está pasando nada raro, solo estoy pensando que a lo mejor dentro de los márgenes del estricto respeto a nuestra fidelidad sería normal que a alguno de nosotros, por ejemplo a ti, le pasara algo en este tiempo que hemos estado separados, o que hubieras tenido algo con alguien, me refiero, y quiero que sepas que lo entendería perfectamente y no me enfadaría, te respetaría por encima de todo. De hecho, hasta según cómo lo enfoque, incluso podría ser bueno para mí, a veces la gente se toma esto de la infidelidad a la tremenda y yo no soy de esos, así como creo que tú tampoco. Nada más por hoy, quería simplemente decirte esto y ahora tengo que irme corriendo a clase.

Un afectuoso saludo,

Miguel

8

Al principio todo era oscuridad. Luego más oscuridad. Y luego dolor de cabeza. Jesús estaba despatarrado con la nuca en los pies de la cama de su hijo. Cuando abrió los ojos, lo primero que vio fue un grupo de albañiles descansando sobre una viga a gran altura, lo cual le provocó un sobresalto que le hizo incorporarse a medias. Se tranquilizó al darse cuenta de que solo era el póster de Chusmi, afortunadamente, no estaba asomado al vacío desde un rascacielos, o lo que le daba aún más vértigo, no estaba en Nueva York. ¿Qué hora era? Y menudo dolor de cabeza.

—¡Ch...!

Jesús ahogó su grito de inmediato. Recordaba que el día anterior su hijo le había dicho algo acerca de llamarle Chusmi, pero ahora con la resaca no recordaba qué era. ¿Cómo puede ser que los europeos beban tanto? Su fama de alcohólicos, que había llegado hasta Mieres, donde no llegan las famas, había quedado demostrada a las primeras de cambio. O tal vez no era eso. Pensándolo mejor, la diferencia entre España y el resto de Europa no era el exceso de alcohol, era la falta de tapas. No es que los europeos bebieran más que los españoles, es que no sacan unas aceitunas o unos kikos para que el pirriaque no se suba tanto. Esa era la condena que había descolgado a España del progreso de un continente. Un platillo de oreja, una rebanada con cabrales, eso había condenado a un país. Los europeos habían creado más y mejor por emborracharse más rápido, concluyó Jesús Miguel. Porque mucho se te tiene que subir el alcohol para que te dé por pintar la Capilla Sixtina, construir la torre Eiffel o inventar la democracia. La próxima vez que le pusieran una tapa en El Trasgu la iba a estampar contra la pared.

Llevaba años pensando que se había inmunizado contra la resaca, pero no, acababa de descubrir que las resacas no se perdonan, sino que se acumulan en un gran bote especial del que acababa de ser el único agraciado. Había conseguido cumplir el gran sueño de la ciencia: revivir la sensación de juventud, sentir que tu lengua es un cachopo rebozado en polvos de talco y relleno de piedra pómez. Si esto era el día a día en Ámsterdam, Europa acababa de encontrar en él un activista incondicional. Ese tipo de patriotismo era el que le interesaba a Jesús: no el que se siente en el corazón, sino el que se lleva en el hígado.

Animado por ese pensamiento se levantó de un salto, pero su jaqueca reaccionó a semejante esfuerzo sentándole de culo en la cama, por lo que decidió ir poco a poco. Para sacar una sola pierna del futón tuvo que hacer tal esfuerzo de sincronización que le habría costado poco más pintar el *Gernika* con un pincel en los pies. Cuando por fin consiguió sacar una pierna fuera del colchón, escuchó a Chusmi hablar en el salón.

—Bueno, y tú qué tal... —decía alegre su hijo.

Imaginaba que estaría hablando con su compañero de piso, pero cuando consiguió asomarse por la puerta entreabierta de la habitación como un gato, Jesús comprobó que Miguel no hablaba con Fernando, sino que conversaba con la pantalla de su ordenador. ¿Ahora se podían manejar los ordenadores a voces? Era posible. Pero no, no parecía estar manejando el ordenador. Estaba hablando con alguien. De hecho, en la pantalla podía distinguir la cara de Rosario. ¿Chusmi se había vuelto loco? ¿Hablaba con una foto de su madre? En la zona de Mieres no hay muchos casos de esos que aparecen en las páginas de sucesos. Pero sí había oído hablar de Pelayín, un campesino de Cuturrasu que se volvió loco cuando su perro murió. Lo disecó y lo sacaba a pasear por Mieres los domingos por la tarde. Jesús no podía permitir que eso le pasara a su Chusmi. Estaba a punto de intervenir cuando oyó hablar a Rosario. Hacía años que no escuchaba la voz de su ex. A pesar de la resaca y de que Rosario no tenía una voz muy bonita, era como música para sus oídos. La calidad de imagen del ordenador era bastante deficiente, pero Jesús pudo distinguir su cara redonda, su sonrisa franca y ese peinado de madre que es el único que te ofrecen los peluqueros españoles a partir de los cincuenta años.

—Por aquí todo bien, como siempre —le decía a Miguel a través del Skype—. ¿Tú qué tal llevas los trabajos de la universidad?

—Bien, se nota que hay mucho nivel. Son muy europeos —contestó Miguel, sin tener ni la más mínima idea de lo que había querido decir con eso—. No es como en España, que no tenemos esa visión.

—Al final le vas a coger gusto y te vas a querer quedar. —Rosario rompió a reír como quien acaba de soltar la gilipollez más grande.

—¿Te imaginas? —dijo Miguel sin poder evitar verse llevando a Marion en moto por la Plaza Mayor de París, aunque no tenía carné de moto ni sabía si en París había Plaza Mayor—. No, hombre, también tengo ganas de volver.

—Sí, anda, que te veo más delgado. ¿Hiciste la receta de cocido que te pasé?

—Eso justo no. Pero el bacalao al ajoarriero sí lo he preparado.

Que lo había cocinado era cierto, otra cosa es que aquel mazacote encarnado acabara en la basura.

—Me salió de chuparse los dedos —remató.

—Muy bien... ¿Y entonces nada más? —dijo Rosario con ganas de estirar la charla—. ¿Ninguna novedad más por ahí?

—¿Por qué dices eso? —respondió Miguel como si le hubieran pillado en la aduana escondiendo un alijo de noticias incómodas—. Pues no, ¿qué novedades va a haber? Aquí todo igual.

—No sé, ¿necesitas que te mandemos algo más de dinero?

—No entiendo muy bien a qué viene eso. —Miguel no dejaba de valorar la posibilidad de meterle una patada al *router* para acabar la conversación—. ¿Para qué voy a querer más dinero?

—Me ha dicho Víctor que te lo diga, que para cualquier cosa te hace un ingreso.

—Muchas gracias, pero no, para nada, además —se trababa Miguel por las prisas de cortar—, me tengo que ir ahora. Dale saludos a Víctor, pero vamos, que no, sin novedades por aquí.

—Se los daré —dijo Rosario—. Cuídate, Miguel, te quiero mucho.

Se dieron besos por la pantalla y, como siempre, Rosario se quedó congelada con una sonrisa en el rostro hasta que su hijo colgó. Nadie podía garantizar que, entre conversaciones de Skype, Rosario no pasara los días con la sonrisa congelada frente al ordenador.

Jesús Miguel no salía de su asombro. Ya de por sí era chocante escuchar una conversación privada de su exmujer con su propio hijo, pero sobre todo le había impactado el tono de ambos. Era una charla amable, en la que madre e hijo compartían sus cosas con cariño y normalidad. ¿Por qué él no podía hablar así con Chusmi? Ráfagas de recuerdos le vinieron a la cabeza. Algo así hizo anoche. Tuvieron una charla amigable, natural, la típica conversación sana y entrañable que tiene un padre con su hijo, salvo por el pequeño detalle de que había acabado vomitando a cuatro patas. Pero quería más. ¿Por qué él no podía hablar así con Chusmi incluso estando sobrio? Claro que podía. Y no iba a dejarlo para más tarde.

Cuando su hijo apagó el ordenador y se levantó de la silla, Jesús Miguel reaccionó rápidamente reculando hasta la cama para acostarse y disimular. Al abrir la puerta de la habitación, Miguel vio a su padre tendido en la cama, con los ojos cerrados y la boca abierta. Se le quedó mirando un rato. Sentía por él una mezcla de pena y cariño. Por su parte, Jesús creía que estaba haciéndose el dormido bastante bien y se preguntó qué hacía ahí Chusmi de pie, mirándole. Antes de que le diera la risa, decidió hacer como que se despertaba.

—Hum, ah, hola, estás ahí... —murmuró.

—¿Estás bien? —le preguntó Miguel.

—Sí, nada de resaca, ¿qué hora es? —preguntó Jesús, ahogando una arcada al incorporarse—. Menudo cebollón nos cogimos anoche, ¿eh? Lo raro es que estemos aquí tan frescos y con ganas de más guateque. —Jesús le lanzó un guiño de ojos aún más rancio que la palabra *guateque*.

—¿Quieres ducharte? —respondió Miguel, eludiendo el tema.

—No, dúchate tú.

—No, dúchate tú antes si quieres.

—No, de verdad, a mí no me importa...

Así estuvieron un rato, en un ping pong de cordialidad estéril que se saldó con Jesús Miguel enfilando hacia la ducha.

En ese momento Fernando salió de su cuarto medio grogui como de costumbre. Vio a Miguel sentado en la cama mientras a la vez se escuchaba el chorro de la ducha y creyó que quien estaba en el baño era Marion.

—¡Por fin! No te quería contar nada, pero me acabas de hacer ganar cincuenta eurazos que aposté con los italianos hace meses. ¡Los muy cabrones decían que no te tirabas a Marion en tu puta vida! —exclamó poniendo la mano para que el otro le saludara al estilo NBA. Pero no se produjo tal cosa.

—Es mi padre —le respondió lacónico.

Incómodo, Miguel cambió de tema y preguntó a su compañero de piso por la chica a la que había invitado a casa la noche anterior. Fernando primero se hizo el longui, pero ante la insistencia de Miguel resolvió que ya se lo contaría más adelante. Justo entonces la puerta del baño se abrió y salió Jesús Miguel, chorreando agua y desnudo excepto por una pequeña toalla que sujetaba sobre sus partes íntimas.

—A la buena de Dios —exclamó al ver a Fernando.

—¿Todo bien? —preguntó él impactado por la visión.

—No le he dicho nada a Chusmi de lo de ayer.

Fernando iba a contestarle que no hacía falta que dijera nada sobre no haber dicho nada, pero Miguel ni siquiera se había dado cuenta de la cuasi indiscreción de su padre porque solo le irritaba que siguiera llamándole así.

—Te he pedido que no me llames Chusmi —resopló.

—Ah, perdona, algo de eso me sonaba que me habías dicho.

Los tres se miraron entre sí un instante hasta que Miguel rompió la tensión informando a su padre de que la toalla que estaba usando para taparse era la alfombrilla del baño.

—Ya decía yo que olía raro —reconoció con una risotada—. Pues nada, me voy a cambiar.

Al girarse, Jesús dejó a la vista sus nalgas de parado asturiano de larga duración, tan blancas que no se podía asegurar que no fueran reflectantes. Pero peor fue cuando regresó vestido unos minutos después. Se había puesto un polo de color rosa y unos pantalones cortos a cuadros escoceses. Llevaba calcetines negros, unos zapatones que parecían ortopédicos pero no lo eran y se estaba comiendo un yogur que había sacado de la nevera.

—¿Adónde vamos hoy entonces? —le preguntó a Miguel con una sonrisa de oreja a oreja sujetando el yogur en una mano y la cucharilla en la otra—. Me acabo esto y nos vamos por ahí de picos pardos.

—Igual tenemos que aclarar una serie de puntos —advirtió Miguel—. Ayer quedamos en que te podías quedar un par de días hasta comprarte el billete, pero yo aquí no estoy de vacaciones, tengo unas obligaciones y tengo que estudiar. Y, por cierto, ese yogur es de Fernando. Las dos baldas de arriba de la nevera son suyas, y las de abajo son las mías.

Jesús Miguel miró el yogur como si de repente se hubiera dado cuenta de que sabía fatal. Miguel chasqueó la lengua en un gesto de hastío y entró en su cuarto para vestirse. Allí dentro, mientras se ponía la ropa, llamó por teléfono a Marion y le preguntó si quería quedar para dar un paseo. Le apetecía ir al museo Van Gogh, al que no había tenido tiempo de ir desde que llegó a Ámsterdam. Era una de las dos cosas que no quería dejar sin hacer antes de irse. Para la otra, también necesitaba a Marion.

—Cariño, tengo que entregar un trabajo sobre doble imposición fiscal —dijo ella—. Pero id yendo vosotros, que a lo mejor me apunto al final.

Bien, de acuerdo, Marion iba justa de tiempo y lo mismo al final ni iba al museo, pero le había llamado «cariño» y eso compensaba todo lo demás. Mientras seguía hablando con Marion, Miguel comprobó que su padre se había dejado la maleta abierta en el suelo. Tenía dentro varias camisas de color blanco o azul, una de cuadros, unos pantalones de pana y otros de tergal, unas zapatillas de andar por casa a cuadros, un bolígrafo y un neceser del cual sobresalía un *after shave* de marca blanca. Encajado en un lateral había un diccionario de español-alemán. ¿Sería aquello la totalidad de las posesiones de su padre? Miguel no quiso pensar demasiado en ese punto, así que puso fin a la conversación con Marion, terminó de vestirse rápidamente y unos minutos después iba con Jesús a bordo del tranvía, ambos en silencio.

A su lado, Jesús sabía que tenía que pasar al ataque. Abrió la boca un par de veces, pero se arrepintió al instante. Al final, abordó a su hijo:

—¿Qué tal tiempo te hace por Ámsterdam? —preguntó mirándole fijamente—. ¿Hace más frío que en Mieres?

—No sé, ¿tú tienes frío?

—Yo no —respondió Jesús sorprendido por haber recibido otra pregunta a cambio—. Te veo más delgado.

El tono de su padre era raro, pensó Miguel. Un comentario tan trivial nunca se había formulado de una manera tan forzada. Tampoco era muy normal que Jesús se interesara por esos asuntos. Y de nuevo se hizo el silencio. A pesar de que en apariencia a Jesús no le pasaba nada, su cerebro iba a mil por hora. Cuando se le ocurrió qué decir, intentó que sonara casual, pero tanta reflexión hizo que hablara sin pausas, casi sin respirar:

—¿Comes bien aquí? ¿Quieres que te pase alguna receta de algo?

—¿Una receta de qué?

—No sé, tendría que buscar alguna.

—¿Por qué me preguntas eso ahora?

—¿No le puedo preguntar eso a mi hijo?

Miguel se quedó mirándole un momento. No lo tenía claro, pero parecía que su padre estaba reproduciendo las preguntas que antes le había hecho su madre en la conversación. ¿Los habría estado escuchando? No era posible, porque al entrar en el cuarto le había sorprendido durmiendo.

Se bajaron del tranvía en Museumplein, la gran explanada en torno a la cual, aparte del museo Van Gogh, se emplazaban los otros dos grandes museos de Ámsterdam:

el Rijksmuseum y el museo Stedelijk. Aunque uno no supiera neerlandés, era sencillo adivinar que Museumplein significaba 'plaza de los Museos'. Miguel y su padre se encontraban en el centro de la gran superficie de césped que rodeaba, además de las salas de exposiciones, el recinto de conciertos Concertgebouw.

—¡Joder, qué sitio más acojonante! —gritó Jesús al contemplar el lugar—. ¿Dónde vamos ahora?

—Ahora vamos al museo Van Gogh —contestó Miguel.

—Ah, pero ¿decías de entrar?

—¿Para qué venimos aquí si no?

—Yo lo que tú digas, me dejo llevar.

Se encaminaron hacia el edificio Rietveld, que acogía la colección permanente. Cogieron un folleto y se pusieron a la cola.

—Mira qué casualidad —dijo Jesús señalando la portada del folleto—. Los mismos girasoles que tienes en casa.

Miguel le dijo que sí, que era una casualidad, pero que era más casualidad aún que en el museo hubiera otros más de doscientos cuadros del mismo pintor. Después de media hora de cola estaban recorriendo los pasillos de suelo de tarima del museo. Subieron a la primera planta. La luminosidad del interior, las líneas rectas de su construcción y el silencio imperante le imponían a Jesús Miguel. Sentía como si estuvieran yendo a misa, solo que ahí le dejaban entrar en pantalón corto.

—La verdad es que dentro de los museos se está de puta madre —dijo Jesús en un tono de voz que no era alarmante, pero sí resultaba cacofónico en el entorno de contemplación en el que se encontraban, con aficionados y turistas de cierto nivel. Las suelas de goma de sus zapatones chirriaban contra el suelo como si estuviera pisando ratones—. ¿Qué pasa? ¿Estoy hablando muy alto? —preguntó Jesús retóricamente. Miguel contestó con un resoplido y su padre se dio por enterado.

Al llegar frente al cuadro *Los comedores de patatas,* Jesús Miguel no pudo evitar soltar una risotada.

—¡Mira estos qué careto llevan! —exclamó—. ¿Están deprimidos o qué? Menuda napia tiene ese guaje. Pues no debían de pasar hambre ni nada los jodíos en aquella época. ¿Eh, Chusmi? Perdona, joder, que no me acostumbro a llamarte Miguel...

Más tarde dedicó otros elogios a *La habitación de Arlés.*

—No está mal, pero está todo torcido, parece que lo ha pintado un niño —sentenció—. Ahora bien, un niño que algo sí sabía pintar, tampoco digo un niño que encima no supiera pintar.

—Papá, ¿tienes que hacer un comentario de cada cuadro que ves?

—Hombre, es por animar un poco el cotarro.

—No hace falta que lo compartas con todo el mundo a gritos.

—Perdona, tienes razón —contestó Jesús—. Por cierto, hay una cuestión que quería comentarte —dijo Jesús bajando la voz hasta reducirla a un susurro casi inaudible—. Es sobre Víctor.

—¿Qué Víctor?

—No sé, creo que tu madre está con un tal Víctor, ¿no?

—¿Has estado escuchándome esta mañana?

—Eso es lo de menos, Chusmi. Aquí lo importante es que tienes que darle una oportunidad al pobre Víctor, será un tío cojonudo y seguro que lo está haciendo lo mejor que puede. Esta situación puede parecerte incómoda o extraña, pero tu madre y yo nos hemos separado, ella está con alguien y yo he podido estar con alguien también, con mujeres me refiero, o no, eso habría que verlo, pero es otro tema porque ahora no estamos hablando de mí, sino de Víctor. Vale que no es tu padre, pues padre solo hay uno, como dice el refrán, pero se ha portado muy bien con tu madre, ¿no? Vamos, que están muy bien juntos, ¿verdad? ¿Tú sabes algo?

—¿De qué?

—De si están bien, si la cosa va para largo o qué.

—Pregúntale tú, ¿no habláis o qué?

—Últimamente no me coge mucho el teléfono —dijo Jesús con la incomodidad de quien utiliza *últimamente* como sinónimo de *nunca*—. ¿Sabes si andan mal de cobertura en Zaragoza? Muy bien no andan.

—No quiero hablar de eso ahora —dijo Miguel con gesto de resignación—. Por cierto, estaba pensando que a lo mejor podríamos mirar luego precios de vuelos por internet.

—¿Te quieres ir de viaje?

—No, para ti, lo que hablamos anoche, para dentro de un par de días.

—Ah, sí, es verdad.

Se oyó un pitido del móvil de Miguel y lo comprobó. Era un mensaje de Marion por whatsapp:

Lo siento muchísimo, pero creo que no llego

Te esperamos, tranquila

No, ojalá pudiera estar ahí, pero no voy a llegar

¿Cuándo nos vemos?

Te llamo mañana

Entonces Marion puso un icono de cara sonriente con corazones en los ojos. Miguel se preguntó si esto era una expresión de cariño que usaría con cualquiera o si significaba realmente algo más. Optó por lo segundo y contestó con el emoticono de la sevillana taconeando. Hasta que ya estaba enviado no se apoderó de él una duda urgente. ¿La sevillana taconeando es un icono internacional o solo aparece en los whatsapps españoles? Y si era así, ¿cómo se traduciría en un icono internacional? En cualquier caso, ¿a qué cojones venía mandarle una flamenca bailando en ese momento? No tenía sentido y no sabía cuál podría darle ella. Esperó la contestación de Marion mirando al móvil, pero en la pantallita del Whatsapp ponía que estaba «escribiendo» y no le llegaba nada. Debía de estar tecleando algo tan trascendental que consideraba y reescribía cada letra de cada palabra.

«Escribiendo...»

Miguel esperaba la llegada del mensaje dando vueltas sin sentido, como si a su «relación» con Marion le hubieran hecho una biopsia y estuviera en la sala de espera a punto de recibir los resultados.

«Escribiendo...»

Tal vez lo había dejado con Jean Pierre, eso podía ser. Solo algo tan aparatoso justificaba una frase que iba a estar tan milimétricamente redactada. Claro, por eso no podía quedar, para dejar pasar un poco de luto, aunque solo fueran unas horas antes de volver a morrearse. Al cabo de unos segundos, llegó la ansiada contestación:

Hahahahaha

¿Qué era eso? ¿Una carcajada? ¿En qué sentido? ¿Qué le resultaba tan gracioso? Y, por cierto, ¿dónde se había metido su padre? Miguel miró para todos lados, sin verle. Parecía imposible que se hubieran perdido de vista en el rato que se había distraído con el móvil. Volvió a mirar una vez más la risa indescifrable de Marion en la pantallita y empezó a recorrer los pasillos en busca de Jesús Miguel. Gracias a su atuendo, sería fácil distinguirle en el museo Van Gogh, en las fallas de Valencia e incluso en mitad de los carnavales de Copacabana.

Jesús estaba apenas a dos metros de su hijo, pero una pared los separaba. No solo la pared, también se situaba entre ellos el cuadro del folleto, el original del póster de la casa de Chusmi. Jesús contemplaba ensimismado aquella maceta llena de flores que daban pipas. Le gustó menos que el póster de su hijo, quizás por las pinceladas, tirando a gruesas, que le recordaban al gotelé de grano gordo. Pensó en decir esto en voz alta, pero se dio cuenta de que Chusmi no estaba junto a él. De todas formas, cada uno de sus comentarios había irritado a su hijo. Hablar con él no era la manera de congraciarse. Habría que intentar otra cosa. Pero ¿cuál? Su mente había barajado tantas opciones que se concedió el capricho de fantasear con la posibilidad de regalarle el cuadro que tenía ante sus narices. A Miguel le gustaba ese cuadro. Si no, de qué lo iba a tener en el salón de casa. No servía de absolutamente nada, pero Jesús estaba tan aburrido en el museo que le parecía más divertido imaginarse protagonizando esa gesta. Calculó lo que le sobraba de ancho en las bermudas escocesas, pero por ahí iba algo prieto para esconder el cuadro con marco y todo. Del polo rosa mejor no hablar: había partes de su propio cuerpo que ya no cabían dentro de la camiseta. Solo estaba disfrutando con la idea de llevarse el cuadro, no pasaba nada por fabular siempre y cuando la tecnología de las alarmas holandesas no detectara la maquinación. Seguro que no, porque de ser así, ya las hubiera reventado todas la noche anterior paseando por el Barrio Rojo. Tampoco es que hubiera muchas cámaras y el guarda jurado no parecía muy en forma, que no era por planteárselo en serio, pero fríamente, y sin dejar de tomárselo como una fantasía, tampoco le pareció tan descabellado que la cosa saliera bien si lo intentaba con convicción, que no lo iba a hacer, aunque no porque no lo viera cada vez más factible. Incluso si la cosa se torciese, que no creía que fuera a pasar, tenía pensado lo que le diría al juez en caso de que le pillaran: «Señoría, si querer ser buen padre es un delito, soy culpable en primer grado».

—¿Qué haces? —Miguel sacó a Jesús del ensimismamiento. Le había sorprendido por la espalda—. Te estaba buscando —dijo sin dejar de consultar la pantalla del móvil.

—¿Te escribe la gabacha sí o no? —Jesús señalaba el móvil con una sonrisa indescifrable—. Dile algo cachondo de «mis partes». —Arañó el aire más que nunca para resaltar esas comillas.

—Estaba mirando la hora.

—Pues en algún momento vas a tener que elegir, como hice yo en su día —dijo Jesús dejándole caer a su hijo un codazo que intentaba ser cómplice y solo consiguió ser incómodo—. Ya me entiendes.

—¿A qué te refieres? No, no te entiendo.

Jesús Miguel y su hijo empezaron a pasear por el museo, indiferentes hacia la colección de cuadros, más centrados en su conversación que en el entorno que los rodeaba.

—A cuando conocí a tu madre. Estaba currando de camarata en las fiestas de Mieres y todos los días me pasaban por delante varias zagalas que estaban de buen ver. Como yo guapo no era y por labia tampoco me iba a comer nada, me arrancaba siempre con un chiste infalible que me contó tu abuelo para romper el hielo: «¿Asturias o trabajas?», les decía lo primero, lo pillas, ¿no? «Asturias o trabajas» en plan doble sentido de «estudias» y...

—Lo he entendido —interrumpió Miguel para evitar un derrame cerebral por vergüenza ajena.

—Pues ese día se lo solté a la que parecía más fácil de convencer y le dije: «¿Asturias o trabajas? Soy Jesús Miguel, ¿no te acuerdas de mí?». No la había visto en mi vida, pero la convencí de que habíamos coincidido varias veces con supuestos amigos comunes cuyos nombres me iba inventando hasta que con alguno sonaba la flauta por casualidad. Al final se confió y la saqué a bailar rozando todo lo que pude, ya me entiendes, y desde aquella noche hasta ahora, contigo aquí, en el museo este tan cojonudo, fíjate. Bueno, pasando por el divorcio, claro.

—¿Esto lo sabe mamá? —preguntó Miguel.

—¿El qué?

—Que vuestra relación empezó porque era «la más fácil de convencer». —Miguel dibujó las comillas en el aire, cómo no.

—Ya te he dicho que yo era muy tímido de joven —dijo Jesús—. No sé, era un chaval, quería divertirme.

Miguel se quedó sin palabras, no dejaba de inquietarle un poco el haber descubierto de esta manera el remoto y absurdo origen de su propia existencia.

—¿Y por qué dejaste de divertirte? —preguntó consciente de que acababa de soltar la única pregunta importante que le había hecho a su padre en todo el viaje, si no en toda la vida.

—No he dejado de divertirme —respondió Jesús extrañado—. ¿Cuándo he dejado de divertirme? Mira anoche las risas que echamos...

—Con mamá, por ejemplo, ¿por qué vendiste la autocaravana?

Y Jesús se quedó mudo.

Aquella autocaravana nunca aparcó en playas extraordinarias, pero ocupaba un espacio privilegiado en los recuerdos de Miguel. Una autocaravana Hymer de segunda mano, modelo J5 con motor diésel y matriculada en 1991, era una combinación de color crema con una banda verde botella que tal vez hoy parecería fea, pero que en su día también lo era. Jesús la consiguió a buen precio cuando su anterior dueño, Ramón, un compañero de la mina al que llamaban *el Navarro* pese a ser de Almansa, se vio obligado a venderla cuando sufrió una amputación a la altura de la canilla de la pierna derecha tras ser arrollado por un equipo esparcidor de ripio en la mina. El Navarro se tuvo que deshacer de la autocaravana para compensar una pensión de invalidez que no daba mucho de sí y, aunque el contexto no parecía el apropiado para el regateo, Jesús negoció el precio durante horas hasta rebajarlo casi a la mitad.

Tuvo que cambiarle la distribución, el embrague y dos mosquiteras, pero aún seguía siendo un chollo por algo menos de dos millones de pesetas, que, con el paso de los años, quedó para el recuerdo de Miguel como la única inversión inteligente que hizo su padre. Tenía cocina con un frigorífico trivalente que Rosario llenaba a rebosar antes de salir de vacaciones. Una cama doble sobre la cabina donde dormían sus padres y cuatro asientos para comer que se convertían en la cama donde Miguel había vivido sus mejores vacaciones. Como aquella vez en la que recogieron a un matrimonio de Tudela que estaba haciendo autoestop para asistir a un avistamiento ovni en Castro Urdiales. O aquel viaje en 2007 por los Pirineos en el que los sorprendió una etapa del Tour de Francia con final en el alto de Plateau de Beille. Rosario insistió en que siguieran a los aficionados y echaron la tarde comiendo tortilla de patata mientras Miguel esperaba ansioso la llegada del pelotón. No contaba con que su padre iba a ser el protagonista del espectáculo. Aquel día, Jesús salió en directo en Televisión Española empujando el sillín de Alberto Contador mientras le gritaba al oído «pedalea más fuerte, me cago en tu puta vida, que viene el danés pisándote los cojones». Aquel momento de gloria fue muy comentado en Mieres, donde poco importó que Perico Delgado se refiriese a Jesús como «otro energúmeno que debería quedarse en casa en vez de salir a hacer el subnormal». Dos minutos más tarde, cuando pasaba junto a ellos el principal rival del madrileño, el danés Michael Rasmussen, Jesús volvió a aparecer en todas las televisiones de Europa corriendo en paralelo al ciclista mientras le ofrecía a modo de avituallamiento un botellín en el que acababa de orinar un pack de seis cervezas y le gritaba «bébetela, que está fresquita», «qué careto llevas, cabrón», «como adelantes al español, te busco y te destrozo las piernas». Poco importó que una moto de la organización sacara a Jesús de la carretera con un oportuno codazo del motorista que le hizo rodar por el arcén. Unos días más tarde, cuando volvían a Mieres en la autocaravana, *Carrusel deportivo* conectaba con los Campos Elíseos para narrar en directo la victoria de Alberto Contador en aquel Tour. Jesús no pudo evitar mirar a su hijo como si ellos también hubieran sido gregarios de aquella gesta. Lo seguía pensando.

Aquella autocaravana nunca aparcó en playas extraordinarias, pero al menos sirvió para que parecieran una familia normal. Miguel siempre la echó de menos en nombre suyo y en el de Rosario, que nunca se atrevió a quejarse.

—La vendí porque estaba vieja —zanjó el tema Jesús con la mirada perdida—. Ya no valía para nada.

—A mamá le encantaba. Aunque hubiera sido por ella...

Jesús no supo qué más añadir y así el camino de regreso a casa fue como el de ida, rompiendo el silencio solo para decir cosas que no venían a añadir nada.

El resto de la tarde Miguel lo pasó preguntando a Marion por Whatsapp qué significaban las risas que le había mandado. Ante el silencio de ella, Miguel le preguntó un par de veces o siete más si podía pasarse por su casa aunque fuera solo un momento, para verla e irse. Pensaba matar dos pájaros de un tiro: descansar un rato de su padre y meterle la lengua a Marion un poco más dentro que la anterior vez. Después del duodécimo mensaje, Marion dejó de contestarle con negativas y permaneció en silencio (aunque Miguel seguía viendo el doble *check*). Seis mensajes después decidió parar de mandarle whatsapps, medida que comunicó a Marion usando otros doce mensajes.

Ahora caía la noche suavemente y el dormitorio donde Miguel descansaba se tiñó de penumbra y paz. No conseguía dormir, pero al final se dio cuenta del motivo. Era el silencio reinante en el piso. ¿Qué estaría haciendo su padre en el salón?, se preguntó, y para salir de dudas se asomó por la puerta y le vio allí sentado en el sofá, completamente inmóvil mirando a la pared tal cual le había dejado después de cenar.

—¿Qué pasa? —preguntó Jesús Miguel.

—Nada, ¿estás bien?

—Sí, ¿tú?

—¿No quieres hacer nada?

—¿De qué?

—No sé... ¿Qué sueles hacer en Mieres después de cenar?

—La digestión —contestó Jesús como si le hubieran preguntado si dos más dos son cuatro.

Pero no era verdad que Jesús perdiera el tiempo sin hacer nada. Miraba fijamente la pared y se la imaginaba con el cuadro de Van Gogh. Y con eso, ya casi podía ver a Miguel diciéndole a ese tal Víctor que no necesitaba más dinero porque su padre, el de verdad, el biológico, le había regalado un cuadro de miles de millones de dólares y con eso podía ir tirando. Solo le sacó de su ensimismamiento el sonido de un móvil. Era el de Miguel, que acababa de recibir un whatsapp de Marion.

Organizo una fiesta en mi casa mañana, ¿vienes?

Después le entró otro, con el emoticono de una sevillana taconeando. Ahí sí tenía sentido.

9

Mientras se duchaba, Miguel se había dado cuenta de que, desde que había llegado su padre, estaba mostrándose muy impaciente con Marion y no quería estropear lo que tenían entre manos. Había pensado rebajar la presión como estrategia a partir de esa misma mañana, tratar de no darle importancia a su «relación» para que fuera ella quien reaccionara. Y entonces hacer como que ni le iba ni le venía. Era una estrategia que aún no le había fallado con ninguna mujer, posiblemente porque tampoco la había probado jamás.

—Cuando te vayas a clase déjame el ordenador abierto para que les ponga un mensaje a mis compañeros —le había pedido su padre antes de que Miguel saliera de casa.

—¿Alguna vez has usado un ordenador? —preguntó Miguel con evidente desconfianza.

—¿Crees que soy un paleto o qué?

Miguel abrió su cuenta de correo y seleccionó «mensaje nuevo».

—¿Dónde tengo que escribir? —preguntó Jesús.

—Aquí —contestó su hijo señalando el teclado con el dedo índice.

—Ya, pero que por dónde salen las letras.

—¿Cuál es la dirección? —suspiró Miguel.

—Mariano punto con.

Miguel le miró fijamente y Jesús sacó la cartera del bolsillo. Dentro encontró una tarjeta con algunas notas garabateadas a lápiz. Localizó el email correcto de su amigo y Miguel le enseñó dónde tenía que escribir el mensaje y qué tecla tenía que apretar luego, explicación que Jesús recibió poniendo tanta atención como si con esos botones tuviera una oportunidad para aterrizar el Apolo 13.

Antes de cerrar tras de sí la puerta de la calle, Miguel había echado un vistazo fugaz desde el pasillo y su padre estaba tecleando con el dedo índice y sin levantar la vista del teclado. Iba a estar entretenido durante un buen rato.

Ahora, a punto de llegar a la universidad, decidió que no caería en el error que sería preguntarle a Marion por la fiesta de buenas a primeras. Tenía que hacer como si no hubiera dedicado un minuto a pensar en ello, por mucho que no hubiera pegado ojo por darle vueltas a si llevar o no condones y, de llevarlos, en qué bolsillo se notan menos o si en la cartera pueden rasgarse. Es verdad que llevaba toda la vida con la misma novia, pero eso no quitaba para que no manejara los principios básicos de conquistar a otras chicas. No iba a citar la fiesta en ningún momento, eso era fundamental, ni de refilón. Si quería ella sacar el tema, adelante, pero ni por esas se iba a emocionar con el asunto. Ni siquiera podía flaquear. Y en esas estaba cuando, de pronto, vio a lo lejos a Marion agitando la mano desde su bici y luciendo una sonrisa tan blanca como una fachada de cal en Mijas.

«Yo fiel a la estrategia de desinterés cueste lo que cueste.»

—¿A qué hora es la fiesta? Si quieres, llevo algo —soltaba un segundo después como si tuviese una manguera de palabras en la boca que no podía parar—. ¿Viene alguien más? Lo digo porque, si vamos a ser tú y yo solos, podemos pasar antes por la farmacia.

Miguel se preguntó quién había dicho eso. Obviamente, había sido él mismo quien finalmente había preguntado a Marion lo que no quería preguntarle. Parecía que el asunto no podía haber salido peor, pero sí, la cosa empeoró inmediatamente cuando Marion aclaró que la fiesta no la organizaba ella, sino que era cosa de sus compañeras de piso, que, para más subidón, querían darle el carácter temático de «tarde de juegos de mesa».

—¿Cómo que juegos de mesa? —preguntó Miguel.

—Sí, al Scrabble, al Pictionary, ya sabes. Haremos un campeonato, será divertido. —Aunque Marion estuviera hablando de meterse astillas bajo las uñas, a oídos de Miguel sonaría como el plan más apetecible de la historia.

Marion le dijo luego que habían quedado a las seis de la tarde y que, por favor, viniera con su padre. Quería conocerle mejor porque tenía pinta de ser «un tipo de lo más genial y maravilloso». Miguel contestó que, por desgracia, Jesús no iba a poder ir porque estaba cumpliendo un *planning* muy estricto de visitas culturales y justo esa tarde tenía pensado ir a la casa museo de Ana Frank.

—Le interesa mucho el tema de la ocupación nazi de Holanda —explicó.

—Qué pena —dijo ella.

—Sí, fue una pena.

—Digo lo de tu padre.

—Ah, eso, sí, es una pena también —contestó él.

Al entrar en la facultad se encontraron con Fernando, que salía del cuarto de baño con cara de no haber dormido en toda la noche. Miguel le guiñó un ojo, convencido de que había vuelto a ligar con alguna. Marion le invitó también a la reunión de juegos en su casa y Fernando dijo que si podía, iría. Ella insistió más aún. Si se le ponía entre ceja y ceja que tenía que venir todo el mundo, no le valía con un «ya veré». Y Fernando acabó aceptando, claro. Luego los tres entraron en el aula y ocuparon sus sitios habituales. Miguel y Marion siguieron intercambiándose sonrisas y miraditas cómplices hasta unos segundos antes de que entrara Matthijs a impartir la clase de Contabilidad. Tampoco parecía haber descansado mucho últimamente.

Miguel comió con Fernando en una campa situada frente a la fachada de su facultad. Entre mordisco y mordisco intentó sonsacarle sin éxito sobre sus últimas correrías amorosas. Al terminar su ración de pizza margarita, Miguel le preguntó si iba a volver a casa y Fernando le dijo que volvería más tarde, así que Miguel regresó solo. Llegó sudando y mientras ataba su bicicleta pensó que necesitaba ducharse otra vez. Cuando vivía en Asturias, solo se duchaba una vez al día, pero desde que estaba de erasmus lo hacía dos o tres veces diarias. Por la bicicleta, por las pechadas de pedalear que se pegaba. En Europa no eran más limpios que los españoles por ser más civilizados, sino por pura necesidad transpirativa.

Cuando entró en su piso, creyó ver algo que era físicamente imposible. Habían pasado algo más de seis horas desde que salió de casa y le pareció que su padre seguía frente al teclado escribiendo su email con el dedo índice. Se fijó bien y, efectivamente, lo único que había cambiado desde entonces es que ahora estaba tan inclinado que tenía la punta de la nariz a un palmo de la barra espaciadora. Miguel se acercó hasta el monitor con la esperanza de encontrar varias páginas de texto, pero no, el email para Mariano no era gran cosa.

> Querido Marianin:
>
> Qe raro es esto de escribir en la internet web. esto os llegara inmediatamente segun lo escribo o como es la cosa? Yo que se, bueno. Imagino que estais bien y seguis llendo yendo todos los dias al trasgu eso hace qe me entre la rememoranza puesto que como ya sabeis e stoy viviendo en el estranjero desde que mi hijo chusmi Chusmi me pedio que venga viniera aqui a darle respaldo y apoyo moral en su nueva vida. Han pasado unos dias pero yo lo siento con la perspectiva del imigrante como si fueran años.Nada mas llegar a Asterdan Miguel lloro nada mas verme de alergia alegria claro y dijo por fin has venido YO creo que Por Fin aqui voy a asentarme en esta nueva etapa—El primer dia que llegue´ fuimos a cele-

brarlo con Chusmi miguel MIguel a una cerveceria ynos enborrachamos y el probre acabó vomitando a las 4 paTAS y le tube ke alludar jaja EL ME admira mucho.ayer me fuimos al museo de la Oreja de van Goth muy limpio todo ordenado. HAY una anecdota que sucedio y que he visto a un homoxesual se organizo un buen lio 55Endefinitiva queria deciros que mencuentro bien aqui que todo va viento en pompa y que me he sntido muy bien acogido por mi hijo y por el mercado laboral de aqui que es mejor que el España espagnol en estos momentos queme acuerod de vostros bueno me stoy liando asique despido de vosotors ahora voy a darle al boton que me ha dicho chusmi a ver si me acuerdo cual es

con un afectuoso saludo
firmado
JESUSMIGUEL
posdata sabes algo de rosario¿¿

Miguel era incapaz de mirar con detalle lo que había escrito su padre porque el texto le provocaba dolor físico. Luchaba entre retirar la vista del monitor y acertar con el puntero del ratón para enviarlo y que desapareciera. Cuando lo consiguió y su padre preguntó «cuánto tarda en llegar un imailer hasta Mieres», Miguel se retiró pensativo hacia el salón y se dejó caer sobre el sofá. Definitivamente, lo poco que había ojeado del mail bastaba para que su conciencia hubiera activado todas las alarmas y no le permitiera dejarle solo en casa. El viaje de su padre podía parecer una locura, de hecho, era una locura, pero a Miguel le sobrecogía comprobar lo mucho que significaba para él. Aun así no quería dejarse llevar por las emociones. Llevaban años sin tener una comunicación y la cosa seguía igual por mucho que su padre maquillara los hechos ante sus amigos.

Fue así como tomó la decisión de no decirle nada de la reunión en casa de Marion e irse solo. Al fin y al cabo, su padre ya era mayorcito, no era tan grave que se quedase en casa un rato.

A las seis y cinco minutos exactos, Miguel tocaba el timbre de casa de Marion y esta abría la puerta.

—¡Bienvenidos! —exclamó—. Me alegro de que al final hayáis podido venir.

Jesús estaba al lado de su hijo con una sonrisa de oreja a oreja por la emoción de haber sido invitado. Había vuelto a pasar. La voluntad de Miguel había sido de nuevo traicionada por su peor enemigo: él mismo.

Marion, que hoy llevaba un vestido azul entallado con volantes blancos de estilo *vintage*, cogió de la mano a Jesús Miguel para presentarle a todos los amigos comunes que su hijo no quería presentarle, empezando por Danielle y Sophie, sus compañeras de piso. Corría la cerveza y por el equipo de sonido se escuchaba un disco de Coldplay. A la triada franco-belga se le había ido la mano con los cojines, las lamparitas y los cuadros de angelotes ensoñadores. Visitar el piso de Marion era como entrar dentro de una tarta de boda. Cada esquina rezumaba femineidad y una pasión obsesiva por el detalle. La pared principal del salón estaba llena de Polaroids con momentos supuestamente bucólicos del Erasmus. Miguel salía en un par de fotos. En una cogía a Marion en brazos frente a un molino en una excursión a Zaanse Schans. En la otra también cogía a Marion en brazos, esta vez en una noche de fiesta por Ámsterdam.

A la reunión de amigos se habían unido Paola, de Italia, João, de Portugal, y Kifimbo, el keniata que sin ser del programa europeo parecía dispuesto a no desprenderse del grupo hasta el fin del Erasmus.

—Hay un negro —le indicó Jesús Miguel a su hijo en un aparte.

—Se llama Kifimbo y es una persona completamente normal —contestó Miguel antes de hacer una pausa y repensar lo que estaba diciendo—. Por favor, acuérdate de lo que venimos hablando todo el camino.

—Perdona, tienes razón —asintió Jesús—. Voy a comportarme, tú no te preocupes por mí y vete a muerte a por la franchute.

—Por favor, papá —respondió Miguel haciendo gestos desesperados para que bajara la voz—. Al final te va a oír alguien.

—¿Pasa algo? —preguntó Marion. Les llevaba una cerveza a cada uno.

—Joder, parece que la rubia me ha leído el pensamiento —contestó Jesús en español, dando un trago de su vaso—. ¿Y algo de picoteo no vais a sacar o qué?

—¿Qué ha dicho? —quiso saber ella.

—Que muchas gracias —le tradujo Miguel.

—¿Y del zampe qué? —insistió Jesús, llevándose la punta de los dedos a la boca: el gesto universal de querer comer—. Dile a ver si por lo menos van a sacar un pica-pica para el centro.

—Ah, que tiene hambre, ¿qué quiere comer? —Marion sonreía.

—No, no tiene hambre, déjalo —contestó Miguel.

Pero la chica insistió y al final se llevó a Jesús a la cocina para ofrecerle lo que él quisiera de merienda. A Miguel seguía sin parecerle bien, aunque al menos se lo quitaba de encima un rato. Se bebió la cerveza mientras intercambiaba unas palabras con Kifimbo, y João le informó de que estaban esperando para empezar a jugar a la botella.

—Pero ¿no íbamos a jugar al Pictionary? —preguntó Miguel.

Su pensamiento se disparó en dos direcciones a un mismo tiempo. En una, la más deseable, que con la excusa de jugar a la botella tal vez podría plantarle un beso a Marion que acabara con lengua. Pero, por otra parte, estaba la imagen de verse jugando a la botella en el mismo círculo que su padre, que, por cierto, en ese instante regresaba de la cocina comiéndose un plátano que le había dado Marion.

—¿Cuándo empieza aquí el cachondeo? —preguntó Jesús Miguel con la boca llena. Se tragó lo que masticaba en la boca con la segunda cerveza.

Miguel no daba crédito. Su padre podía pasar en cuestión de segundos de corderito a lobo feroz, de bebé inocente a monstruo sediento de sangre. O al menos así se lo imaginaba él en una creciente espiral de vértigo y anticipación por lo que podía pasar aquella noche.

—Era broma —añadió Jesús al advertir la cara de preocupación de su hijo.

Lo más increíble era que Marion parecía disfrutar con la presencia de Jesús allí. Cada cosa que decía o gesto que hacía su padre, a ella le daba risa, aunque no supiera de qué iba la vaina. Ella trataba a Jesús Miguel exactamente igual que a todos los demás: con desbordante alborozo.

Tratando de contener los posibles daños que se perfilaban en el horizonte, Miguel pidió a los presentes que por favor jugaran una ronda de Pictionary y que luego su padre se marcharía a casa y podrían seguir a sus anchas. En pocos minutos se habían organizado tres equipos: Jesús se juntó con Marion por petición expresa de ella, Miguel se juntó con Paola, mientras que João hizo pareja con Sophie y Danielle con Kifimbo.

Abrieron dos botellas de vino y le tocó empezar a João, que pintó un monigote sentado en una mesa, sobre la cual puso unos rayajos imposibles de descifrar. Luego le pintó unos extraños pelos en la cabeza al monigote. Sophie se impacientaba a medida que pasaba el tiempo y no sabía descifrar qué era aquello.

—Un hombre sentado, un dependiente de una tienda... —decía la belga sin acertar.

—Eso parece el rey haciendo el discurso de Nochebuena: me llena de orgullo y satisfacción... —exclamó Jesús, que se ganó una nueva mirada de reproche de Miguel—. Ya, ya sé lo que vas a decir, «¿Por qué no te callas?» —soltó en un intento de imitación del rey Juan Carlos que recordaba más a Matías Prats con anginas.

Cuando se cumplió el tiempo, João explicó que la palabra era *trabajar:* había intentado dibujar a un hombre que sudaba mucho por el esfuerzo y que tenía muchos papeles sobre la mesa. A él le resultaba obvio.

En ese momento sonó el timbre de la puerta y Danielle fue a abrir. Era Fernando, que venía con refuerzos etílicos y una pizza.

—Seguid jugando, voy a partir esto —dijo desde la cocina.

Ahora era el turno de Jesús, que cogió una tarjeta en la que ponía «Superman». Casi sin querer, Miguel había visto la definición.

—Eh, no mires —le dijo su padre, y rápidamente se puso a trazar un monigote en el papel, al que puso un pene de grandes dimensiones.

—Pero ¿qué haces? —preguntó Miguel.

—Tú calla, no des pistas.

Marion miró el dibujo, que no le escandalizó en absoluto. Lo observaba científicamente y, sin ruborizarse lo más mínimo, preguntó si la palabra buscada era *pene* o *falo.* Kifimbo no podía evitar reírse cada vez que Marion proponía un sinónimo del órgano sexual masculino. Jesús se rio también contagiado por el keniata y, a continuación, pintó una gran letra *S* en el escroto.

—Con esto ya tienes que pillarlo —le dijo convencidísimo a Marion, aunque por supuesto en español.

Pero como la chica seguía perdida, Jesús remató la jugada dibujando unas rayas que salían del culo del monigote como si fueran un pedo enorme que a su vez derribaba un edificio. Ahora Kifimbo ya se descojonaba como si fuera lo más gracioso que hubiera visto en su vida.

—Papá, por favor, ¿se puede saber qué estás haciendo? —preguntó Miguel indignado, y acto seguido le arrebató el trozo de papel donde estaba dibujando.

—Eh, no vale, ¡descalificado! —protestó Jesús.

—Basta, por favor, recuerda lo que habíamos hablado.

—Tienes razón. Es que se me olvida todo el rato y me animo que no veas —admitió el asturiano una vez más—. Te prometo que no volverá a pasar.

—¿Empezamos ya con la botella o qué? —preguntó Kifimbo.

João y las chicas se mostraron muy partidarios, y Jesús se dio cuenta de que Miguel retiraba la mirada disimulando.

—¿Qué han dicho? —preguntó. Había notado algo en la reacción de su hijo, pero no entendía a los demás cuando hablaban en inglés entre ellos.

—Nada.

—Miguel, pregúntale a tu padre si sabe jugar a la botella —dijo Marion.

—No, no sabe.

—Estáis hablando de mí, ¿no? —adivinó Jesús.

—Quieren jugar a la botella —le respondió Miguel. Luego le preguntó qué iba a hacer él, al tiempo que señalaba hacia la puerta de la calle.

—Ah, pues yo si eso me voy —dijo Jesús con evidente decepción, tal vez exagerándola de más—. Mañana me cuentas qué tal con esta.

Al ver que el hombre buscaba su chaqueta para irse, Marion entendió perfectamente lo que estaba pasando y decidió intervenir.

—¿Por qué? ¡No te vayas! —exclamó—. Con lo bien que nos lo estamos pasando.

—Pero es que está cansado por el *jet lag*, déjale si quiere irse —apuntó Miguel.

—¿De qué hablan? —preguntó Jesús a Fernando.

—Nada, que ha sido un placer y que hasta otro día —dijo Miguel antes de que el recién llegado pudiera explicarle que en realidad querían que se quedara.

Pero João, que sí podía defenderse en español, corrigió a Miguel explicando que todos querían que Jesús se quedara.

—Ah, vale. Pues me quedo un rato más, yo por mí encantado —resolvió Jesús dando una palmada y frotándose las manos.

No había marcha atrás. Un par de minutos más tarde, estaban todos sentados en círculo en el suelo del salón. En el centro habían colocado una botella de Heineken vacía. Marion reservaba un sitio para Miguel a su lado y le invitaba a sentarse con unas palmaditas en el suelo. Miguel pensó que lo único que podía arreglar ya la tarde era besar a Marion tal y como se había propuesto.

—Por cierto —dijo Jesús—, ¿qué pasa si te toca dar un beso a un tío? Yo, mariconadas, las menos posibles.

Después de exponer esta condición se quedó mirando fijamente a Fernando.

—¿A mí por qué me miras?

—No, yo pregunto en general —contestó Jesús.

Marion preguntó de qué estaban hablando y Miguel lo aclaró. Cuando se planteara dar un beso a alguien del mismo sexo, había que hacerlo igualmente, excepto si le tocaba a él con su padre, que ya sería nulo.

—Yo no veo claro tener que dar un beso a un tío —advirtió Jesús.

—Pues no juegues si no quieres —dijo Miguel.

—No, venga, me la juego —dijo mirando a Danielle y Sophie—. Lo mismo acabo poniéndome las botas, ¿eh, rubias, sí o no?

Las compañeras de piso de Marion se miraron extrañadas. Aunque no entendieran ni papa de castellano ni supieran lo que era el landismo, resultaba obvio que ese señor español estaba intentando revivirlo. En el círculo se rifaron quién empezaba y le tocó a Fernando. Al girar la botella, esta se quedó apuntando a Marion. Empezamos bien, pensó Miguel. Pero Fernando, en un gesto de caballerosidad que no pasó desapercibido a su amigo, solo le dio un beso leve en la mejilla.

—Buah, ¿eso vale? —preguntó Jesús.

—Ya te he dicho que no tienes por qué jugar —dijo Miguel.

Jesús se excusó por enésima vez, aunque su hijo ya daba por supuesto que en menos de un minuto volvería a montar un número. La ronda continuó, con diversas combinaciones que por lo general no pasaban del casto beso en la mejilla o, como mucho, en la comisura de los labios.

Por cuarta vez le tocó a Miguel girar la botella y decidió que ya estaba bien. Había calculado en sus tiradas anteriores cuál era el impulso necesario que tenía que dar al vidrio para que acabara señalando a Marion y finalmente lo consiguió. Llegó el momento.

—Este ha hecho trampa, anda que no lo tenía calculado ni nada... —informó Jesús a Kifimbo, que, aunque no le entendía, se reía como una alimaña.

Miguel ignoró el comentario y miró a Marion a los ojos. Ella no solo no le retiró la mirada, sino que sus ojos parecían ensancharse y le decían «ven aquí». Desapareció el resto de la habitación, para Miguel ya solo existía Marion, a cuyo rostro se acercaba flotando a cámara lenta. Cuando sus labios entraron en contacto frontal, directo y completo, se sintió rebotar un poco en los de Marion, pero apretó su rostro fuertemente contra el de ella, que cerraba los ojos y también apretaba contra él. Dentro, en la intimidad, sus lenguas se buscaron, primero la punta, luego un poco más, el encaje de las mandíbulas era profundo y perfecto, el ritmo parecía ensayado durante toda la historia de la humanidad y ahora les tocaba a ellos interpretarlo. Se quedaron dormidos durante varios años y, si salieron de su viaje astral, fue por la entusiasta ovación de los presentes.

—¡Toma filete que se lleva la gabacha para París! —dijo Jesús aplaudiendo con tal fuerza que iba a reventarse una mano contra la otra—. Se nota a quién sale el chaval, ¿eh, rubias?

Miguel abrió los ojos y tardó un par de segundos en recordar dónde estaba. Marion y él sonreían un poco avergonzados, mientras por dentro seguían temblando. Volvieron a mirarse y lo sabían. Sabían que había cambiado algo, y aunque era previsible que pasara tarde o temprano, lo cierto era que había sucedido en una circunstancia algo imprevista.

Cuando el resto de los invitados volvieron a lo suyo, a parlotear y beber, Marion se levantó y se dirigió a su cuarto. Miguel la iba siguiendo con la mirada absolutamente fascinado y pudo ver cómo, justo antes de cerrar la puerta, le miró e hizo un gesto con la cabeza. Se podía interpretar de muchas maneras, pero, de entre todas, él se decantó por traducirlo como un «Ven aquí ahora mismo porque ha llegado la hora y lo vas a flipar en colores».

Intentó contenerse y no atravesar el salón de un salto, pero, a pesar de eso, realizó el recorrido con bastante ansia, atravesando el centro del salón como quien avanza descalzo por las brasas de San Juan. Abrió la puerta con suavidad y desapareció. Los demás habían fingido no darse cuenta de los movimientos de Marion y Miguel, pero Jesús Miguel mostraba su perplejidad de manera muy evidente. Meneó la cabeza, dio un trago a su cerveza y rompió la magia del momento haciendo girar de nuevo la botella.

—¿Seguimos o qué? Que aquí hay para todos, ¿eh, rubia? —le soltó Jesús a Danielle—. Voy a por ti a saco.

Cuando el cristal verde se detuvo, estaba señalando a Fernando.

10

Miguel desconectó todos los músculos de su cuerpo y se dejó caer sobre la almohada de la cama de Marion con la única preocupación de disimular las bocanadas de aire que daba para no morir de asfixia. Había ocurrido, aunque tuvo que mirar a su lado para comprobar que era verdad. Y sí, ahí estaba Marion desnuda. En ese momento habría pagado la minuta del mejor jurista de Ámsterdam para que levantara acta notarial de que lo que acababa de ocurrir era cierto, de que acababa de acostarse con ella. ¡Y de qué manera!

Habían esperado a que se fuera todo el mundo de casa antes de ponerse a ello porque Miguel no se sentía capaz de hacer nada mientras su padre estuviese en el salón dando voces. Estaba tan convencido de dar ese paso con Marion que ni siquiera descubrir un póster con las estrellas de la Unión Europea sobre fondo azul y la leyenda de Eurovisión en el centro o los vinilos de ABBA, que reposaban junto a un tocadiscos portátil, le echó para atrás. Era la mayor prueba de amor que había hecho nunca, acostarse con alguien en un dormitorio que podía haber sido de José Luis Uribarri.

Llevaba meses sin tener relaciones sexuales y en más de una ocasión se había preguntado si iba a ser capaz de aguantar con dignidad después de tanto tiempo. Pero la suerte había querido que la primera vez que lo hacía con Marion coincidiera con una de esas en las que uno acierta a pulsar todas las notas necesarias para componer el polvo perfecto. Precisamente su castidad en Ámsterdam le había llevado a consumir porno por internet más que cuando estaba en Asturias, si es que eso era posible. Por ello, fue inevitable paladear la satisfacción que sintió al determinar que, de haber sido un vídeo porno lo que acababa de ocurrir en ese cuarto, lo habría incluido en su lista de favoritos o, al menos, habría acercado el puntero del ratón para ver la previsualización. Eso seguro.

Porque lo había hecho bien, o lo que también era importante, incluso estaba seguro de haberlo hecho mejor que Jean Pierre. La verdad, eso era lo único que importaba. Sin embargo, Marion había disfrutado mucho. Era evidente. No sabía si iba a ser capaz de repetirlo, pero esa noche había cumplido todas las fantasías que Marion se pudiera haber hecho sobre la fogosidad del amante mediterráneo, por más que a él el Mediterráneo le quedara a tomar por culo de Oviedo. Y a él Marion le había abierto un nuevo horizonte. Recordó la fotografía del Gobierno español firmando el tratado de adhesión de España a la Comunidad Económica Europea. Allí estaban Felipe González y Fernando Morán en el Salón de Columnas del Palacio Real poniendo rúbrica a la entrada española en Europa, en el progreso, en el futuro. Ellos debieron de sentir algo parecido a lo que había vivido Miguel esa noche, cuando Marion le demostró que, también en las artes amatorias, Europa iba por delante de España.

Miguel daba bocanadas desesperadas para recuperar el aliento, pero en realidad lo que necesitaba era salir a la calle a respirar todo el aire de Ámsterdam de golpe y dejar los Países Bajos envasados al vacío. Aunque lo importante no era que acababa de echar el polvo de su vida, que lo era, sino las consecuencias que iba a tener. Las embestidas que acababa de sufrir ese colchón eran golpes que podían terminar de resquebrajar las comillas que acompañaban a su «relación».

—A lo mejor ha sido por la cerveza y el vino —rompió el silencio Marion.

—Nada, nada, que yo el vino ni lo he probado. Esto ha sido cosa nuestra —respondió Miguel añadiendo una sonrisa a su tono de satisfacción. No estaba dispuesto a que dos cervezas se llevaran todo el mérito.

—Me lo había imaginado diferente.

—¿Diferente cómo? —respondió Miguel girándose hacia Marion y descubriendo de sopetón que su rostro era de todo menos de satisfacción.

Se quedó bloqueado como si le acabaran de confirmar una defunción, que, de alguna manera, era lo que le acababan de comunicar. Se había venido abajo todo el encofrado sobre el que había construido mentalmente la noche de pasión perfecta.

—No sé, yo por lo menos esperaba... tener un orgasmo. Pero si dices que no has bebido, no entiendo por qué no hemos estado ni diez minutos.

—Algo sí he bebido, quieras que no, una cerveza por aquí, un vino por allá. Me he puesto fino, si tú misma lo has dicho.

—Bueno, no importa. Además, la culpa es mía, lo siento, de verdad. —Marion le miró con cariño y le cogió la mano.

—No, de verdad que no es tu culpa —contestó Miguel.

—Sí, sí...

—Bueno, si tú lo dices, igual sí es.

—Tenía que haber esperado a otro momento —dijo Marion—. Es que lo había imaginado tantas veces...

En ese instante sonó el teléfono móvil de Marion. Lo cogió de la mesilla y los dos miraron la pantallita: era Jean Pierre.

—Tengo que contestar —dijo ella.

Miguel se incorporó rápidamente de la cama y salió de

la habitación. Desde fuera, en la penumbra del pasillo, escuchó a Marion saludando en francés a su novio, sin poder entender su conversación. Creyó oír unas risas de ella, pero al pegar la oreja a la puerta solo percibía el lejano murmullo de la conversación. Se abrió otra puerta y Miguel se asustó: alguien venía a su encuentro. Era Danielle, que se chocó con él en la oscuridad.

—Perdón —dijo ella antes de encender la luz del pasillo y descubrir a Miguel, que no estaba completamente desnudo porque aún llevaba puesto el preservativo.

—Perdona, perdona —contestó Miguel metiéndose a la carrera en la habitación de Marion, que seguía al teléfono con Jean Pierre.

Ella le preguntó con un gesto a Miguel qué pasaba y él le indicó que su compañera estaba en el pasillo. Se agazapó en una esquina del cuarto y se puso de espaldas a Marion, como si así pudiera entender aún menos el francés, idioma que no dominaba en absoluto. En aquella esquina, se topó de bruces con una foto de Marion sentada en un café junto a Jean Pierre. Giró la cabeza porque era eso o girar la foto.

Cuando terminó la charla, Marion dejó el teléfono en la mesilla y fue la primera vez en cinco meses que Miguel la vio alicaída.

—Tenemos que hablar —dijo ella.

—Sí, es verdad —contestó él sentándose en la cama.

—¿Te importa ponerte los calzoncillos? Es raro hablar de esto así.

—Sí, claro —contestó mientras cogía sus bóxers de entre las sábanas.

—¿Tú qué piensas? —preguntó ella visiblemente nerviosa después de la llamada—. Ahora sí que tenemos que hacer algo, Miguel, no podemos seguir así.

—Tienes razón. —Miguel se activó—. Es mejor agarrar este asunto por los cuernos. Lo de los cuernos no lo digo con doble sentido, ha sido en plan comentario, en inglés *cuernos* no tiene el otro sentido, ¿no?

—No quiero sentirme como una mentirosa —le interrumpió Marion, poco interesada en los dobles sentidos—. No quiero engañar a Jean Pierre. Por respeto y por cariño.

—Y yo tampoco a Cova. Por respeto y por cariño, es justo lo que iba a decirte.

—¿Tú también crees que deberíamos hacer algo? —preguntó Marion compungida.

—No lo sé.

Miguel se lo veía venir. Intentó sofocar el conato de romper que se avecinaba. La chica parecía a punto de sugerirlo, así que se anticipó:

—Tampoco hay que volverse locos ahora.

—Estaba pensando si deberíamos hablarlo con ellos mañana mismo y explicárselo todo. Yo con Jean Pierre y tú con Cova. Pero si tú no lo ves, igual tienes razón, yo es que ahora mismo... No quiero darle demasiadas vueltas, ya me conoces, pero no sé bien qué hacer.

De pronto, Miguel notó que le deslumbraba un haz de luz. Pequeño pero potente. No, no se había hecho de día, era un rayo de luz que solo existía en su cabeza, una pequeña posibilidad de perpetuar su Erasmus con Marion en Ámsterdam, o donde fuera, porque para Miguel Erasmus ya no era una cuestión geográfica, sino sentimental.

—Ahí te tengo que dar toda la razón, Marion. —Ahora fue él quien le tomó de la mano, como si así sus frases fueran a cuajar más—. Lo mejor es que rompamos con ellos mañana mismo.

—No digo de dejarlo así directamente, al menos que les contemos la verdad..., o tal vez lo más normal es dejarlo, no lo sé... —Marion le lanzó una mirada triste. Aun con esa mueca rota, seguía estando más guapa que Mis Mieres.

—Pero tú siempre me dices que no me coma tanto la cabeza... —dijo Miguel dejando escapar cierta inquietud.

—Quiero decir... Después de esto está claro que no podemos volver cada uno a nuestra casa como si nada, porque entre nosotros hay algo, sí. Pero...

Marion se quedó en silencio eternamente. Buscaba alguna frase que no llegaba y Miguel no estaba dispuesto a esperar más tiempo. Habían pasado dos décimas de segundo.

—Pero ¿qué? ¿Y nuestros planes de quedarnos a vivir en Ámsterdam? —la interrumpió.

—Tanto como planes...

El tono con un punto burlesco de esta última frase de Marion le indignó. No podía creérselo. Ahora Marion le decía que eso que él había dado siempre por supuesto como un sueño común a decir verdad era una ida de olla exclusivamente suya.

—No te enfades, por favor —suplicó ella—. Solo estoy diciendo que una cosa es decir algo después de una fiesta, y otra cosa es la realidad del día a día, cómo hacer posible todo eso.

—Pues eso es lo que quiero descubrir contigo: cómo hacer posible lo imposible —dijo Miguel un poco temeroso de que el órdago poético le hubiera salido demasiado forzado.

Marion negó en silencio mientras el dilema daba vueltas en su cabeza.

—Lo sé, no sé muy bien qué hacer —dijo al fin mirando a Miguel—. Pero lo digo por respeto a ti, a nosotros. Y a ellos. No podemos seguir así, tenemos que decírselo todo.

—Tampoco hace falta que le cuentes todo con detalle si no quieres. —En concreto, se refería a que podía obviar la parte de que no había llegado al orgasmo con él.

—Le he hablado mucho de ti a Jean Pierre, ya lo sabes, pero diciéndole que eras mi amigo, nada más. Y no sé cómo se lo va a tomar. —Marion frunció el ceño y su gesto se descompuso para empezar a llorar. Aun así y moqueando ligeramente, seguía teniendo nivel para Dama de Honor o Mis Simpatía en las fiestas de Mieres.

—Tranquila, saldremos juntos de esta. —Lo dijo literalmente: ojalá de esta salieran juntos y sin comillas.

Al cabo de un rato de estar abrazados, Miguel le preguntó cuándo pensaba ella decírselo a Jean Pierre. Marion dijo que lo antes posible. Él se ató los machos y le aseguró que se lo iba a confesar todo a Cova a la mañana siguiente.

11

Cuando Marion se llevó a Miguel a su habitación, Jesús insistió en deleitar a los presentes con algunas jotas aragonesas como «Espatárrate, Genara», «Si quieres mojar el churro» y otras que nadie entendía, antes de que Danielle y Sophie dieran por concluida la velada.

Aprovechando el momento de las despedidas, Jesús Miguel se metió en el cuarto de baño para no coincidir con Fernando al salir de casa. Le tenía miedo desde el primer día, cuando le vio teniendo relaciones sexuales con otro hombre. Y más aún desde que había tenido que besarle durante el juego de la botella. Había sido un beso breve, con los labios tan apretados que podían haber soportado la presión de la presa de Valdecañas. El beso no había supuesto nada para él, de hecho, se lo había dado con los ojos cerrados y pensando muy fuerte en Paula Vázquez. Pero se temía que Fernando anduviera con un calentón de campeonato a raíz del acercamiento. Presintiendo que le acosaría, esperó en el baño a que se fueran todos los invitados.

Danielle y Sophie se habían olvidado de Jesús y se fueron a dormir, de manera que cuando este salió del baño no vio a nadie. Solo se oían unos gemidos procedentes de la habitación de Marion. Jesús pegó un poco la oreja a la puerta y comprobó que, sin lugar a dudas, era la voz de su hijo dándolo todo.

Así que finalmente Chusmi se había enredado con la

franchute. Aunque a Jesús le caía bien Cova, no le parecía mal que su hijo se desmelenara un poco ahora que todavía tenía edad para ello. Le habría gustado entrar en el cuarto de sopetón y felicitarle con un «ole tus huevos españoles», pero algo le decía que no sería buena idea. Chusmi estaba muy susceptible últimamente y saltaba por cualquier tontería. Volvió a pegar la oreja a la puerta y les escuchó hablar un poco en inglés. Como no entendía nada, decidió que lo mejor sería irse, cosa que hizo sigilosamente.

Fuera las farolas se habían encendido ya, tiñendo la noche de un color anaranjado como de queso Gouda. Como no tenía llaves, decidió darse una vuelta y muy pronto enfiló por una calle que le sonaba de la primera noche. Entonces se acordó de aquella zona por donde habían pasado el primer día en la que había mujeres ofreciendo sus cuerpos en escaparates. ¿Serían prostitutas? Tenía toda la pinta. Comprobó que en el bolsillo tenía dos billetes de veinte euros y algo de calderilla. Su cuenta bancaria, a la espera de que le ingresaran la indemnización, tenía 200 euros en números rojos.

Desde que se había separado de Rosario, y aunque no le gustaba reconocerlo, Jesús Miguel no había conocido cuerpo de mujer. Esto le resultaba algo patético, pero más humillante le parecía que el único contacto sexual que había tenido en los últimos años era el beso que le acababa de dar al amigo homosexual de su hijo. Ahora mismo estaba dispuesto a corregir esa situación aunque se quedara sin dinero. De hecho, seguro que las prostitutas podrían hacerle algún descuento por estar parado. Muchas veces había oído hablar de que en la Europa del norte la cobertura social era algo mucho más arraigado que en el sur. No le extrañaría que el irse de putas estuviera cubierto por algún tipo de subsidio que podría corresponderle como ciudadano de la Unión Europea. El único problema que veía era cómo demostrarles que había sido víctima de un ere en una mina de Asturias, pues no llevaba encima ningún documento para acreditarlo. Salvo este detalle, pensó que era una jugada segura.

Sin embargo, una hora y media después de deambular por las calles sin encontrar el Barrio Rojo, Jesús empezó a sentir la hinchazón de los pies y decidió que necesitaba tomar un trago urgente en cualquier sitio. De golpe, ante sus ojos apareció un local cuyo cartel prometía justo lo que estaba buscando: «Don Quijote. Bar español».

El interior era una mezcla de folclore español rancio y estilo mexicano no menos tópico. Se escuchaba una ranchera flotando entre guirnaldas polvorientas de la Feria de Abril de Sevilla. En las paredes se alternaban cuadros al estilo de Julio Romero de Torres con otros de la escuela de Diego Rivera. Imágenes de toreros que podían ser de uno u otro lado del Atlántico, fotos de Julio Iglesias sin ninguna dedicatoria y un póster de la selección de fútbol española del Mundial de México 86.

A Jesús Miguel le entró hambre y le pidió una paella al camarero, un vejete holandés con aspecto de pirata albino. Al cabo de un rato le trajo un plato de arroz amarillo recalentado en el microondas. Jesús lo removió con el tenedor, descubriendo dos o tres rodajas de chorizo frito y varias hebras que podían ser antenas de gamba o trozos de hilo dental.

—Esto sí que es sentirse como en casa —exclamó antes de dar el primer bocado, que nada más entrar en la boca se le hizo intragable. Tuvo que pedirle al camarero albino una cerveza al borde de la asfixia.

Desde su taburete en la barra contempló cómo el anciano echaba la cerveza de barril en una jarra como quien llena un vaso de agua del grifo.

—A ti no te han enseñado nunca a tirar bien una cerveza, ¿no? —le preguntó indignado—. ¡El primer chorro va fuera!

—*What?* —exclamó el camarero.

—¡Que si no sabes tirar una caña en condiciones! —repitió Jesús en voz más alta como si con ello pudiera superar la barrera lingüística—. Cagon ros... ¡Pero, hombre, inclina el vaso para que resbale y no salga espuma!

Ante el desinterés de su interlocutor, Jesús hizo un esfuerzo titánico por clavar las rodillas en el taburete y usarlo como trampolín para alcanzar la barra. De un salto, estaba junto al grifo. El camarero empezó a decir cosas ininteligibles y trató de impedirle que se hiciera con el grifo de cerveza, pero, a pesar del forcejeo, Jesús Miguel consiguió mover el vaso de arriba abajo hasta llenar tres cuartos y cerrar el grifo de golpe para aprovechar el último hilo blanco de crema de cerveza que iría desplazando a la espuma del vaso. Esto enfureció más aún al camarero, que le sacó de la barra a empujones.

—Eh, tranquilo, que solo estaba intentando ayudar —protestó Jesús. No quería encararse de verdad con el vejete por miedo a romperle la cadera, pero cuando la cosa parecía a punto de pasar a los puños, apareció el encargado del local.

—¿Qué pasa? —preguntó en español separándolos.

El camarero, que al parecer se llamaba Pieter, protestó en holandés mientras señalaba a Jesús, y el encargado le dijo algo que, por los gestos, parecía encaminado a que se tranquilizara.

—Estaba intentando enseñarle cómo se tira una caña de categoría —explicó Jesús.

—Olvídate, no tienen ni puñetera idea y no hay manera de que aprendan —contestó el encargado mientras echaba mano a la que acababa de servir Jesús—. Esta tiene una pinta cojonuda.

El encargado, que se presentó como Antonio, se bebió la caña de un trago y Jesús y él se dieron un apretón de manos. Los clientes que habían contemplado el rifirrafe con curiosidad volvieron a lo suyo, mientras Antonio invitaba a Jesús a sentarse en una mesa. Eran de la misma quinta y al contarse sus vidas por encima congeniaron casi de forma inmediata. Antonio, originario de Astorga, llevaba veinte años en Holanda. Alto y delgado, tenía los ojos muy pequeños y unas ojeras tan grandes que le hacían parecer un perro perdiguero.

—Cuando llegué a Holanda, este bar iba viento en popa porque lo español era algo exótico. Hoy día, con la mierda esa de las tapas de autor y la dieta mediterránea de los cojones, me han jodido el invento.

—Bueno, a lo mejor también deberías reconsiderar un poco el ambiente —dijo Jesús echando un vistazo al retrato de Cantinflas que tenían sobre la cabeza—. Te lo digo como profesional de la hostelería, que también lo he sido antes de la mina.

—Yo creo que el problema es que, con el tipo de gente que quiere currar aquí, no voy a ninguna parte.

Jesús miró hacia la barra una vez más. Pieter estaba ahora apoyado de brazos cruzados sobre la pared y empezaba a cabecear.

—¿Qué le pasa? —preguntó Jesús Miguel.

—Que tiene ya cincuenta y siete años y no aguanta por las noches.

Jesús Miguel se quedó un poco cortado. Le había considerado un anciano y resulta que tenía solo un año menos que él.

En ese momento se abrió la puerta del local y Jesús vio aterrado cómo entraba en el bar la persona a la que menos esperaba y deseaba ver allí. Fernando. Pero no venía acompañado del holandés de la frente ancha con quien le había visto hacérselo el otro día, sino con una chica rubia con la que se sentó junto a la barra. No paraban de darse besos y de sobarse. Jesús no entendía nada. Al final se escoró levemente de espaldas a la barra para que Fernando no le viera, pero Antonio, que no había advertido la maniobra, exclamó de pronto:

—¡Fernando!

Este se giró hacia la mesa y Jesús comprobó que se conocían. Fernando y la rubia se acercaron y el dueño del bar les presentó.

—Jesús, mira, este es Fernando. Fernando, Jesús.

—Encantado —dijo Jesús disimulando.

—Nos conocemos ya —dijo Fernando estrechándole la mano por cortesía.

—Ah, es verdad —dijo Jesús, haciéndose el sorprendido.

Fernando le presentó a su amiga, que se llamaba Angela, una alemana que poco tenía que ver con su tocaya canciller. Ambas Angelas eran rubias y germanas, pero para de contar. Esta chavala era de campeonato. Jesús no podía disimular el desconcierto, pero la situación se distendió cuando Antonio despertó a Pieter para pedirle que sirviera una ronda.

—¡Por Ámsterdam! —dijo Antonio elevando su jarra.

—Por el amor libre y universal, sin prejuicios, que yo desde luego no los tengo —añadió Jesús mirando de reojillo a Fernando.

Hubo una pausa mientras los demás trataban de interpretar el brindis, pero al final chocaron sus vasos y bebieron. La noche acababa de empezar.

12

Estimada Cova:

El otro día te envié un mail hablando de un tema que me parecía importante, como es la posibilidad de que, a lo largo de estos meses de estar separados, uno de los dos pueda haber tenido alguna «aventura» (resalto las comillas para que sepas que me refiero a lo que me refiero). Como no me has contestado, tengo que deducir que efectivamente así ha sido en tu caso. Quiero que sepas que lo comprendo perfectamente y no te guardo ningún rencor.

Miguel releyó el correo electrónico que estaba escribiendo a Cova, pero no le convenció y empezó de nuevo.

Querida Cova:

Tengo algo muy importante que decirte. Mi padre está en Ámsterdam. Bueno, esto ya te lo había dicho. Me refiero a que se está quedando en mi casa y esto me está provocando bastantes desequilibrios. No estoy bien. De hecho, estoy muy mal. No sé qué puedo acabar haciendo, pero desde luego no será culpa mía, sino suya.

Había pensado que la segunda intentona le saldría más afinada, pero tampoco. Sin embargo, este comienzo al menos le sugirió otra idea mejor.

Querida Cova:

Tengo algo muy importante que decirte. A lo mejor te sorprende, pero es importante que lo sepas. Me he dado cuenta de que soy una persona que está mentalmente enferma. Se me va la olla de manera imprevisible, enloquezco y digo cosas sin sentido. No soy una persona con la que merezca la pena tener una relación ni mucho menos hacer planes de vida.

Frenó en seco. ¿En qué momento le había parecido buena idea alegar enajenación mental para escaquearse de una relación? Se levantó del ordenador con una incipiente sensación de ansiedad y salió al balcón para airearse. Eran ya las once de la mañana y para colmo su padre no había vuelto a casa. ¿Dónde narices podía haberse metido? Fernando tampoco estaba, pero eso era más normal.

Miguel se había comprometido con Marion a contarle a Cova lo que estaba pasando, y de camino a casa tenía clarísimo cómo hacerlo, pero al encender el ordenador se le había olvidado. Sin embargo, ahora no podía echarse atrás, pues estaba seguro de que en esos instantes Marion estaría confesándose con Jean Pierre.

Como de hecho Miguel era «amigo» de Jean Pierre en Facebook, había estado mirando su muro durante la última hora por si en algún momento él publicaba algo relativo a su ruptura. En el estado de Jean Pierre seguía apareciendo la coletilla de «en una relación». Obviamente, Miguel sabía que sería mucho más ajustado decir «en una relación complicada». Incluso fantaseó con que tras un F5 para actualizar la página Jean Pierre apareciera como «soltero». Pero después de pulsarlo tantas veces que la tecla del F5 empezó a destintarse, Miguel se vio sorprendido por un sonido inconfundible. Era una llamada entrante de Skype, y era de Cova.

Se levantó de un respingo como si hubiera visto algo

terrorífico en la pantalla. Dio varias vueltas al salón sin saber qué hacer y sin dejar de mirar la ventanita de la llamada entrante. Puso la mano sobre el ratón y acercó el cursor al botón de «responder», pero en ese momento la llamada se cortó. Acababa de ganar un minuto por lo menos. Se fue a su cuarto y se tumbó en la cama en posición fetal, dio un grito sordo y de inmediato volvió a levantarse, regresó al salón y sin pensar apretó el botón de llamar a Cova.

Al segundo apareció la cara de ella en una nueva ventana. Cova estaba en el salón de su casa, sentada en el sofá. Aunque el propio sofá no se viera, Miguel podía saberlo porque detrás de ella se distinguía el cuadro de la playa de Torimbia que su madre pintó en un taller para aficionados.

—Acabo de llamarte —dijo Cova con un tono de preocupación que Miguel podía reconocer desde la otra punta de Europa.

—No he llegado por los pelos, perdona —replicó. Notaba cómo se le estaba calentando la cabeza. Unas perlas de sudor fueron apareciendo en su frente.

—No te veo —dijo ella—. Dale al botón de vídeo para que te vea.

—Es que mi ordenador se está quedando sin memoria. Mejor no pongo el vídeo...

—Miguel...

—Dime.

—¿Estás con alguien? —dijo Cova frunciendo el ceño.

—Yo no estoy con nadie. ¿Estás tú con alguien? —respondió con tal de tirar millas sin saber hacia dónde se dirigía.

—Yo no estoy con nadie, ¿no lo ves? —Era obvio que empezaba a impacientarse—. Yo, en cambio, a ti no te veo.

Miguel permaneció un rato en silencio y finalmente apretó el botón del vídeo.

—Ahora te veo —dijo ella.

—¿Ah, sí? Qué raro, no he hecho nada.

—Dime la verdad, ¿te pasa algo? —preguntó recuperando el tono conciliador.

—No me pasa nada, ¿por qué lo dices? ¿Y por qué me dices que si estoy con alguien? ¿No será que eres tú la que está con alguien? —preguntaba todo esto a lo loco, como si estuviera haciendo *zapping* en su cabeza.

—No vayas por ahí, Miguel.

—No, claro. Es que a ver si va a ser eso y estás intentando darle la vuelta a la situación.

—Pero ¿qué te pasa? ¿Por qué me hablas así?

Cova tenía razón. Miguel se había acelerado y esa tensión podría delatarle. Se relajó y pidió perdón. Ella aceptó las disculpas y luego dijo:

—El otro día me pusiste un mail bastante raro, no entiendo muy bien a qué venía todo eso.

Miguel le dijo a Cova que precisamente quería hablar de eso.

—¿Por qué no me contestaste? —preguntó.

—Porque llevo un día dándole vueltas al dichoso mensaje y al final he pensado que era mejor llamarte.

—Pues dime.

—No, dime tú.

Miguel tomó aire y empezó a hablar de carrerilla:

—Verás, Cova. Te pido que te pongas en mi lugar por un momento. Te escribí ese correo por sacar a la luz una hipótesis probable y sin embargo posible, que es la de que, en este tiempo de estar separados, a alguno de nosotros pudiera surgirle algo sentimentalmente hablando. Entonces tú no contestaste.

—Que no contesté en el acto, quieres decir.

—Llámalo equis, el caso es que no me contestaste.

—Estaba trabajando —interrumpió ella.

—Déjame seguir, por favor, que yo no te he interrumpido. Si empezamos así, mal —dijo Miguel para ganar tiempo. Oficialmente ya estaba sudando a mares—. Al no contestar, ponte en mi lugar y trata de imaginar qué podía pensar yo.

Miguel ya no escuchaba a Cova. En su cabeza se iba elaborando un discurso que no admitía interrupciones. Había empezado ya y no podía parar, por muy lleno que estuviera de incoherencias.

—Imaginé que era porque había dado en la diana. Que efectivamente tú estabas teniendo alguna historia con alguien allí en Oviedo. Lo pasé muy mal al principio, pensé que no iba a poder superarlo. Primero fue la fase autocrítica: «Es culpa mía, yo no la merecía en realidad», etcétera, etcétera. Me apoyó mucha gente y, con el tiempo, me di cuenta de que era algo normal que nos podía haber pasado a cualquiera, como por otra parte yo mismo había previsto muchas veces, igual que tú. La herida abierta fue cicatrizando lentamente y, bueno, en el camino apareció una persona. Al principio no le presté mucha atención, pero poco a poco nos hemos ido conociendo y la verdad es que no digo que no haya pasado nada en concreto, pero podría pasar.

—Pero todo esto que acabas de contarme, ¿ha sido en veinticuatro horas? —alucinaba Cova desde su ordenador de Oviedo.

—Bueno, tampoco te sé decir con total exactitud en qué hora y en qué segundo concretamente fue cada cosa, es un resumen.

—Miguel, yo no estoy con nadie. No he tenido ninguna aventura, ni lío, ni rollo, ni nada que se le parezca. Hicimos un pacto de fidelidad y yo lo he respetado y lo sigo respetando. ¿Y tú?

—¿Yo qué?

—Que si has respetado nuestro pacto de fidelidad.

—Sí.

—Me acabas de decir que has conocido a alguien.

De repente a Miguel se le ocurrió una idea y sin valorarla la puso en práctica directamente. Contestó a Cova moviendo los labios pero sin hablar, solo haciendo mímica.

—¿Qué dices? —preguntó ella, al tiempo que parecía estar tocando el volumen de su ordenador.

Miguel volvió a decir varias frases moviendo solo la boca.

—No te oigo, pasa algo con la conexión... —se desesperaba ella subiendo bastante su voz, como si con ello pudiera solventar algo.

Miguel se encogió de hombros, gesticulando como si hubiera algún problema que él tampoco comprendía.

—¿Tú me oyes a mí? —preguntó Cova.

Miguel asintió con la cabeza.

—Vale —dijo ella—. Pues vamos al grano, por favor, y dime simplemente si estás con alguien. Es lo único que te pregunto, contéstame con la cabeza.

Miguel se quedó paralizado ante la webcam. Había explorado ya todos los recovecos del callejón donde se había metido él solito. No quedaba ya ningún agujero, grieta, ni caja sobre la que subirse para saltar el muro. Los faros del coche le apuntaban a la cara y no había escapatoria ninguna: era la hora de la verdad.

De manera que asintió levemente con la cabeza.

—¿Eso ha sido un «sí»? —preguntó Cova.

Miguel volvió a asentir de forma más clara.

—Pero, espera, te lo puedo explicar —añadió después, sin poder contenerse.

—Mira qué bien, ya ha vuelto el audio —sonrió ella no sin cierto sarcasmo.

—Yo te he sido fiel todo el rato. Y te sigo siendo fiel, y te seré fiel siempre, como prometimos. Lo único es que estoy con alguien y nos hemos acostado y tenemos planes de futuro. Pero por lo demás todo sigue igual.

—¿Esa es la explicación?

—No lo sé.

—Tú has intentado romper conmigo, pero que pareciera que era por mi culpa —dijo Cova, ahora al borde de las lágrimas.

—¿Yo?

—Sí, tú. En eso eres exactamente igual que tu padre, sois especialistas en dar la vuelta a las cosas.

—¿Qué tiene que ver mi padre con esto? No compares, por favor —dijo Miguel. Pero por dentro había entendido muy bien la comparación y ahora era lo que más le molestaba.

Miguel estaba hecho polvo también. Pero por fin se lo había dicho. Cova se sonaba los mocos por Skype. Lo peor había pasado ya.

—Pero no me negarás que podría haber sido al revés —dijo Miguel intentando poner un tono de dulzura.

—¿El qué? —preguntó ella recobrando la compostura.

—Que podría haberte pasado a ti.

La mirada de Cova atravesó los 1.700 kilómetros que separaban Ámsterdam de Oviedo como si fueran el palillo de una brocheta en cuya punta ensartó los ojos de Miguel.

—No, espera, no lo hagas... —exclamó él, que acababa de adivinar las intenciones de Cova.

Tarde. Con un rápido movimiento del ratón, Cova cortó la llamada. Entonces Miguel no pudo contenerse más. Clavó las rodillas en el suelo y tomó aire para dejar explotar un llanto muy profundo, pero en el momento en que empezaba a brotar de su garganta y su estómago la puntita del primer lamento, se abrió de golpe la puerta de la casa e irrumpieron a trompicones Fernando y su padre carcajeándose por algo que acababa de pasar o que acababan de decir, y al toparse directamente con Miguel arrodillado, se rieron aún más fuerte. Sobre la marcha, Miguel consiguió transformar lo que iba a ser una llorera en un alarido de naturaleza imposible, entre la risa, el susto y el simulacro de ataque de tos.

Creyendo que su hijo se estaba asfixiando, Jesús Miguel se le tiró encima para hacerle la maniobra de Heimlich.

—Tranquilo, respira... —le ordenó Jesús placándole por detrás sin tener ni puñetera idea de lo que estaba haciendo.

—¡Suéltame! —gritó Miguel rojo de furia. Era increíble. Había pensado que con su padre en Ámsterdam le iba a resultar imposible seguir divirtiéndose a su bola, pero ahora resultaba que ni llorar a gusto iba a poder.

Fernando se adelantó para separarlos, sin dejar de reírse, y pronto estaban los tres revolcándose por el suelo con la pareja de borrachines muerta de risa.

—¿Se puede saber qué os pasa? —preguntó Miguel cuando pudo desembarazarse de ambos.

—Es Fernando, que está un poco... —contestó Jesús Miguel mostrando el dedo meñique y llevándose el pulgar al mismo tiempo a la boca.

—Mira quién fue a hablar —balbuceó Fernando.

En realidad, era una pregunta retórica, puesto que era evidente que su padre y su compañero de piso se la habían cogido bien gorda y llegaban ahora de empalmada.

—Tienes un compañero de piso cojonudo, Chusmi —dijo Jesús—. Y eso que al principio cuando nos conocimos me pareció que le hacía agua la canoa.

Ni Miguel, que tenía otros pensamientos en la cabeza, ni Fernando, que no tenía ninguno porque estaba a punto de quedarse inconsciente, hicieron caso al comentario, por lo que Jesús se vio impelido a insistir en el tema.

—¿Sabes a lo que me refiero? —preguntó a Miguel—. A que le patina el embrague, me refiero.

—Eso es mentira —dijo Fernando, o mejor dicho, quiso decir, porque lo que le salió de la boca era un berrido ininteligible.

—No, ya, si eso es lo que iba a decir, que al final resulta que le da lo mismo enchufarse a ciento diez que a ciento veinte —añadió Jesús—. ¿Qué pasa, Chusmi? Pones cara como de no estar pillando mis metáforas.

—No sé de qué mierdas estás hablando —le dijo Miguel muy serio—. Es la segunda cogorza que te coges en Ámsterdam, ¿no te da vergüenza?

—Perdón, lo siento, de verdad —contestó Jesús adoptando su ya mundialmente famosa cara de gatito perdido.

—No, no lo sientes. Cada vez que dices que lo sientes, es que vas a decir o hacer algo peor al minuto siguiente.

—Esta vez va en serio. —Jesús se había puesto completamente formal. Era como si el efecto de la borrachera se hubiera volatilizado de golpe.

—Ahora mismo vas a meter a tu amigo en la cama —dijo Miguel señalando a Fernando, que estaba roncando sobre el suelo—. Y después vas a ir a la agencia de viajes a comprarte un billete de vuelta para España.

—Por supuesto que sí —contestó Jesús—. Perdona, un detalle solo: ¿a qué agencia de viajes?

—Me da igual, la buscas, pagas con el dinero que tengas, con la tarjeta, con lo que quieras —exclamó Miguel mientras entraba en su habitación y daba un portazo. En el acto se dio cuenta de que no tenía nada que hacer ahí y que, de hecho, tenía que haberse ido ya a la universidad, de manera que abrió la puerta y volvió a salir.

En el salón, Jesús Miguel estaba cogiendo a Fernando por las axilas para llevárselo a su cuarto.

—En un rato voy a comprar el billete —dijo con tono de estar verdaderamente arrepentido.

En realidad, por dentro se preguntaba cómo iba a hacer tal cosa si se había gastado sus últimos cuarenta euros en invitar a Fernando a cervezas.

13

La plaza Dam, punto neurálgico del centro histórico de Ámsterdam, le había impresionado mucho a Miguel por su majestuosa belleza durante su primer paseo por la ciudad. Ahora, sin embargo, la veía como una plazuela infestada de palomas en torno a un bolardo blanco gigante que llamaban el «Monumento Nacional», pero que era más feo que la estatua del escanciador de sidra de la plaza de Requejo en Mieres.

Pedaleando con más rabia que nunca de camino a la universidad, esa mañana Miguel se proponía superar una de esas pruebas que le gustaba autoimponerse de vez en cuando, no sin sentir cierta vergüenza por lo infantiloide de la apuesta. Si tardaba menos de veinte minutos exactos en llegar a clase, todo el embrollo con Cova y Marion se resolvería satisfactoriamente como por arte de magia, sin él tener que hacer nada al respecto. No era la primera vez que jugaba a esto, lo había hecho en innumerables ocasiones. Por ejemplo, cuando de pequeño iba por la calle pensando que si conseguía volver del instituto sin pisar ni una sola junta de los adoquines de la acera, al llegar a casa sus padres no estarían discutiendo. Más de una vez estuvo a punto de hacerse un esguince para que, de todos modos, la gesta no se obrara nunca.

Ahora avanzaba por las calles, puentes y carriles bici de Ámsterdam como alma que lleva el diablo, esquivando a peatones y otros ciclistas sin tocar el freno, teniendo que insultar a alguno para que se apartara, convencido al cien por cien de que la gente y las palomas se ponían en su camino para impedir que lo suyo con Marion acabara bien. Estaban compinchados con Jean Pierre, sobre todo las palomas.

—¡Imbécil! —gritó a una señora que pretendía cruzar la calle.

Sin dejar de acelerar, dudó de si no se estaba pasando un poco y miró con pena a la señora por encima del hombro, arriesgándose por los pelos a estamparse con un camión que asomaba una calle más allá.

Comprobó que le quedaban solo ocho minutos para conseguir su desafío. El bienestar y la felicidad eterna por la cara estaban a su alcance. Se imaginaba a sí mismo compartiendo piso en Ámsterdam con Marion durante dos o tres años, antes de irse a otra capital europea para cambiar de aires. A su vez, Cova estaría casada con alguien y sería feliz, pero no demasiado. Contraería matrimonio con un señor seguramente más gordo y menos atractivo que Miguel. A lo mejor sería impotente y no podrían tener hijos, pero adoptarían uno. Sería el equilibrio perfecto entre no provocarle a Miguel ni envidia ni culpa.

Llegó escopetado hasta el soporte para bicicletas, saltó de la suya sin frenar, la ató con la cadena en un rápido movimiento triple: zas, zas y clac, subió corriendo las escaleras de la fachada del edificio de tres en tres mientras se repeinaba con la mano, entró en la facultad casi levitando y dobló con elegancia la esquina del pasillo que conducía a su aula mientras miraba el reloj: llevaba 19 minutos y 35 segundos y estaba a punto de conseguirlo, pero en ese instante alguien le salió por la izquierda y sus cabezas chocaron haciendo un ruido entre crudo y húmedo, como un bloque de cemento al caer sobre una sandía.

Con la vista nublada por el impacto, Miguel reconoció a

Matthijs, su profesor de Contabilidad, que parecía indemne tras el impacto. Sin duda Matthijs era el bloque de cemento.

—¿Por qué vas corriendo por los pasillos? —quiso saber el holandés.

Al no obtener respuesta, Matthijs le preguntó por Fernando. Miguel balbuceó que no tenía ni idea de dónde estaba. Tenía el vago recuerdo de que le había dejado en casa, durmiendo la mona con su padre. Pero ni siquiera estaba seguro de que tal cosa pudiera ser verdad.

—Dile que necesito hablar con él, es importante —le dijo el profesor en un tono entre amenazante y directamente hostil—. Y ahora, venga, a clase.

¿Por qué le odiaba tanto este hombre?, se preguntó. A menudo había notado cómo se mostraba duro con él en las clases y en los exámenes. Pensaba que incluso le tenía manía. Cuando estaba delante Fernando, a él directamente ni le miraba. Miguel se abría paso entre la marea de estudiantes que se esparcía por los pasillos de la facultad como lava saliendo de un volcán en medio de un bullicio ensordecedor. ¿Por qué iban todos en dirección contraria a la suya? ¿Y por qué le miraban como si fuera un *freak* de feria, algunos con cara de asco y otros riéndose? ¿Acaso era el único que estaba buscando como un loco a su flamante novia erasmus para comprobar si había roto ya con su novio oficial? Seguramente, sí.

Y por fin la vio. Allí estaba Marion, junto al ventanal del recibidor donde se formaba un contraluz que realzaba su silueta perfecta. Ahora que la había visto sin una sola prenda en el cuerpo, no podía evitar que su cabeza la escanease de arriba abajo y le permitiera verla totalmente desnuda frente a ese mismo ventanal. Junto a ella estaba Danielle, su compañera de piso. Parecía que estaban hablando de algo grave. Era contradictorio que toda esa gravedad le despertase una sonrisa a Miguel, pero se diría que en ese momento una voluntad propia regía las comisuras de sus labios, que se iban separando despacio hasta el punto de que tuvo que echarles un pulso muscular para evitar que le dibujaran una sonrisa. Sin duda, Marion le acababa de contar a su amiga la ruptura con Jean Pierre y Danielle le estaba dando el pésame. Miguel se acercó forzando una cara de circunstancias por más que un recoveco rebelde de su cerebro le instara a llegar dando palmas.

—¿Qué te ha pasado? —exclamó Marion nada más verle, con cara de espanto.

—¿De qué? —preguntó Miguel extrañado. Danielle también le miraba medio de lado y frunciendo el ceño.

Marion le prestó un espejito que llevaba en el bolso para que se mirase y Miguel descubrió que le había salido un chichón en la cabeza del tamaño de una pelota de tenis, cuya circunferencia estaba subrayada por la marca morada del hematoma. La deformación era fruto del golpe con Matthijs y ahora entendía, en efecto, que la gente se diera codazos por el pasillo cuando se cruzaban con él.

—No tiene importancia —aseguró cogiendo a Marion de ambas manos—. Mejor cuéntame tú: ¿qué tal estás? ¿Te encuentras bien?

—Miguel...

—Tranquila, no te vengas abajo ahora —interrumpió él mirándola sin parpadear. Ella parecía completamente normal—. Puedes contar conmigo.

Después Miguel se dirigió a Danielle para agradecerle su apoyo a Marion «en estos momentos tan difíciles».

—Escucha, Miguel —insistió Marion—. Danielle me ha dicho que ayer tu padre se escondió en el cuarto de baño y luego nos estuvo espiando cuando tú y yo estábamos en la cama.

Miguel se quedó mirando a ambas muy serio, aunque ahora el chichón empezaba a obstruirle gradualmente el ojo izquierdo y se le iba cerrando poco a poco.

—Eso es imposible —acertó a contestar después de un rato.

—Estaba con la oreja pegada a la puerta del cuarto de Marion y se reía —aseguró Danielle.

—Os digo que eso es imposible.

—¿Por qué dices que es imposible? —quiso saber Marion.

—Porque mi padre nunca haría una cosa así, estoy seguro.

No, Miguel no estaba seguro. De hecho, estaba seguro de que era justo el tipo de cosa que sí haría su padre. Sintió un calor muy intenso que irradiaba desde el hematoma hacia el resto del cuerpo. Pero no era momento de perder el control.

—Deberías ir a que te vieran eso —dijo Marion.

—Estoy perfectamente —contestó Miguel, que ya tenía que elevar un poco el mentón para ver en horizontal por el ojo izquierdo.

Danielle dijo que tenía que irse a clase y se despidió.

En ese instante Miguel dio un paso para acercarse a Marion y le rodeó la cintura con los brazos, pero ella se escurrió como una anguila de su placaje.

—Tranquila, yo ya se lo he dicho a Cova. ¿Qué tal se lo ha tomado Jean Pierre?

—No se lo he podido decir todavía —reconoció Marion.

Miguel se quedó inmóvil.

—Pero...

—Tranquilo, se lo diré cuando vea el momento. —Pedía tranquilidad sin poder ocultar sus propios nervios.

—Pero tienes que decírselo ya. Yo acabo de romper con Cova.

—Tienes que ir a la enfermería a que te curen eso.

Un rato después Miguel y Marion estaban en clase de Derecho aduanero. Miguel había pasado por la enfermería y le habían dado un analgésico y una bolsa de hielo para que se la pusiera en la cabeza, pero la hinchazón no remitía. Casi había fantaseado con que una pequeña contusión en el rostro le aportara un rollo duro a su imagen, una atractiva rudeza barriobajera, pero no: acababa de verse reflejado en la pantalla del móvil y parecía salido del *remake* guatemalteco de *El hombre elefante*. Ahora intentaba concentrarse en la charla del profesor mientras miraba a Marion de tanto en tanto.

Cuando ella dejaba de tomar apuntes momentáneamente y sus miradas se cruzaban, él hacía gestos tratando de preguntarle si había podido hablar ya con Jean Pierre o qué. Pero ella no solo no había tenido tiempo material para hablar con su novio, sino que ni siquiera entendía las señales impacientes que le hacía Miguel desde tres filas más allá. Entonces Marion seguía tomando apuntes y Miguel se daba cuenta de que estaba totalmente desconectado de la clase. Marion había tenido muchas horas antes para cumplir su parte del trato, y solo de pensar que se le había «pasado», así, entre comillas, confesarse a Jean Pierre, su ansiedad iba en aumento. Se levantó de la silla y se dirigió al profesor para informarle de que no se encontraba bien por el golpe en la cabeza. Al dirigirse a la salida le dejó un papel doblado a Marion sobre la mesa y después se marchó.

Cuando el profesor continuó con la clase, Marion desdobló el papelito y leyó la escueta nota de Miguel:

Tienes que decírselo hoy. Por favor.

Debajo había dibujado una cara sonriente, aunque el tema no le hiciese ni puñetera gracia.

14

Un sonido como el de una tela al desgarrarse despertó a Jesús Miguel. Estaba empapado en sudor y tenía enfrente un pie con la uña del dedo gordo encarnada. Se incorporó de golpe y comprobó que estaba en la cama de Fernando, quien seguía durmiendo despatarrado sobre las sábanas. «¿Qué está pasando aquí?», se preguntó Jesús. O mejor dicho, ¿qué había pasado? Entonces percibió un olor denso y punzante que le hizo salir disparado de la cama en ropa interior, tapándose las fosas nasales con la mano. El ruido que le había despertado no era el desgarro de ninguna tela.

Aterrado, se apresuró a recomponer en su cabeza el puzle de las últimas horas. Había vuelto a casa borracho como una rata tras una noche inolvidable con Fernando, su amiga alemana y Antonio en el Don Quijote. Al llegar a casa por la mañana, Chusmi se había enfadado con él y le había hecho jurar que iba a sacarse el billete de vuelta a España ya mismo. Después se había ido a la universidad. Entonces Jesús Miguel había metido a Fernando en la cama, pero él mismo estaba también al borde del síncope y antes de poder darse cuenta se quedó frito a su lado.

Estaba casi seguro de que no había pasado nada en la cama con el compañero de piso de su hijo, pero por si acaso, abrió el grifo y usó la pila como un abrevadero en el que se frotó la cara con más fuerza de la habitual.

—¿Estás bien? —preguntó una voz a su espalda. Era Fernando, que asomaba por la puerta de la habitación con aspecto de muerto viviente—. ¿Qué hora es?

—La una en punto —contestó Jesús Miguel dejando escapar en sincronía una ventosidad.

Ambos soltaron una carcajada, refrendando la amistad surgida durante la noche previa.

Fernando dijo que otra vez se había vuelto a perder la clase de Contabilidad y que el profesor iba a enfadarse de verdad con él. Pero ambos coincidieron en que había sido por una buena causa, ya que la noche anterior había sido «mítica». Luego se ducharon por turnos y Fernando preparó una cafetera. Antes de irse, Jesús le pidió que le dejara encendido el ordenador de Miguel.

—Es que tengo que comprar el billete de vuelta a España a través de las webs —explicó Jesús.

—¿Te vuelves ya? —preguntó Fernando, como si le resultara extraño o le diera pena.

—Sí, bueno, yo tenía intención de quedarme más tiempo, pero me ha surgido una oferta importante de un trabajo muy bueno en España.

—Pero si ayer nos dijiste que allí no había nada que hacer y que habías venido aquí a ver si te salía algo.

—Ya, eso también es verdad.

—¿Entonces?

—Mira, en realidad me vuelvo porque Miguel no quiere que me quede aquí —confesó Jesús resignándose con una sonrisa amarga—. Es normal, él está con sus Erasmus y sus cosas.

—Eso es una tontería —contestó Fernando—. Está agobiado por el tema de Marion, es solo por eso, lleva así unas semanas.

—Pero supongo que tiene razón. —Jesús se encogió de hombros—. Está bien que pase unos días con él y luego le deje tranquilo, ¿no?

Fernando sonrió y se acercó para estrecharle la mano con fuerza. Un buen saludo con las manos, muy masculino, dejando lo viril en lo más alto, como un «buenas tardes» entre Bertín Osborne y Poli Rincón. Un abrazo ya habría sido tentar la suerte, pensó Jesús Miguel, obviando que había compartido lecho con Fernando.

—Perdona, otra cosa —dijo Jesús antes de que el otro saliera. Fernando le miró expectante—. ¿Te acuerdas anoche cuando discutimos por quién pagaba la última ronda de cervezas?

—Sí —contestó el andaluz con una sonrisa—. Anda que no te pusiste cabezota.

—Era por si me podías devolver o prestarme, como tú prefieras, los treinta euros que acabé pagando yo.

Fernando soltó otra carcajada de campeonato, pero al ver que Jesús iba completamente en serio, sacó su cartera y miró dentro.

—Pues no sé si voy a tener.

—Algo, lo que sea —dijo Jesús Miguel acercándose un poco y tratando de cotillear el interior de la cartera de Fernando.

—Tengo solo cinco euros —dijo este medio escondiéndola.

—Ahí tenías uno de veinte —señaló el asturiano metiendo casi el dedo índice en la billetera.

—Ah, sí, es verdad —dijo Fernando mirando otra vez.

—Con que me dejes veinte me vale.

Fernando se resignó y le dio a Jesús los veinte euros.

—Esto te lo devuelvo, ¿eh? —aclaró Jesús Miguel.

Fernando esbozó una media sonrisa de resignación y Jesús le repitió que le dejara el ordenador encendido para poner un «correo automático» a sus amigos de Asturias antes de resolver lo del billete. Cuando se quedó a solas, empezó a teclear.

Querido Marianin:

Como sigue todo por ahí??!? Que tal el Jose y toda la gente del Trasgu. Ya os conte en mi anterior imeili que por aqui todo muy bien gracias al entendimientoq ue tenemos Chusmi y yo y por el apoyo que le estoy dando en estos momentos tan inportantes de su vida.

En esta ocasion os escribo para contaros las cosas intersantes que me estan pasando aqui en el estranjero a nivel de experiencias. Estube con el chusmi en una reunion que hacen en las casas de la gente aqui es una cosa tipica y que porlo tanto no debeis llevaros las manos a la cabeza: en resumen lo que hacen es que quedan tanto hombres como mujeres inclusive y se sientan en circulo en el suelo y en el medio ponen una botellín y por ejemplo uno gira la botellín y al que le apunte despues de dar vueltas pues a ese le tienes que plantar un morreo beso pero bien plantao no valen marico tonterias. Tranquilos no os llebeis las manos a la cabeza y os pongueis a decir ya esta Jesus viviendo a los limites yo se que esto os puede sonar muy fuerte alli en ASTUrias pero como digo en paises de europa o lo q a mi me gusta llamar el biejo viejo continiente donde hay mallor libertad es una cosa normal y se hace todos losdias, aqui eso es el pan nuestro de cada dia denosle oy, dejarme que os siga contandoporque ahora biene lo bueno, despues de jugar a este juego Chusmi se empezo a morrear con una francesa y luego se metieron en la cama y se pusieron a darle parriba pabajo sin parar, yo me fui por ahi de vinos y resulta que acabo en un bar español donde me hago el mejor amigo del dueño y ahora somos imseparanbles.

entonces, en ese momento llega al bar el compañero de piso de chusmi que se llama fernando y que ya os habia dicho qu le vi haciendo de todo con un tio, en directo lo vi con mis ojos un acto homoxesual, pues bien mientras mi chusmi estaba dale que te pego con la francesa yo me encuentro en un bar con ese homoxesual que viene con pibonazo, una rubia de aqui te espero y resulta que no era tan homoxesual sino que le da a todo, a la carne y al pescao y por alante y por atrás y por donde sea, esto que os puede parecer excandaloso así como lo cuento, que ademas hay putas en las tiendas aqui, eso ojo que tiene su tema tambie pero vamos por nodesviarnos del tema que me quedo de juerga toda la noche con fernando que me cuenta que es tranxesual (osea que le gustan los hombres y lasmujeres tambien) y resulta que ye un guaje cojonudo y nos echamos unas buenas risas y resulta que he dormido con el en la cama, pero por supuesto sin hacer nada, solamente porque veniamos bolinga, osea primero el guaje es marica luego le van las tias tambien y luego dormimos juntos, cagon ros jajaajjajajja os estais riendo vosotros también??!? Ya os imajino la cara que estais poniendo ahora mismo al leer todas estas abenturas y experiencia sque os cuento, no penseis que me estoy pasando a la acera «de» enfrente como se suele decirse, sino mas bien al contrario, estoy cadav ez mas seguro que tarde o temprano ire a hacer una visita al barrio de las mujeres en los escaparates que tambien es una costumbre social muy aceptada aqui y que hace todo el mundo todos los dias, no es como ir al club de la carretera de Langreo.

Me gustaria que me contestarais alguna bez alguno de estos mensajes automaticos que os mando aunque sea solo para saber que te os parece todo esto que te cuento y si se lo abeis contado a mas gente y que dicen o sea si les parece tambien que mis abenturas aqui son increibles, contarlo a la gente si quieres no me importa, porque no hay nada que esconder porfabor contarselo a la gente y luego me decis como se quedan.

Atentamente

pros data conoceis un tal victor VIctor de zarazoga?

Nada más terminar su mensaje y darle al botón de «enviar», Jesús se quedó mirando en la pantalla del ordenador una página que no había visto nunca antes: era casi toda blanca y en el centro había una palabra cuyas letras eran cada una de un color. Ponía «Google», y debajo había un rectángulo donde al parecer se podía escribir algo.

—A ver esto qué es... —murmuró Jesús para sus adentros mientras escribía en el rectángulo su propio nombre. Al darle a «buscar» cambió a otra página con una lista de cosas en la que aparecía su nombre—. Joder, pero si estoy dentro de internet —dijo ahora en voz más alta, como si hubiera alguien allí escuchándole. Por supuesto, no se daba cuenta de que ninguno de los resultados de Google se referían a su persona.

Luego puso «Rosario» y salieron imágenes de rosarios de madera y una foto de Rosario, la cantante. Jesús Miguel sonrió al reparar por primera vez en su vida en que su ex se llamaba igual que la hija de Lola Flores.

Estos primeros experimentos con Google revolucionaron la mente de Jesús como si se diera de bruces con un nuevo mundo. Su siguiente búsqueda fue «conocer mujeres en Ámsterdam». Salían muchas páginas de contactos, pero no sabía qué hacer con tantos resultados. Luego tecleó «putas en Ámsterdam». El caudal de información era ingente. De pronto, mientras contemplaba la foto de una mujer negra gordísima desnuda, a la que no sabía cómo había llegado, se escuchó un pitido del ordenador y apareció un recuadro de otro color. Jesús tuvo que escudriñarlo detenidamente para ver qué era.

En el recuadro aparecía la siguiente frase:

Mamá: Hola.

Y debajo ponía:

Miguel:_

La rayita baja después de «Miguel» parpadeaba, como invitándole a poner algo ahí. Evidentemente, se trataba del chat de Skype, pero esto Jesús Miguel no llegaría a saberlo de momento. Sabía que era Rosario diciéndole «hola» a Miguel, y aunque a muchas personas pudiera parecerles inmoral el hacerse pasar por otro en una conversación privada, Jesús no era una de esas personas.

Miguel: HOla.
Mamá: ¿Qué tal, mi amor?

A Jesús Miguel casi le da un vahído, aun sabiendo que el «mi amor» no iba dirigido a él, sino a Chusmi. Tragó saliva y siguió tecleando.

Miguel: Muy bien, y tú?!!??!
Mamá: Echándote de menos.

Jesús carraspeó y se separó de la pantalla un poco aturdido. «Contrólate —se dijo a sí mismo—, si vas a seguir con esto, tienes que calmarte.»

Miguel: Tu que tal estas
Mamá: ¿Es una pregunta?
Miguel: Si.
Mamá: Ah, como no pones signo de interrogación al final, ja ja ja...
Miguel: ?????¿¿
Mamá: Vale, vale. Por aquí muy bien, con ganas ya de verte y espachurrarte un poco. Perdona, es que hoy estoy un poco ñoña, ya lo sé.
Miguel: No no sige sigue
Mamá: ¿Qué estás haciendo? Pensé que ibas a estar en clase a esta hora y que no iba a pillarte en casa.
Miguel: No
Mamá: ¿No qué?
Miguel: Que no e ido a clase hoy o sea qe he ido y e vuelto ya
Mamá: ¿Estás bien?
Miguel: Si
Mamá: No sé, te noto raro. ¿Estás con alguien más ahí?

Miguel: No
Mamá: Si quieres, hablamos en otro momento.
Miguel: ¿??Qué tal tu novio
Mamá: ¿Qué?
Miguel: No nada perdona.
Mamá: No te entiendo.
Miguel: Tu novio que si estais bien. estais bien?????
Mamá: ¿Hablas de Víctor?
Miguel: Si que tal esta la cosa entre bosotros
Mamá: ¿Estás de broma?
Miguel: No. Que pasa qu estais fatal o que pasa??!!
Mamá: ¿Por qué escribes tan mal y sobre todo preguntándome esas cosas? Estoy perfectamente con Víctor, ya te lo he dicho muchas veces.
Miguel: Tengo que decirte una cosa importante mama
Mamá: Ya sabía yo que pasaba algo.

Jesús Miguel se detuvo unos segundos para reflexionar. Iba a decirle a Rosario, hablando como si fuera Miguel, que su padre estaba en Ámsterdam y que se habían reconciliado y que todo era maravilloso. Pero entonces pensó que era demasiado arriesgado y se limitó a dejarlo en una supuesta conversación telefónica.

Miguel: El otro dia hable con papa mucho rato por telefono.
Mamá: ¿Y qué dice?
Miguel: Le e notado muy bien muy cambiado para mejor creo que es el mejor padre del mundo y una persona muy
Mamá: ¿Muy qué?
Miguel: Papa es un gran hombre, una gran persona.Nunca te arrepientes de haberte separado de el?creo que deberiais volver juntos.¿
Mamá: Perdona, Miguel, pero no creo que este sea el mejor momento para hablar de eso. ¿Por qué me estás diciendo esto ahora?
Miguel: Porque me e dado cuenta y tienes que pensartelo muy en serios.

Mamá: ¿Esto es una broma? Miguel, por favor, haz el favor de escribir bien o pon el vídeo chat.
Miguel: Mama queria decirte que papa ha cambiado mucho esta fenomenal en lo presonal y tamben a nivel de fisicamente y somos grandes amigos hemos hablado mucho, el quiere volber contigo y tu deverias tambien
Mamá: ¿Al final has fumado algo, Miguel? Si has fumado algo, dímelo, no pasa nada, pero dime.
Miguel: No espera.te quiero. te quiero mucho y te echo de menos. por fabor vuelbe.
Mamá: ¿Que vuelva dónde? ¿A Mieres?
Miguel: Si. perdona
Mamá: Hijo, me estás preocupando, por favor, vamos a hablar por el Skype, quiero verte.
Miguel: Perdona mama. estoy bien. perdona si te he preocupado, a sido un arranque que te he tenido, no te preocupes ya estoy bien. ya se me a pasado mira ya esta no pasa nada de verdad. ahora me tengo que ir a clase.
Mamá: Pero ¿no habías vuelto ya de clase?
Miguel: Pero tengo otra ahora, gracias y perdona,adiós dime algo asi boinito tu tambien
Mamá: Adiós, hijo, te quiero.
Miguel: Yo tambien adios

La ventanita del chat desapareció y Jesús Miguel se quedó mirando fijamente el ordenador. Veía su propio reflejo sobre la pantalla.

Luego miró su mano, junto al teclado. Estaba temblando.

15

A la hora de la comida, Miguel estaba esperando a Marion en el café restaurante Polder del Science Park, junto al campus. Era una moderna estructura tubular donde almorzaban los estudiantes de la Universidad de Ámsterdam, aunque estaba abierta al público general. Por eso, en días con buen tiempo solía estar muy animado. Marion y él comían allí un par de veces por semana.

Miguel contemplaba el buen ambiente desde una mesa. Estaba solo e inquieto, mirando todo el rato su reloj mientras con la otra mano se sujetaba el pack de frío sobre el chichón. Tenía hambre y no había querido pedir nada por si llegaba Marion. Aunque la calidad de la comida era más que aceptable, el local olía a café malo y raciones de avión.

Al final, no fue capaz de seguir esperando a que llegara la francesa para confirmarle que había hablado con Jean Pierre y salió a buscarla por los alrededores. La encontró en una de las muchas zonas verdes del campus, junto a la Facultad de Matemáticas. Estaba sentada en el césped, mirando el móvil. Miguel se acercó sigilosamente y la contempló desde una distancia prudencial. Vio cómo tecleaba algo y deseó con fuerza que se estuviera comunicando por fin con Jean Pierre. Como si, por desearlo con ganas, hubiera más posibilidades de que su aspiración se hiciera realidad. De repente ella levantó la mirada y le sorprendió, y él trató de disimular el hecho de que estaba espiándola haciendo como que llegaba justo en ese instante. Marion le sonrió y esa sonrisa cambió por completo el ánimo de Miguel, que comprendió que ella había comunicado al fin a su novio el fin de su relación.

Se sentó a su lado en la hierba y no preguntó por el tema, pues tal vez Marion prefería no hablar de ello, seguramente le resultaría difícil verbalizar la ruptura. Ella se lo estaba comunicando solo con gestos: un beso, una sonrisa, un leve roce.

—¿Has comido? —preguntó Miguel arrancando la conversación en el nivel más práctico.

—Sí. ¿Y tú?

—Sí, yo también —mintió mientras se arrepentía de no haber cogido al menos una ensalada griega para llevar.

—¿Qué tal tienes el chichón?

—¡Quita la mano de ahí, hostias, quieres joderme vivo o qué! —gritó Miguel, pero solo para sus adentros, claro, porque de cara a ella no quería estropear el momento, así que se tragó el dolor apretando los dientes para no gritar y le dijo que ya no le dolía.

«Con esto me basta —pensaba—. No hace falta ni que me diga que ha cortado con Jean Pierre. Me basta con estar con Marion, sentados sobre la hierba, quiero vivir este instante eternamente.»

La eternidad duró unos cinco segundos. Lo que Miguel tardó en alargar su estúpida ensoñación romántica antes de preguntar de sopetón a Marion si ya había hablado con Jean Pierre. Ella puso cara de hastío, como si hubiera sido culpa de Miguel estropear el buen rollo que tenían entre manos.

—Vale, o sea, que no se lo has dicho —insistió.

—Miguel, sabes que me importas mucho y que todo esto va a salir bien si nos compenetramos... —empezó a decir ella.

Él se incorporó de golpe y se mareó. Esos gestos melodramáticos no salen como a uno le gustaría si tienes un bollo de cinco centímetros de diámetro en la frente.

—¿Te duele? —preguntó ella.

—¡No me gusta cuando me hacen una promesa y no la cumplen! —estalló Miguel. El grito había sido tan violento que llamó la atención de algunos estudiantes que almorzaban cerca.

—Vamos a hablar, por favor, quiero ayudarte..., pero gritando no arreglamos nada —dijo Marion tratando de calmar los ánimos. Le hizo un gesto para que se sentara de nuevo, cosa que Miguel hizo con la torpeza de un octogenario, intentando mantener firme la cabeza para no sufrir otro mareo.

—No hay nada que hablar, ya estamos hablando, ¿de qué quieres hablar? ¿Eh?

—Respira y cálmate. Nada es tan grave, nada es tan a vida o muerte como tú pareces vivirlo —dijo ella—. Creo que estás demasiado nervioso, Miguel.

—No, de verdad te lo digo: que estoy encantado. Entre mi padre llegando borracho a las tantas de la mañana, tú que no le dices a Jean Pierre nada de lo que está pasando y este golpe en la cabeza, es lo que siempre había soñado para acabar el Erasmus.

—Escúchame, si es que eres capaz de calmarte —dijo Marion muy seria y sujetándole los hombros con ambas manos—. Sé perfectamente que hicimos un trato y voy a hablar con él, es solo que para hablar con Jean Pierre me está costando ser tan lanzada como otras veces. Solo te pido que lo comprendas si puedes.

—Sí, lo comprendo —reconoció Miguel al tiempo que trataba de juntarse un poco a Marion para que ella le abrazara en vez de sujetarle tan rígidamente y, con un poco de suerte, llevarse un beso.

—Para un poco, te estoy hablando.

—Perdona, sigue. —Miguel corrigió su inclinación inmediatamente.

—Te pido perdón porque tú has hecho tu parte del trato y yo no he cumplido la mía. Solo te pido tiempo. No me fuerces a hacerlo ni te enfades así... porque será peor.

—De acuerdo, pero con una condición.

—¿Cuál? —preguntó ella.

—Dame un beso de verdad.

—Miguel, dijimos que no podíamos dar un paso más antes de...

—¿De qué? Venga, termina tú misma la frase —le contestó casi desafiante.

—Tienes razón.

—Igual te parece una locura, pero solo te estoy pidiendo un beso sin que tenga que girar una botella entre nosotros.

—No, Miguel. Y no digo que no por falta de ganas, sino por hacer las cosas más o menos bien. —Marion se mostró firme—. Si puedes darme el tiempo que te pido, dámelo, y si no puedes, no sé lo que tendríamos que hacer, pero me dolerá muchísimo, créeme.

Marion tenía ahora la sartén por el mango y no había nada que Miguel pudiera hacer, porque con su insistencia y sus agobios le había dado a ella todo el poder. Todo había ocurrido cumpliendo al pie de la letra justo la lista de errores que se había propuesto evitar.

Ella esperaba una respuesta, pero Miguel había enmudecido. De manera que Marion, con los labios temblando, se levantó y se fue sin decir adiós. «Bien hecho, Chusmi, lo has clavado», se dijo Miguel. El nombre le vino solo, como un látigo usado mentalmente contra sí mismo.

16

Jesús Miguel entró recién duchado y pletórico de energía en el Don Quijote, de donde había salido dando tumbos apenas unas horas antes. Su incapacidad para encontrar vuelos en el ordenador de Miguel, o para cualquier otra tarea informática más allá de aporrear teclas más o menos en orden, le había empujado a buscar una agencia de viajes a pie de calle. En realidad se sentía más cómodo entablando conversación con un profesional del ramo que seguro que le conseguiría suntuosas ofertas para su regreso a España.

Se podía acusar a Jesús de demasiado ingenuo por pensar que con los veinte euros de Fernando iba a poder volver a España en un avión con motor y dos alas, pero la racionalidad consciente no estaba entre sus rasgos dominantes.

Jesús miró a un lado y otro: en el Don Quijote no había nadie. El local estaba totalmente vacío.

—¿Antonio? —preguntó acercándose a la barra. Miró detrás y vio a Pieter tirado debajo, durmiendo en el suelo.

Por una puerta al fondo del local, junto a los cuartos de baño, asomó la cabeza del dueño del bar.

—¡Ya voy! —gritó saliendo de su dormitorio oficina.

Junto a una tabla con caballetes anegada de recibos y ceniceros hasta los topes de colillas, había un colchón viscolástico colocado de cualquier manera. En esa parte del local, el olor a choto era más intenso si cabe que en el propio bar. Ahora Antonio se acercaba a Jesús con aspecto alicaído. Como si acabara de recibir la peor noticia de su vida.

—Pero, Antonio, hombre, ¿qué careto me traes? —preguntó Jesús. Le extrañaba verle así después de lo mucho que se habían reído la noche anterior.

Antonio le explicó que siempre que se corría una buena juerga, luego se pasaba la noche en vela dando vueltas a lo mal que iba el Don Quijote. Por la mañana había estado consultando los extractos del banco y había confirmado que su situación financiera era límite.

—Yo creo que no es para tanto —dijo Jesús sin el menor elemento de juicio para hacer tal valoración. La realidad es que estaba de buen humor y no quería contagiarse del bajón de Antonio.

Después le dijo que estaba buscando una agencia de viajes para sacarse el billete de vuelta a España y quería despedirse porque le quedaban pocos días en Ámsterdam y presumiblemente los iba a pasar disfrutando a tope mano a mano con su hijo Chusmi.

—Si en el futuro vuelvo por Ámsterdam, que tiene toda la pinta porque soy el típico que no para quieto, me pasaré a echarte todas las cañas que quieras —dijo Jesús mirando tras la barra—. Por cierto, esa tortilla de patatas tiene buena pinta, ¿me pones un pincho?

Antonio entró a la barra, pisándole sin querer la cabeza a Pieter, que emitió un chillido como de alimaña. Cogió el plato de la tortilla y se lo sirvió a Jesús, asegurándole que era la especialidad de la casa y que se iba a chupar los dedos. Luego le dio un tenedor con el que Jesús intentó pinchar un trozo, pero aquello estaba como un pedazo de madera y no iba a poder ni catarla. El asturiano no quiso decir nada por no desanimar a Antonio, al que seguía viendo muy preocupado. Tenía que sacar rápidamente algún tema para levantarle el ánimo.

—¿Entonces dices que estás en la ruina o cómo es la cosa? —preguntó a bocajarro.

Mientras Pieter se acomodaba en el otro extremo para seguir durmiendo, Antonio apoyó los codos en la barra y se tapó la cara con las manos. Jesús Miguel se asustó, ¿su nuevo amigo iba a ponerse a llorar? Esto le provocaría una gran vergüenza ajena y no sabría cómo reaccionar, y mucho menos cómo consolarle. Afortunadamente, Antonio se incorporó en un visto y no visto, recobrando la compostura.

—Lo tengo decidido —dijo—. Me vuelvo para Astorga.

—Pero ¿qué dices, hombre? —le espetó Jesús—. No sabes cómo están allí las cosas. Si yo pudiera, me quedaba aquí.

—Mira este bar, Jesús. Aquí no entra nadie ya, ni va a entrar.

—No puedes mezclar a Manolo Escobar con Charlot —dijo Jesús señalando la foto de Cantinflas. Luego miró el pétreo pincho de tortilla sobre la barra, que también podría tener que ver, pero prefirió no mencionarlo—. Deberías darle un enfoque más de sidrería. ¿Tú viste alguna vez alguna sidrería que no funcione? Yo ninguna.

—Es demasiado tarde para cambiar tanto el local —dijo Antonio—. Para eso hace falta mucha energía y no sé si tengo tantas fuerzas.

—Nunca es demasiado tarde, Antonio —contestó Jesús muy seriamente—. Y te voy a contar una historia para demostrártelo.

Antonio miró a Jesús expectante. Había conseguido captar su atención.

—Cuando yo era todavía más joven que ahora... —arrancó e hizo una pausa para ver si conseguía sacarle una sonrisa a Antonio. Al ver que no, siguió su relato—. Bueno, hace unos años, digo, trabajaba en una sidrería. No sabes lo que yo ligaba en aquella época, gracias a mi forma de desenvolverme tras la barra, le entraba a todas las clientas soltándoles un «¿Asturias o trabajas?» y me quedaba con ellas en cero coma. —Jesús volvió a hacer una pausa, pero las sonrisas de Antonio se cotizaban demasiado caras—. Y no te lo pierdas, también llevaba una camiseta que ponía «Licencia para escanciar». Me llamaban *el escanciador del amor* y en mis buenos tiempos llegué a acostarme con una mujer al año, eso sin contar a las que tonteaban conmigo, que entonces ya la cifra se multiplicaba por dos y por tres. Después me casé, y cuando Rosario se quedó embarazada de Chusmi, tuve que buscarme algo mejor pagado, y es cuando empecé en la mina. Pero el bar era mi auténtica vocación.

Antonio se quedó mirando a Jesús a la espera de la resolución de la historia. Pero, por lo visto, Jesús había terminado ya el relato.

—¿Entonces qué me quieres decir con eso? —preguntó el de Astorga.

—Pues lo que te he dicho.

—Decías que ibas a contarme una historia para demostrarme que nunca es demasiado tarde. ¿Cuál es la moraleja?

En ese momento Jesús se dio cuenta de que era verdad, no había forma de traducir eso en ninguna moraleja y, de hecho, tampoco tenía muy claro por qué se lo había contado.

—Perdona, tampoco quiero venir a darte ningún discurso, solo venía a despedirme —dijo entonces—. A todo esto, ¿te importaría prestarme veinte euros?

Antonio se lo pensó unos segundos. Era cierto que la noche anterior habían hecho buenas migas, pero esto de pedir dinero así, de repente...

—Es igual, tienes razón, solo nos conocemos de una noche —dijo entonces Jesús.

Antonio reaccionó y se sacó la billetera, mientras el otro interpretaba el papel de no querer ya el préstamo. Antonio insistió y Jesús se negó, el tira y afloja duró un rato hasta que el asturiano hizo como que aceptaba los veinte euros, pero solo por no hacerle un feo a Antonio. Luego se dio cuenta de que el pincho de tortilla seguía intacto sobre la barra y le pidió al dueño del bar un poco de papel de plata para llevárselo.

—Así me lo como luego, que una «delicatess» así no se puede desaprovechar —explicó mientras envolvía con poca destreza la tortilla.

Minutos más tarde, Jesús Miguel salió con el pálpito de que esta no había sido su última visita al Don Quijote. Caminaba por la calle Vijzelstraat sin saber muy bien cómo encontraría una agencia de viajes. Se fue internando en el casco histórico de Ámsterdam. Jesús no solo ignoraba estas cuestiones, sino también el hecho de que se estaba acercando peligrosamente a De Wallen, el Barrio Rojo por excelencia de la ciudad, mucho más nutrido en su oferta sexual que el de la calle Ruysdaelkade.

De momento iba mirando los escaparates y pensando en la tesitura en que se encontraba. Qué lástima que su brillante idea de transformar el Don Quijote en una sidrería no la hubiera tenido un día antes. A lo mejor, si hubiese tenido tiempo de explicarle bien el proyecto a Chusmi, le habría parecido sobresaliente desde el punto de vista empresarial, que era su especialidad, y tal vez le habría dejado quedarse un tiempo más, aunque ahora era demasiado tarde para pensar en otra cosa que no fuera un billete de vuelta.

Caminaba a ritmo constante, como un peregrino siguiendo una ruta predeterminada por su subconsciente y con un objetivo que ni siquiera sospechaba. Entonces lo vio. Era la meta que buscaba sin saberlo. Estaba en pleno Barrio Rojo. Escaparates y más escaparates iluminados con neones rojos, mujeres dentro que se le ofrecían contoneándose de pie, sentadas en ropa interior sobre sillas, pufs o directamente en camas. Había cientos de turistas y curiosos, pero todas le miraban a él, se le insinuaban. A Jesús comenzaron a pitarle los oídos y la cabeza le daba vueltas. Aquello era demasiado. Todo le parecía lujo, glamour y una invitación irresistible.

Pero no podía ser. Para empezar, solo llevaba cuarenta euros en el bolsillo. Además, siendo serios, lo que estaba buscando realmente era una agencia de viajes. Y al cabo de un par de calles la encontró. Se trataba de un local estrecho embutido entre uno de tantos escaparates rojos de prostíbulo y un *sex shop*. Dudó si entrar en la agencia de viajes o en el *sex shop*, y haciendo acopio de fuerza moral, entró en la agencia.

Bajo un ventilador de pared estaba sentado el encargado, un señor gordo con bigote que le dijo algo en holandés, aunque a lo mejor era inglés, Jesús no tenía forma de saber la diferencia.

—España —dijo medio gritando, en la confianza de que hablar castellano en alto es más universal que el esperanto—. Avión.

—*Do you want to go to Spain?*—preguntó el de la agencia.

—¿Qué?

El hombre se puso a teclear algo en el ordenador y al cabo de un rato levantó la cabeza y preguntó:

—*Low cost?*

—¿Qué dices? Habla normal, por favor.

—*Low cost.* Barato.

—¿Que si es barato? Pues mejor, claro.

—*Forty euros.* Cuarenta —contestó el gordo tratando de pronunciar un poco de español y levantando una mano con cuatro dedos arriba.

—¿Cuarenta euros?

—Sí.

Jesús arqueó las cejas. Todo indicaba que acababa de encontrar un billete a España por cuarenta euros, justo la cantidad que llevaba en el bolsillo. Menuda suerte, no sabía a qué ciudad concretamente sería el vuelo, pero dadas las circunstancias era un chollo que no podía dejar pasar si estaba decidido a volver a casa..., de manera que se dio media vuelta y salió corriendo de la agencia. Normalmente en cuestiones no solo de alimentación, sino también emocionales o de riesgo para la vida, las decisiones de Jesús las tomaba su estómago. En este caso también había influido la parte justo por debajo.

Avanzó a empellones entre la muchedumbre, como si el gordo con bigote fuera a perseguirlo para imponerle su regreso a Mieres, y se encontró frente a un escaparate con una mujer dentro. Era negra y llevaba un liguero rojo. Le sonreía de forma lujuriosa mientras se acariciaba los senos con una boa de plumas. Jesús se quedó absolutamente trastornado por esta visión y se acercó tanto al cristal que se golpeó la nariz, provocando la risotada de un grupo de turistas con latas de cerveza que se encontraban detrás de él. De vez en cuando veía que alguien entraba por la puerta que había junto al escaparate, y este quedaba cerrado por una cortina. De manera que así funcionaba la cosa. Uno elegía la que más le gustara y para dentro que iba. «Esto sí que es libertad, y no lo que nos habían vendido en España con la llegada de la democracia», pensó.

Era consciente de que no iba a hacerlo, no podía tropezar en esa piedra y eso que le rodeaban piedras negras, mulatas, orientales y otras de origen incierto con las que estaba tentado de tropezar y desplomarse con todo su peso. Lo que más le apetecía era mucho glamour, mucha lentejuela, pensando en darse un homenaje en memoria de aquellos especiales de Nochevieja en la tele que siempre le habían deslumbrado en varios sentidos. Localizó un par de hembras que trabajaban esa imagen, pero se le adelantaron otros clientes de un grupo de turistas gritones que parecían recién bajados de un autobús. Junto al canal había unas letrinas abiertas donde la gente orinaba a la vista de todo el mundo, y un chico en silla de ruedas vomitaba en un parterre. La verdad es que cuanto más lo pensaba Jesús, más erótico y sensual le parecía todo.

Trataba de convencerse a sí mismo de que se iba a gastar esos cuarenta euros en un billete de avión, para demostrarle a Chusmi que también sabía llevar a cabo decisiones sensatas. Pero en su cabeza resonaba el «Si no hago esto ahora, a lo mejor no vuelvo a tener la oportunidad» que le había dicho su hijo al contarle su deseo de venirse de erasmus a Ámsterdam. Daba igual, no podía hacerlo. Llevara lo que llevara sin acostarse con una mujer, no podía ceder ante el hervor del momento porque, de hacerlo, se quedaría definitivamente sin medios para regresar a Mieres y lo que es peor, sin dignidad. Por eso mismo, se dio media vuelta y retrocedió por donde había venido para volver a plantarse frente a la negra del ligero rojo. Allí seguía, disponible, y le pidió con gestos que le dejara entrar. Ella abrió la puerta lateral al tiempo que echaba la cortina del escaparate.

La habitación era pequeña y poco iluminada. La bola de espejos estaba apagada: solo servía para atraer clientes. Esto le decepcionó un poco a Jesús, que se había imaginado la escena con puntitos de luz por todas partes. Pero se concentró en la chica, que estaba ahí, a su lado, diciéndole algo que no entendía.

—Soy español, no entiendo nada —le advirtió.

—¡Español! —exclamó ella con acento del norte.

—No me jodas que tú eres española también.

—*I am German* —dijo ella.

—Coño, alemana, no conocerás a un primo de Mariano que se fue a trabajar para allí. Quique se llama, uno así con mucha ceja, que su madre tenía una paragüería en Almansa.

—*My name is Greta* —contestó ella quitándose lo que era una larga y brillante peluca de rubio platino.

—Cagon ros, déjate la peluca puesta, para que me haga la ilusión.

—*I don't understand what you're saying.*

—No sé qué dices, pero vamos, que yo no he venido aquí a hablar, no sé si me explico.

—*You don't speak English?* —preguntó Greta.

—Qué inglis ni qué inglis, ¿esto a cómo va?

Mientras intentaba dialogar con el español, Greta no había dejado de preparar cosas en la habitación: la peluca en un cajón, una sábana sobre la cama... Ahora se paró y miró a Jesús de arriba abajo, como si realmente reparara en el aspecto de aquel ser por primera vez. Él le devolvía la mirada con una sonrisa boba y entonces ella le hizo el gesto universal del dinero, frotando el pulgar con el corazón y el índice.

—Ah, sí, el parné. ¿Cuánto es?

—*What?*

—Que cuánto es la broma esta. Cuánta money.

—*Fifty euros.*

—¿Euros?

—*Yes. Fifty.*

Ante la cara de estupefacción de Jesús, la chica le mostró la palma de la mano, con los cinco dedos abiertos, adornados por una cantidad imposible de anillos de plata y oro.

—Ah, cinco euros, joder, menuda clavada —contestó Jesús sacándose un billete de veinte del bolsillo para dárselo—. ¿Tienes cambio?

—*Fifty. Five-zero* —repitió Greta.

Greta se acercó a una cómoda con espejo y sacó un bolígrafo de un cajón. Escribió un 50 bien grande en la palma de la mano.

—Ah, cincuenta —dijo Jesús al verlo—. No sé si puedo soltar tanto.

Entonces se sacó el otro billete de veinte que tenía en el bolsillo. Se quedó mirando los dos billetes a la espera de sentirse culpable por estar a punto de gastárselo todo y así permaneció varios segundos para que su conciencia hiciera de las suyas y le ordenara guardar el dinero, pero su conciencia no reaccionó. Estaba tan cerca de volver a entrar en contacto con una mujer que Mieres desapareció de su mente. Entonces Jesús se llevó la mano al bolsillo trasero y sacó el trozo de tortilla que llevaba envuelto en papel de aluminio y se lo ofreció a Greta.

—Cuarenta euros y la tortilla esta, ¿qué me dices? —propuso—. Y eso sin contar que tú también vas a disfrutar lo tuyo.

—*What the hell is that?* —preguntó ella al ver que Jesús le estaba ofreciendo algo envuelto en plata.

Jesús abrió un poco el papel que envolvía el bulto y le mostró a Greta la superficie de la tortilla.

—Tor-ti-lla —repitió separando bien las sílabas para que lo entendiera mejor.

—*Jesus...* —exclamó Greta.

—Anda, coño, ¿cómo sabes mi nombre?

—*What?*

—Oye, a ver si vas a ir diciendo luego mi nombre por ahí, eso no, ¿eh? Que yo creía que aquí el plan es discreción total.

—*Listen, if you don't put that away, I'm calling someone.*

—¿Eh?

—*Put that away!* —gritó ella señalando la tortilla.

Jesús se dio por enterado. A la chavala no le hacía gracia la oferta de la tortilla. A él, sin embargo, le había entrado hambre al olerla de nuevo y le preguntó si no le importaba que comiera un poco. Pero, naturalmente, ella seguía sin entender nada, así que tras darle dos mordiscos con esfuerzo a las patatas correosas, Jesús se lo guardó y volvió al ataque.

—Entonces por cuarenta euros ¿qué podemos hacer? —preguntó mientras terminaba de tragar la argamasa. Le mostró los dos billetes.

Greta puso los brazos en jarras y resopló. Estaba claro

que aquel idiota no tenía más que aquello. Miró el reloj despertador que había sobre la cómoda y se resignó a aceptar la rebaja. Cogió los cuarenta euros, se los guardó en el bolso y le dijo a Jesús que se quitara los pantalones, pero se lo dijo en inglés y Jesús no lo entendió. Bueno, no lo entendió a la primera.

Pero a la segunda sí, ya estaba todo claro y las barreras lingüísticas se vinieron abajo de golpe. Nada más encaramarse a la cama y ponerse a la faena, mientras la alemana se contoneaba y gemía interpretando su papel, en la imaginación de Jesús empezó a sonar la gaita épica y repetitiva del *Busindre Reel,* de Hevia, al tiempo que en su cabeza se reproducían las imágenes de acantilados y playas del vídeo oficial de ese gran éxito del pop celta asturiano. Todo esto durante los dos minutos y medio enteritos de esplendor que duró el encuentro.

Jesús acababa de perder el poco dinero que tenía y se encontraba desnudo en el Barrio Rojo de Ámsterdam sin medios para regresar a casa ni una explicación para no perder la poca dignidad que le quedaba a ojos de su hijo. Aun así, en ese momento se imponía el regocijo por haber batido su marca de tiempo personal. Nuevo récord con una mujer después de muchos años.

17

Tumbado boca arriba sobre su cama, Miguel escudriñaba el techo de la habitación con la esperanza de que esa superficie blanca y lisa fuera a revelarle la clave que resolviera todas las encrucijadas de su porvenir. Que ocurriera algo así era altamente improbable, casi tanto como que la solución se le ocurriera a él. Al menos el chichón de la frente había remitido un tanto gracias al tercer ibuprofeno, pero para el resto de los problemas parecía que el único antiinflamatorio posible era esperar.

Esperar a que su padre volviera con el billete de avión que, al menos una buena noticia en toda esa maraña de complicaciones, ya debería tener en sus manos. Esperar a que se fuera dentro de un par de días. Esperar a que Marion le contara a Jean Pierre lo que había pasado la noche anterior. Esperar a que él no lo entendiera y, en ese caso, también esperar a que desencadenara una ruptura. Miguel conocía la sensación de no pintar nada en la vida de los demás, pero ahora estaba descubriendo la sensación inédita de no tener ni voz ni voto en la suya propia.

En un intento por dar un paso adelante y afrontar sus problemas con madurez, saltó de la cama para cotillear el Facebook de Marion. Su esperanza era que allí surgiera un indicio de que las cosas iban a cambiar, pero bastó un breve vistazo para darse cuenta de que había más posibilidades de encontrarlo si seguía mirando fijamente al techo. La última actualización era un enlace a un artículo del *Financial Times* sobre «mujeres emprendedoras en economías emergentes» que había colgado en marzo. Solo había tenido dos «Me gusta» y uno de ellos, cómo no, era de Jean Pierre. Miguel pensó que no se podía ser más pelota y evidente que el puto gabacho. El otro «Me gusta» era suyo. Ya que estaba en la página de Marion, decidió repasar las fotos de su biografía. No era la primera vez que veía fotos de ella abrazada a Jean Pierre, besándose en el metro, en una noria, morreándose en un parque de París, él llevándola a ella a caballito por una calle de Londres, cenando en restaurantes que parecían muy caros, riéndose muchísimo, poniendo caras locas o los dos sosteniendo la torre de Pisa en un efecto óptico de baratillo. Miguel iba pasando foto tras foto con la sensación de estar atravesando un «tren de la bruja» construido en torno a sus terrores sentimentales. Un recorrido lleno de sobresaltos donde el trampantojo era una foto de los abdominales de Jean Pierre y el susto detrás de la puerta era una imagen de Marion disfrutando de un desayuno en la cama.

Esas fotos demostraban muy a las claras que Jean Pierre era y seguiría siendo el novio de Marion. Estaba clarísimo. Aquello era una relación firme y feliz. Todas esas fotos juntas no formaban únicamente el muro de Facebook de Marion, sino un muro, punto, o mejor dicho un muro impenetrable. Ahí fue cuando Miguel comprendió que estaba intentando asaltar el Alcázar de Segovia armado con un cortaúñas y un taburete cojo. Resultaba patético pensar que Marion iba a dejar de lado toda esa felicidad, toda esa biografía común, por el hijo de un minero de Asturias al que su madre seguía cortando el pelo algunos domingos. La vida feliz de Marion no era de lujo ni glamour, simplemente era real, no como la vida inverosímil que había imaginado Miguel en un estúpido Bed and Breakfast flotante. Sentado en pijama frente a su ordenador, se imaginaba a todo el alumnado de la Universidad de Ámsterdam señalándole y riéndose de él por su ingenuidad, mejor dicho riéndose de él y de su padre en calzoncillos, que le acompañaría cogido de la mano. Una imagen que resumía todo lo que era su vida desde hacía cuatro días: él cogido de la mano de su padre en ropa interior. ¿Quién podía competir con la pura vida que rezumaban las fotos del Facebook de Marion? Él no, desde luego.

Su vida real era la que le había llevado varios años construir con Cova y solo un par de minutos hacer añicos. Podía imaginarse a los padres de Cova, Óscar y Patricia, confirmándole a su hija que Miguel nunca les había caído bien, cosa que por otra parte él siempre había sospechado. «Pero todas las decisiones son reversibles hasta cierto tiempo», pensó. Trató de convencerse a sí mismo de que cualquier cosa que digas o hagas en la vida, si la deshaces dentro de un tiempo prudente, no cuenta como dicha o hecha. Eso es así y a lo mejor está incluso homologado a nivel internacional. Pero ¿cuál es el periodo de devolución de una ruptura? Si lo dejas con alguien y, en el transcurso de la misma conversación, decides que era un error dejarlo, no computa como ruptura. No se está soltero unos minutos. Entonces ¿cuándo caduca la garantía después de dejarlo con alguien? Medio día, tal vez, un día como máximo, pensó. El caso es que cada segundo que pasaba sonaba como una palada más de tierra que sepultaba su relación con Cova. Los segundos que podrían quedarle de margen para conmutar su decisión se esfumaban más rápido que los que faltaban para que Marion le contara algo a Jean Pierre, que, de hecho, tal vez ni corrían. De pronto, Miguel saltó de la cama con una vaga idea de lo que iba a hacer porque tal vez no le quedara tiempo para pensarlo.

Skype: doble clic. Contactos: clic. Cova: clic. Llamar ahora: clic.

La llamada fue rechazada al segundo tono, casi inmediatamente. Buena señal, pensó Miguel. Eso le garantizaba que, al menos, había alguien conectado pese a ser casi las once de noche. Así que insistió y volvió a llamar.

Al cabo de unos segundos, alguien contestó al otro lado.

—A ver, ¿hola? —saludó un hombre.

Esa voz le sonaba mucho, Miguel no supo ubicarla bien, pero conectó directamente con la zona de su memoria en la que almacenaba los malos recuerdos. Salió de dudas cuando, unos segundos más tarde, se abrió a pantalla completa la imagen de los padres de Cova sentados frente a la webcam, en pijama y sin el más mínimo amago de esbozar una sonrisa en los próximos tres años. De fondo el paisaje de la Torimbia, que, bajo la interpretación de las torpes manos de la madre de Cova, había pasado de ser una playa paradisiaca a parecer un cuadro de una empanadilla de bonito recalentada. La estampa de los padres de Cova en el sofá era tan desoladora como el escaparate de una ortopedia cerrada por defunción.

—Ah, hombre, cuánto tiempo, ¿qué tal? —dijo Miguel rápidamente ensayando tres sonrisas de cortesía que iba descartando por defectuosas una detrás de la otra.

—¿Qué está pasando, Miguel? —preguntó Óscar inquisitivo, en el sentido de la palabra más cercano a la Inquisición española.

—Sin novedad, no sé, pero antes de nada, ¿por allí qué tal tiempo hace? —insistía en desplegar un toldo virtual que le cobijara del chaparrón que se le venía encima—. ¿No está Cova?

—No quiere hablar contigo ahora —dijo Patricia acercándose mucho al micro—. ¿Es verdad que estás con alguien?

—Es que igual quiero pedirle perdón —se lamentó Miguel. No le estaba costando mucho esfuerzo mostrarse arrepentido—. En realidad llamo para saber qué tal está y para decirle que... Bueno, para decirle que he podido meter la pata, pero esperad, no digáis nada.

Óscar y Patricia se quedaron callados. Quizás sus semblantes serios podían hacer pensar que estaban particularmente sombríos en aquel momento. Pero Miguel los había visto alegres alguna vez, no muchas, y seguían teniendo pinta de asistir a un funeral. Eran las únicas personas que conocía que cuando sonreían parecían más tristes que cuando estaban serios.

—¿Qué? —preguntó Miguel.

—No hemos dicho nada —contestó Patricia.

—Lo que dice Cova es que has conocido a alguien y que se lo has dicho de malas maneras —añadió Óscar.

—Tampoco es así, ¿eso os ha dicho? No, de verdad, sabéis que ese no es mi estilo. ¿En serio no lo puedo hablar con ella?

—¿Estás con alguien sí o no? —preguntó Óscar harto de tantos rodeos.

—¿Yo? Primera noticia que tengo.

—¿Entonces por qué le dijiste el otro día que sí? —preguntó Patricia.

—Olvidad lo que le dije el otro día, en serio. Si yo ahora le dijera que quiero que volvamos, ¿cómo veis el tema, tengo alguna opción?

—Si hablas de volver, es porque estás o has estado con otra —concluyó Óscar.

—No, no me entendéis —se impacientó Miguel.

—La verdad es que no, pero Cova lo está pasando muy mal —añadió Patricia.

—Lo que os estoy preguntando es: si yo os dijera que le pidierais de mi parte que volviéramos, en caso de haber estado yo con alguien, que tampoco es el caso, ¿qué creéis que diría ella? O sea, si veis que estaría dispuesta a que nos reconciliásemos. Yo le pediría perdón, por supuesto.

—¿Perdón por qué? —preguntó Óscar con cara de coger el próximo vuelo a Ámsterdam para partirle las piernas si Miguel fallaba en la respuesta.

—Digo perdón en el caso de haber estado con alguien.

Óscar y Patricia se acercaron al ordenador y empezaron a toquetear algo con el ratón. La conexión había perdido calidad y en Asturias habían dejado de escuchar a Miguel.

—No se oye, ¿Miguel? —dijo Patricia intentando arreglar el sonido.

—Como nos haga a nosotros lo de mover los labios sin decir nada, me voy a cagar en su puta madre —le dijo Óscar a su mujer lo bastante bajo como para que se escuchara perfectamente.

—¿Me oís? Yo os oigo bien, bueno, lo que acaba de decir Óscar no se ha oído, pero lo demás sí. Ahora me tengo que ir, pero a estudiar aquí en mi casa, no por ahí de fiesta a jugar a la botella ni nada parecido. Por favor, decidle a Cova de mi parte que me dé tiempo, tengo mucho lío en la cabeza, pero necesito tiempo.

—¿Tiempo para qué? —preguntó Óscar casi a gritos—. ¡¿Para qué cojones quieres tiempo?!

—No lo sé, pero tampoco quiero que Cova se quede con la sensación de que lo hemos dejado, porque yo todavía no lo veo así. Tampoco digo que sigamos juntos, no es ni una cosa ni la otra. Ya os digo que tengo mucho lío.

De pronto, Cova surgió de un lateral con los ojos tan inyectados en rojo que podría adivinarse su grupo sanguíneo solo con mirarla fijamente. Había estado escuchando todo fuera del alcance de la webcam, reservándose para hacer su aparición estelar en el peor momento.

—Voy a colgar, Miguel —dijo—. Y te pido que no vuelvas a llamarme nunca más.

—¿Lo de nunca más en qué sentido lo dices?

Pero Cova ya había desconectado.

Miguel volvió a la cama porque acababa de quedar claro que la estrategia de esperar a que los problemas se arreglaran solos le estaba dando mejores resultados.

No podía ser que desde hacía cuatro días todo le estuviera saliendo mal. Como no podía ser casualidad que coincidiera exactamente con la llegada de su padre. Para calmarse, volvió a visualizar cómo Fernando le había confirmado hacía un rato que Jesús Miguel había salido de casa con dinero para comprar el billete. Al menos por ese flanco se vislumbraba algo de claridad. En un par de días iba a poder centrarse en librar solo una batalla: la de Marion.

Así se fue quedando dormido poco a poco cuando, en pleno duermevela, notó que la cama se movía. Abrió los ojos en la oscuridad y permaneció inmóvil. Nada se movía, todo estaba en orden. Volvió a dormirse, pero solo unos segundos, porque la cama se movió de nuevo, y esta vez no había duda. Miguel encendió la luz de su mesilla y pegó un grito al comprobar que junto a él en la cama estaba tumbado su padre, mostrándole la espalda peluda y el comienzo de la raja del culo asomando por encima de la goma del calzoncillo.

—¿Qué pasa? —exclamó Jesús Miguel girándose como si él fuera el sorprendido.

—Eso digo yo, ¿qué haces aquí? —preguntó Miguel mientras saltaba de la cama.

—Estaba durmiendo, me has despertado —contestó su padre.

—No, eres tú el que me ha despertado a mí. ¿No podías haberte acostado en el salón?

—Está Fernando con una chavala.

—Pues en cuanto él se meta en la cama te vas tú al salón.

—Como quieras, no hay problema —asintió Jesús—. Por mí como si quieres irte tú al salón, yo lo que tú digas.

—¿Qué hora es?

—La una y cuarto —contestó Jesús mirando su reloj.

Miguel percibió un aroma peculiar en la habitación, como de perfume barato o ambientador del cuarto de baño de un cine.

—¿A qué huele?

Jesús inhaló también para comprobar qué era, pero movió la cabeza para indicar que no tenía ni idea. En realidad no distinguía el olor porque lo tenía muy impregnado y ya se había acostumbrado a él. Era la colonia de Greta, una versión del Just Cavalli de Roberto Cavalli falsificado en Bangladés que, además de perfumar, seguramente tenía buenas cualidades como insecticida.

—¿Qué tal estás tú, por cierto? —preguntó entonces Jesús Miguel. Se había tumbado lateralmente en la cama con la cabeza apoyada en la mano de forma casual, como si quisiera entablar una conversación íntima con su hijo.

—Ahora no tengo ganas de hablar, por favor.

Su padre se moría de ganas de compartir su aventura de aquella noche en el Barrio Rojo. Quería contarle cómo había hecho gozar a Greta dándole lo que seguramente había sido, a juzgar por sus gemidos, el orgasmo de su vida. Pero, al mismo tiempo, sabía que no podía confesarle tal cosa.

—Por cierto —dijo Miguel como si sospechara algo—. ¿Qué ha pasado con lo del billete?

—Al final no he podido —contestó Jesús cabizbajo, empezando a hacerse la víctima según iba elaborando una buena coartada en su cabeza.

—¿Por qué?

—Pues verás, es que... me han atracado. Pero vamos, que si quieres dormir, ya hablamos mañana.

—Te han atracado.

—Sí.

—¿Quién?

—En la calle.

—Digo que quién te ha atracado —repitió Miguel impacientándose.

—Ah, que quién dices, sí, un, eh... Dos o tres atracadores que me han salido así de repente por la espalda y me han quitado hasta el reloj.

—Pero si me acabas de dar la hora —dijo Miguel señalándole el reloj.

Jesús se miró la muñeca, donde efectivamente llevaba bien ajustado su reloj.

—Este no, el otro.

—¿Qué otro?

—El otro que suelo llevar, el caro. Suelo llevar dos siempre.

—¿Uno en cada mano o los dos en la misma?

—Los dos en la misma, sí. Para tener la hora de Mieres en una mano y la de Ámsterdam en la otra. O sea, uno en cada mano.

—Pero si es la misma hora aquí que en Mieres.

—Ya, pero yo me aclaro mejor así.

—Dime, por favor, que no has perdido todo el dinero —resumió Miguel después de mirar fijamente a su padre a los ojos durante unos segundos.

Pero Jesús Miguel no respondía. Aquel silencio parecía un duelo de *spaghetti western,* solo que en vez de con dos vaqueros en la llanura, con dos asturianos en calzoncillos en una habitación de ocho metros cuadrados.

—Qué pena que no sepamos cuándo vas a poder irte, ¿no? —continuó Miguel en tono violentamente sarcástico.

—Es una pena, sí —contestó Jesús sin haber percibido el sarcasmo en absoluto—. Sin embargo, hay una cosa que quería contarte, un proyecto que tengo.

—A estas horas no se te ocurra contarme nada más —contestó Miguel dirigiéndose a la puerta del dormitorio.

—¡No abras! —exclamó Jesús.

—¿Por qué?

Jesús no supo qué contestar, y ante su silencio, Miguel abrió la puerta. En el salón no había nadie.

—¿No decías que Fernando estaba con alguien en el salón? —preguntó Miguel.

—Pues se deben de haber ido en este rato que hemos estado aquí charlando.

—Fuera, vete al salón, haz el favor —ordenó Miguel con el brazo extendido y señalando hacia el pasillo.

Jesús se levantó de la cama y salió del cuarto. Al pasar junto a Miguel, este volvió a percibir el punzante aroma, como de jabón barato, que se metió en su cerebro con la misma violencia que si hubiera esnifado disolvente de baja calidad. Tal vez por eso su voluntad se cortocircuitó lo suficiente como para tomar una decisión desesperada que pudiera devolver a su padre a Mieres y, con ello, su Erasmus a un punto normal. Antes de regresar a la cama, abrió su ordenador y le mandó un email a su padrastro.

Hola, Víctor, mañana llámame cuando leas esto.

18

Miguel asistía como invitado a la boda de Jean Pierre y Marion en la catedral de Notre Dame de París. Gérard Depardieu caracterizado como Obélix, pero vestido de cura, oficiaba la ceremonia. Después de dar su «sí, quiero», la novia pedía la palabra y explicaba a todos los presentes que últimamente había tenido un desliz al pensar que estaba enamorada de un chico de Asturias al que había conocido en Ámsterdam, pero por suerte se había dado cuenta a tiempo de que Jean Pierre era el hombre de su vida. Entonces todo el mundo señalaba a Miguel, que iba con traje de luces de torero. Se reían de él y al mismo tiempo ovacionaban a los novios. Jean Pierre intervino entonces para pedir al público que no se riera del pobre Miguel porque «bastante tiene con lo que tiene».

Un trueno le despertó muy cerca del amanecer y comprobó al mirar por la ventana que fuera llovía a cántaros. Habitualmente podía ver el canal a lo lejos, pero ahora no veía ni la casa de enfrente.

En ello estaba cuando su padre abrió de golpe la puerta de la habitación y entró en calzoncillos, tal como acababa de despertarse.

—¿Se puede? —preguntó una vez ya dentro—. Parece que va a llover, ¿eh? —dijo haciendo un gesto con la cabeza hacia la ventana, al otro lado de la cual caía una manta de agua.

A su manera, era un chascarrillo en clave de humor cómplice, pero como el chiste no tuvo el efecto deseado, Jesús Miguel se puso en cuclillas, mostrando al menos doce centímetros de hucha, y empezó a revolver en su maleta hasta que encontró el diccionario de español-alemán que había comprado en Oviedo. Al levantarse con el libro se dio cuenta de que su hijo le miraba fijamente.

—Ya sé que estamos en Holanda —aclaró—. Pero necesito saber qué significan algunas palabras que he oído en alemán últimamente. Ayer por la tarde-noche, en concreto.

Una llamada entrante de Skype empezó a sonar desde el ordenador portátil y Miguel le pidió a su padre que le dejara a solas. Jesús asintió y se esfumó con el diccionario mientras su hijo se sentaba en la cama con el ordenador y contestaba la llamada.

En la ventana apareció un hombre de unos sesenta años, calvo y con gafas, con cara de buena persona.

—Hola, Víctor —dijo Miguel poniendo la mejor cara que las circunstancias le permitían.

—Hola, ¿estás bien? Acabo de ver el mensaje —preguntó su padrastro acercándose demasiado al monitor, como si eso le hiciera estar un palmo más cerca de Ámsterdam.

Víctor apareció en la vida de su madre por casualidad. Cuando Rosario se divorció de Jesús Miguel, empezó a cuidar a algunos ancianos de Mieres para salir adelante. Una de las primeras fue la señora Amparo, una viuda del barrio que consumía sus últimos años sin querer irse a vivir a Zaragoza, donde vivía Víctor, su único hijo. Así, lo que comenzaron siendo viajes desde Zaragoza para ver a su madre acabaron como pretexto para pasar cada vez más horas con la mujer que cuidaba de ella mejor de lo que hubiera podido hacer él. Tanto fue así que cuando la señora Amparo falleció, no pasaron ni un par de meses antes de que Víctor se animase a dejar atrás sesenta y dos años de esa soltería que siempre preocupó a su madre y se decidiera a invitar a Rosario a pasar un fin de semana juntos, que ya duraba casi dos años.

—Muy bien, todo bien por aquí, tranquilo —aliñaba Miguel todas sus frases con sonrisas que minimizaran lo que estaba a punto de hacer.

—Me había preocupado un poco, cuéntame —dijo Víctor desde su cubículo en la oficina del Catastro de Zaragoza, donde trabajaba.

—Ah, no —contestó Miguel quitándole importancia—. Era solo que quería hablar contigo.

—¿De qué? ¿Qué pasa?

La puerta de la habitación de Miguel se abrió de golpe y entró su padre con tres huevos en la mano.

—Perdona que te moleste, pero ¿estos huevos tienen mucho tiempo? —preguntó mientras aprovechaba para lanzar una fugaz mirada al monitor.

Miguel cortó la llamada inmediatamente y se volvió hacia su padre hecho una furia.

—¿Qué quieres ahora?

—Solo te estaba preguntando si...

Miguel sacó a su padre del cuarto, cerró la puerta de golpe y puso una silla debajo del picaporte para que no pudiera volver a abrirse. Luego regresó al ordenador y llamó a Víctor otra vez.

—Perdona, que se me ha cortado —mintió—. Es que me dijo mi madre que si, por lo que fuera, necesitaba algo de dinero, te lo comentara. Que le habías insistido tú a ella, vamos.

—Sabes que puedes pedirme lo que quieras, y si me lo pides, será porque lo necesitas —contestó Víctor con una sonrisa de compadreo—. Ni siquiera voy a preguntarte para qué, ¿cuánto quieres?

—Gracias, Víctor, sabía que podía contar contigo. Y aunque no necesites saber para qué es, yo quiero decírtelo de todos modos. Resulta que me han robado la bicicleta por tercera vez y no tengo dinero para comprarme otra.

—Ya... —respondió Víctor escondiendo la mirada para tratar de disimular cierta incomodidad.

—¿Qué pasa? Serían unos doscientos cincuenta euros, nada más.

—Mira, Miguel. No le digas nada, pero tu madre me ha comentado que andas probando cosas.

—¿Probando el qué?

—Yo le digo que no tiene que preocuparse, pero ya sabes cómo es tu madre. Me ha contado que el otro día cuando hablasteis por aquí estabas un poco fumado. Bastante fumado, vamos.

Miguel recordó que era cierto que la anterior llamada con su madre había sido rara y la había cortado bruscamente, pero de ahí a ir diciendo que estaba drogado, le pareció desproporcionado.

—Para nada, de verdad. Igual un poco nervioso, pero dile que nada raro.

—No te preocupes, a mí no tienes por qué explicarme nada. Ella ha ido un par de días al ambulatorio para informarse del tema drogas, pero yo le digo que no pasa nada. Te voy a dar el dinero, pero no se lo comentes.

—Gracias, Víctor. Te lo devolveré, de verdad.

—Ni lo pienses. Por cierto, tu madre y yo hemos alquilado un apartamento en Salou. Por supuesto, puedes venir con quien quieras. Eso sí, te pediría que no os drogaseis delante de tu madre.

—Claro que sí, hasta pronto —dijo Miguel antes de desconectar Skype.

Al día siguiente tendría en su cuenta doscientos cincuenta euros para comprarle un billete a su padre. No era verdad que solo pudiera esperar a que se solucionaran sus problemas. Acababa de arreglar el que podía desatascar todos los demás. Con Víctor se podía hablar de forma normal, le pedías algo y lo hacía sin mayores complicaciones, no había ningún problema. Era una persona de fiar, seguro que no iba por ahí vendiendo autocaravanas de su familia o enseñando la raja del culo a las primeras de cambio.

Ahora, solo le quedaba salir decidido del cuarto y decirle a su padre que irían juntos a comprar su billete. Cuando abrió la puerta, Jesús estaba sentado en el salón junto a la mesita, donde había una tortilla francesa y dos rebanadas de pan que había tostado en una sartén.

—Si no te apetece, me lo como yo, es que no quería molestarte cuando hablabas con Víctor —dijo su padre señalándole el platillo—. Si te pones ya, todavía está caliente.

Miguel no quiso dinamitar ese momento porque vio en su padre un detalle de ternura que no le había visto los últimos días. Por no hablar de los últimos años. Bueno, por eso y porque, aunque no estaba dispuesto a reconocerlo abiertamente, esa tortilla era lo que más podía apetecerle desayunar en ese momento.

—Vete duchándote. Me tomo esto y nos vamos a dar un paseo en bici —dijo. La seguridad de que su padre iba a irse en un par de días le había ablandado un poco.

—Pero ¿tú y yo solos?

—No te emociones —advirtió Miguel—. Que solo he dicho que vamos a dar un paseo.

—Aun así es de las cosas más bonitas que me has dicho desde que he llegado —contestó su padre—. Y no te preocupes, los huevos no son de la balda de Fernando, son de la de arriba, de la tuya.

La suya era la de abajo, pero mientras se comía la tortilla no vio oportuno andar con correcciones. La visita de su padre tocaba a su fin, y Miguel pensó que su padre merecía pasar al menos una mañana agradable en Ámsterdam.

19

El sol brillaba después de la tormenta y todo parecía limpio y nuevo. En realidad, todo era limpio y nuevo en esa calle, pero ahora lo parecía más aún. Miguel ajustó la altura del sillín a la bicicleta que acababa de alquilar para cuatro horas y se la pasó a su padre.

—Yo no he sido nunca muy de bici —advirtió Jesús Miguel mientras intentaba subirse al sillín con el mismo respeto con que se monta a un purasangre embravecido.

Juntos pedalearon en dirección al centro, si es que al movimiento desacompasado y a borbotones de Jesús se le podía llamar *pedaleo.* El cielo era de un azul intenso, y la temperatura, perfecta. El aroma del gran mercado de flores flotante del canal Singel había impregnado toda la ciudad. Jesús iba siempre un poco por detrás y Miguel tenía que ir llamándole la atención al llegar a bordillos, cruces u otros peligros. Su padre, por su lado, alternaba los improperios lanzados al aire con las carcajadas fuera de tono y lugar, mientras maltrataba con tesón cada una de las partes de la bicicleta que podía golpear o forzar innecesariamente.

—¡Chusmi! ¡Espera, Chusmi, cabrón! —gritaba entre risotadas cuando se quedaba demasiado rezagado.

Miguel ya había asumido que no iba a conseguir que su padre le llamara Miguel. Pero esto era nuevo: ahora, además, parecía empeñado en gritar el odioso diminutivo por todo Ámsterdam. No pensaba corregirle, de hecho, estaba seguro de que cuanto más le pidiera que le llamara por su nombre real, más lejos estaría de su objetivo.

Sin apenas darse cuenta, habían llegado hasta Kloveniersburgwal, el canal por el que Miguel no podía pasar sin recordar que por ahí Marion y él pasearon tantas noches al poco de conocerse.

—Chusmi, ¿por qué pones esa cara? —le preguntó su padre. Iba haciendo verdaderos esfuerzos por mantener recto el manillar mientras pedaleaba en paralelo a Miguel.

—Por nada —contestó sorprendido por que sus inquietudes acerca de Marion se estuvieran reflejando en su rostro.

En ese momento pasaron por una esquina en la que Miguel recordaba perfectamente haber abrazado a Marion, hundiendo una mano en su pelo y otra bajo su suave jersey de lana. Recordaba los ladrillos del edificio, la barandilla junto al canal y la casa flotante de color verde con bicicletas en el porche-cubierta. Durante ese abrazo había jurado para sus adentros no olvidar ese instante jamás, pero ahora temía que su padre volviera a notar su preocupación. Para disimular, puso una sonrisa exagerada, una sonrisa que hubiera parecido la mueca de un verdadero imbécil para cualquiera menos para su padre, a quien le pareció muy bien. De hecho, se la devolvió casi idéntica. No era la primera vez que a Miguel le inquietaba detectar parecidos entre ambos.

Siguieron pedaleando en dirección norte, y muy pronto llegaron a las inmediaciones del Barrio Rojo. Nada más darse cuenta, Miguel giró por una calle con la intención de hacer un cambio de sentido.

—¿Por qué giras, Chusmi? —preguntó Jesús—. Estábamos yendo bien.

—¿Bien para dónde?

—Bueno, esa zona de por ahí arriba estaba muy bien, ¿no?

—No lo sé. No hay nada que ver ahí —insistió Miguel—. Además voy a llevarte a un sitio que te va a gustar más. Sígueme.

Jesús Miguel siguió a su hijo resollando por las calles de la ciudad, mientras pensaba que le hubiera gustado pasar otra vez por el escaparate de Greta, tal vez presentársela a su hijo y que él la aceptara como había aceptado a Víctor, pues ella era el equivalente del novio de su madre, solo que con el pubis depilado en forma de corazón.

Cruzaron junto al puente de Weteringlaan, bajo el cual pasaba en ese momento un barco turístico cargado de gente, y al otro lado se encontraron frente a un gran edificio de ladrillo coronado por la marca Heineken en rojo. Era la antigua fábrica de la famosa cerveza de Holanda, actualmente reconvertida en un museo interactivo donde enseñaban a los turistas el proceso de fabricación de la cerveza y al final del recorrido se invitaba a una muestra. Miguel tenía un 2x1 que había conseguido en la universidad y le pareció que era buena idea llevar de visita a su padre.

Pasaron por la exposición de forma un poco apresurada, sin participar en las múltiples experiencias que se ofrecían al público y que abarcaban desde tocar cebada hasta instalaciones de realidad virtual. Ellos querían llegar lo antes posible a la zona de cata de cervezas, donde se quedaron un buen rato.

Tras terminarse la primera, Jesús anunció que iba a ponerse de nuevo a la cola para pedir otra y aunque Miguel le advirtió que no iban a darle más, su padre no le hizo caso y salió para volver a entrar. Le atendió otro empleado y consiguió que le sirviera otra cerveza, que mostró a su hijo como si fuera un trofeo. Brindaron.

—Por lo tuyo con la francesa —dijo Jesús Miguel guiñando un ojo—. Que sepas que no voy a entrometerme en tus asuntos, pero os deseo lo mejor.

—Bah, eso se ha terminado ya —dijo Miguel ahogando el nudo de su estómago con un trago largo.

—¿Y eso por qué?

—Porque se estaba encariñando demasiado, y yo ahora no estoy para compromisos.

—Ya, es que ahora casi a cualquier tía le das la mano y te coge el brazo —dijo Jesús ofreciendo otro brindis a su hijo y preguntándose si Greta pecaría de lo mismo.

—Yo lo único que quería era un rollo pasajero mientras estaba aquí de erasmus, pero ella ya estaba empezando a hablar de formalizar la relación, que si dejar a su novio, planes de futuro conmigo y toda la pesca, quita, quita.

—Además, tú estás con Cova, ¿no?

—Claro, estamos perfectamente. Eso es mi vida real y lo de aquí tendrá que entender Marion que son solo unos meses de Erasmus.

—Pues entonces brindemos por Cova. —Jesús alzó su vaso. Había pensado buscar la complicidad de su hijo poniéndose de su lado en cualquier bandazo de sus tribulaciones amorosas.

Brindaron y volvieron a beber los dos a la vez, con la diferencia de que Jesús ya se había terminado la segunda pinta de Heineken.

—No hay dos sin tres —dijo ahogando un eructo antes de volver a salir para conseguir otra. Pero esta vez la trampa no coló y el encargado le dijo que ya no podía beber más.

Al salir de la fábrica de Heineken, Jesús iba comentando que le parecía un pitorreo que ni siquiera en la fábrica más famosa de Holanda supieran tirar las cervezas con los dos dedos de espuma de rigor cuando, al llegar al soporte donde habían dejado sus bicicletas descubrieron que, ahora sí, a Miguel le habían robado la suya. ¿Acaso todo lo que empezaba un poco bien siempre tenía que torcerse?

Miguel se resignó a subirse al trasportín trasero de la bici alquilada y dejarse llevar por Jesús. Mientras miraba cómo el culo de su padre se movía a escasos centímetros de su cara, pensaba si ahora no sería mejor gastarse el dinero de Víctor en una bicicleta nueva, que era para lo que se lo había pedido al fin y al cabo. Le daba la sensación de que su padre estaba poniendo el culo demasiado atrás o demasiado en pompa, como para acercarlo más a su cara de forma innecesaria. Concluyó que era más urgente comprarle el billete de vuelta a su padre. Tanto como intercambiar posiciones antes de que le plantara las nalgas a modo de almohadilla cervical. Así hicieron el resto del camino, con Jesús detrás riéndose a carcajada limpia con cada bache que le hacía botar, mientras Miguel intentaba controlar el manillar. Su padre lo estaba pasando mejor que nunca y, de hecho, le costó despedirse de la bicicleta cuando la devolvieron cuatro horas más tarde. Jesús le dio las gracias por el paseo y, en ese momento, Miguel pensó que era su oportunidad de hacerle sentir a su padre que el viaje a Ámsterdam ya había merecido la pena.

—Mañana podemos salir a dar otra vuelta y de paso compramos tu billete —le dijo.

—Claro, pero ¿con qué dinero?

—Tú por eso no te preocupes —contestó Miguel.

Jesús no preguntó nada, no puso ninguna pega infantil ni se tiró a patalear en mitad de la calle. Al revés, guardó un misterioso silencio.

—Cuando yo me vaya, si te gusta Marion de verdad, tienes que intentar lo que sea por esa chica.

Miguel se extrañó de que su padre volviera a sacar ahora un tema que creía zanjado.

—Ya sé que me has dicho que no —le interrumpió Jesús antes de que dijera nada—. Pero me da a mí que las cosas no son como me las has contado.

—¿Por qué estás tan seguro? —preguntó dispuesto a defender su postura.

—Se lo dije a tu madre en cuanto naciste. Este niño sale a mí —dijo Jesús con una sonrisa de orgullo.

Miguel repasó los múltiples argumentos con los que podría tumbar la teoría de su padre, pero era tan abrumadoramente cierta que no consiguió amagar ni una mísera réplica.

—Solo te digo que las cosas cuestan y hay que lucharlas mucho —añadió Jesús—. Por eso yo me he venido hasta Ámsterdam sin saber ni dónde estaba. Por eso he salido a dar una vuelta en bici, aunque no había montado en una en mi puñetera vida.

Miguel se quedó sin palabras. Su padre le había sorprendido por partida doble. Primero, adivinando sus verdaderos sentimientos y, segundo, confirmando lo que él mismo había sospechado: que no sabía montar en bici, pero había aprendido a la fuerza solo por pasar el día con él. Sin embargo, prefirió cambiar de tema radicalmente y proponerle a su padre comprar una ensalada de bolsa para comer. Hasta que no le ingresaran la siguiente mensualidad de la beca, no tenía presupuesto para nada más. E incluso cuando se la ingresaran, habría que ver para cuánto iba a darle, pues en los últimos tiempos cada vez era menos dinero.

Después de comerse la ensalada con una lata de sardinas en el salón, estuvieron viendo un rato la tele sin entender nada y sin hablarse, aunque de vez en cuando se miraban de reojo. Al final, Miguel anunció que se iba a echar un rato.

—¿Estás bien? —le preguntó Jesús.

—Perfectamente.

—Piensa en lo que hemos hablado —insistió—. Si te gusta la francesa, ve a por ella.

—Es inútil. Ni lo deja con su novio ni me contesta un solo mensaje en todo el día.

Después de confesarse al fin, Miguel se encerró cabizbajo en su cuarto y Jesús chasqueó la lengua porque había comprendido que su intento de animar a Chusmi no estaba dando resultado. Tendría que redoblar sus esfuerzos si no quería que le mandara de vuelta a Oviedo en el próximo avión.

20

Nada más abrir los ojos a la mañana siguiente, Miguel saltó de la cama dispuesto a conectarse a internet para comprobar si ya aparecía la transferencia de Víctor, pero el portátil no estaba en su habitación, aunque estaba seguro de que la noche anterior lo había visto sobre la mesa.

Abrió la puerta para salir y en ese instante escuchó gritar a su padre.

—¡Espera, no salgas todavía!

Solo por el susto, Miguel se quedó paralizado. Jesús le pidió que cerrara la puerta y aguardara un segundo. ¿Qué estaba haciendo su padre? Seguro que había roto o ensuciado algo y lo estaba limpiando a toda prisa. De hecho, le oía trajinar en el salón.

—¿Puedo salir ya? —preguntó Miguel después de vestirse.

—Sí, ya puedes —contestó Jesús desde el otro lado de la puerta.

Miguel salió, y al asomarse al salón descubrió que su padre había puesto en una mesita baja dos vasos de leche con Cola Cao y un paquete de galletas.

—Ya no quedan huevos —dijo con una sonrisa de oreja a oreja.

Miguel le miró. Era la segunda vez que su padre le preparaba el desayuno, lo que era dos veces más que en el resto de su vida. Esbozó una sonrisa torcida y le dio las gracias.

Localizó el portátil sobre la mesa y luego miró de nuevo a Jesús. Estaba seguro de que su padre le había cogido el ordenador mientras dormía, pero tampoco quería discutir por esto, de manera que se limitó a encenderlo.

—¿Qué vas a querer desayunar entonces?

—Déjame que lo piense —contestó Miguel llevándose la mano a la barbilla y haciendo una pausa dramática—. Creo que voy a tirar por las galletas con Cola Cao.

Sin que su padre hubiera captado la ironía, se sentó en el sofá con el portátil en el regazo para desayunar mientras se conectaba a internet.

—He estado pensando una cosa. —Jesús mojó una galleta en la leche—. ¿Te acuerdas de cuando te llevé al cine a ver *Monstruos S. A.*?

—Sí, ¿por? —preguntó Miguel mientras introducía su clave en la web de su banco online.

—Por saber qué te pareció la película, si te gustó.

Ahí estaban: Víctor ya le había transferido los doscientos cincuenta euros tal y como le había prometido. Levantó la mirada de la pantalla.

—¿Qué quieres decir? —preguntó a su padre.

—Que si te gustó *Monstruos S. A.*, la de los dibujos.

—¿Te refieres a cuando me llevaste a verla con nueve años?

—Sí.

—Pero esto ¿a qué viene? —resopló Miguel. Había llegado a un punto en que podía predecir casi todas las ocurrencias absurdas de su padre, pero esta era nueva.

—Es solo por hablar contigo de cosas que hemos compartido —dijo Jesús—. Puede ser hablar de esta película o de lo que sea. A lo mejor charlando sobre la película nos acordamos de otras cosas que también nos divierten. Háblame, soy todo oídos.

Jesús adoptó una postura artificialmente relajada, como de actor malo haciendo de entrevistador de televisión. Con los cinco dedos de la mano derecha hizo un movimiento rotatorio como animando a Miguel a que soltara la lengua.

—Pues eh... —balbuceó Miguel confundido—. ¿De qué quieres que hable?

—Sonríe y confía en ti mismo, porque eres alguien especial —enunció Jesús como si estuviera diciendo una frase de guion. Y antes de que Miguel pudiera reaccionar, añadió—: ¿Alguna vez te he dicho lo especial que eres? En inteligencia, pero también en corazón. Eres de los que saben estar en el momento preciso en el lugar oportuno. O vamos, al revés, pero se entiende.

Miguel estaba completamente superado por este nuevo giro. Su padre nunca le había hablado así, no le había dicho nada parecido ni de lejos, y ahora que se lo decía, resultaba un poco desproporcionado.

—¿Puedo decirte una cosa? —preguntó Jesús de manera retórica, pero de todos modos esperó unos segundos en vano por si Miguel quería responder que sí—. Yo siempre he querido educarte para que seas feliz y no rico. Porque pensaba que así de mayor podrías conocer el valor de las cosas, no el precio. Porque lo que yo siempre he dicho: no se trata de en qué mundo vivirán mis hijos, sino qué hijos dejaré a este mundo.

—¿Cuándo has dicho tú eso?

Jesús se encogió de hombros y echó un trago de leche para disimular que no tenía respuesta. A Miguel le sonaban de algo estas frases, no sabía de dónde, pero sí estaba seguro de no haber escuchado nada remotamente parecido de su padre.

—Te das cuenta de que tus hijos se han hecho mayores —añadió Jesús— cuando dejan de preguntarte de dónde vienen y no quieren decirte adónde van.

La frase le pilló a Miguel por sorpresa y no pudo contener una buena risotada. Su padre sonrió también, satisfecho al creer que había conectado con él por fin, pero ignorando que en realidad su hijo se reía del lamparón de Cola Cao que acababa de echarse en la camiseta.

—Eso un poco verdad sí que es —dijo Miguel.

—¿Puedo abrazarte? —preguntó entonces Jesús.

—Tampoco hace falta ahora precisamente, ¿no? —contestó Chusmi cambiando de actitud, temeroso de que la anterior hubiera sido demasiado efusiva.

Sin embargo, Jesús se acercó y le pasó los brazos por los hombros. Era muy incómodo abrazarse sentado, de manera que el momento fue relativamente fugaz. Miguel pensó que, con todas sus limitaciones, a lo mejor su padre estaba empezando a cambiar o al menos apuntando a una posible nueva dirección.

—Tenemos que sacar el billete —dijo para pasar a otra cosa. Jesús Miguel se limitó a asentir levemente con la cabeza.

Miguel seguía con el portátil en el regazo y en ese instante vio que le entraba un mail de Marion. Su corazón se aceleró. El pulso empezó a temblarle y tuvo que carraspear para ensanchar su garganta, que de repente notaba obstruida. Por algún motivo, y dada la racha que llevaba, pensó que solo podían ser malas noticias.

—¿Lo compramos por el internet vía webs? —preguntó Jesús, pero Miguel no podía aguantar ni un segundo más sin leer el mail de Marion.

—Sí, ahora en un minuto, tampoco tiene que ser justo ya —contestó.

—Vale. —Jesús se levantó del sofá—. Entonces voy a plantar un pino.

Miguel le agradeció la información y añadió que no necesitaba saber los detalles.

—Ya pillo por dónde vas, gracias —contestó Jesús de camino al baño—. Bueno, entonces voy a lavarme las manos, ¿vale?

Antes de que Jesús cerrara la puerta del servicio, Miguel ya estaba pinchando en el mail de Marion.

Querido Miguel:

Te pido disculpas por lo mal que hice las cosas el otro día. Te aprecio y te respeto lo suficiente como para no querer hacerte daño.

Un comienzo así solo podía ser la preparación para un *shock* inminente, de manera que siguió leyendo a la espera del famoso «PERO» que siempre daba la vuelta a cualquier arranque cariñoso.

Ayer me pasé el día tirada en la cama mirando el techo y pensando sobre el pacto que hicimos, no he dejado de darle vueltas y quiero decirte una cosa...

Aquí venía. Era inevitable.

... y es que tienes toda la razón para estar enfadado y siento muchísimo también no haber cumplido mi parte. Te pido perdón y me gustaría que las cosas no tuvieran que ser así.

Lo peor de que pareciese que la cosa iba mejorando era que el desenlace le iba a resultar más doloroso que un par de frases atrás.

Pero lo más importante que quiero decirte es que te quiero y que, por más que me dé miedo darme cuenta, no puedo seguir haciendo como si lo que hemos vivido estos meses fuera menos real que cualquier cosa que haya vivido antes.

Del cuarto de baño llegaban unos gemidos esforzados de su padre, aunque Miguel los ignoró porque ahora estaba completamente abducido por las líneas de Marion.

Te pido que por favor me esperes. Es simplemente que no encuentro la forma de explicarle esto a Jean Pierre desde tan lejos. He empezado a escribirle no sé cuántos mails, pero no me veo capaz, y por Skype solo puedo dar rodeos al tema sin atreverme a decírselo. Tú fuiste mucho más valiente que yo, no dejo de valorarlo. Y si no puedes esperarme, nunca me perdonaría el haber hecho que te cansaras de esperar. Cuando alguien pide algo tan importante como lo que yo te estoy pidiendo, tiene que ofrecer algo a cambio, y yo lo que te ofrezco es darnos nuestra oportunidad. Te quiero. Marion.

Miguel se había quedado completamente inmóvil mirando la pantalla con los ojos como platos. Hasta tal punto el mensaje de Marion le había arrebatado que no se había dado cuenta de que su padre estaba de pie frente a él mirándole. Cuando advirtió su presencia, cerró de golpe la pantalla del ordenador.

—¿Lo compramos ya? —preguntó Jesús. Detrás de él, se oía la cisterna del váter.

Miguel colocó el portátil sobre la mesa y su padre se sentó a su lado. Introdujo en Google una búsqueda de «vuelos baratos» y en cuestión de segundos ya estaban comparando precios. Había una oferta de doscientos treinta euros para volar a Madrid al día siguiente. Desde allí Jesús podría coger el Alvia en Chamartín para llegar a Oviedo.

—Es perfecto —dijo Miguel introduciendo todos sus datos y calculando que encima iba a ganar veinte euros de comisión cortesía de Víctor. Justo antes de darle al botón de «realizar compra», él y su padre se miraron fijamente.

—¿Estás seguro? —preguntó Jesús.

—Yo sí, ¿tú? Creo que es lo mejor, papá, ya lo hemos hablado.

—Bueno, yo creo que al final no nos hemos arreglado mal aquí.

—No discutamos ahora de esto, por favor —suplicó Miguel.

—Yo no he dicho nada, has sido tú quien se ha quedado mirándome antes de apretar el botón de comprar.

Jesús tenía razón. Miguel se sentía un poco culpable por hacer lo que iba a hacer, a pesar de que era lo que quería hacer, lo que necesitaba hacer y lo que, al margen de cualquier otra consideración, era más sensato hacer. Y aun así, se sentía mal al respecto. Pese a todo hizo clic con el ratón y en otra pantallita apareció la confirmación de la compra y una pregunta: «¿Desea imprimir el billete?».

—¿Te imprimo el billete? —preguntó.

—Sí, claro —contestó Jesús.

Miguel apretó la tecla de imprimir y ambos se quedaron esperando frente al ordenador.

—¿Por dónde sale? —preguntó su padre.

Miguel, que se estaba imaginando a sí mismo como un pequeño monstruo por expulsar a su padre de Ámsterdam y al mismo tiempo flotaba en las nubes por el mensaje amoroso de Marion, se dio cuenta de que en realidad no tenía impresora.

Como tenía una copia del billete en su email, bajaron a la calle a buscar un cibercafé para imprimirlo.

Al cabo de unos minutos, el folio con el billete impreso estaba en su poder y pasaba de la mano de Miguel a la de su padre.

—Guárdalo bien y por favor no lo pierdas —le dijo.

—Por supuesto que no lo voy a perder —contestó Jesús—. ¿No te fías de mí o qué?

Una vez más, optó por reprimir su instinto de contestar lo que realmente pensaba al respecto. A lo largo de las últimas horas se había dado cuenta de que, con su padre, lo mejor era no entrar al trapo. Iban caminando de vuelta al piso y Miguel contaba ya las horas que quedaban para que despegara el avión, que eran solo un poco más de veinticuatro, y pudiera ir corriendo a reencontrarse con Marion con el terreno despejado y la conciencia tranquila.

—Si de algo me ha servido este viaje a Ámsterdam —dijo Jesús de forma aparentemente casual—, ha sido para cerrar de una vez por todas el duelo por la separación de tu madre.

Miguel contestó con un leve gemido de asentimiento que le salió sin abrir los labios. Le parecía bien, pero ni siquiera quería pensar en el tema.

—Te juro que en los días que he estado aquí no he pensado en ella en ningún momento —insistió Jesús—. Y de hecho, aunque me lo pidiera ahora, yo no volvería con ella ni harto de vino.

¿Acaso esperaba una contestación o una felicitación? ¿Estaba su padre tal vez poniéndole a prueba? El desenlace con Marion le había hinchado de seguridad, casi de superioridad, así que tuvo que morderse la lengua para contener el estallido verbal que pugnaba por salir al exterior. Aceleró un poco el paso, pero su padre hizo lo mismo y se mantuvo a su altura.

—¿Sabes qué te digo? —continuó Jesús—. Que les deseo lo mejor, a ella y a Víctor. Si están bien juntos, allá ellos. Ya te dije que Víctor era un buen tío y que no debías estar a malas con él.

—No vayas por ahí. No sabes de lo que hablas —estalló Miguel. Todo tenía un límite, y el muro de paciencia que había conseguido levantar frente a su padre ahora se resquebrajaba.

—Anda que no. Que he pasado página y en cuanto vuelva a España voy a llamar a Rosario para decírselo —contestó Jesús cada vez más convencido de su razonamiento.

—No la llames para eso. Ni para eso ni para ninguna otra cosa. Si fuera verdad que te has olvidado de ella, no la llamarías para nada —dijo Miguel elevando su tono de voz, pero reprimiendo los aspavientos que su cuerpo estaba deseando desplegar.

—¿Qué te pasa? —preguntó Jesús sorprendido.

—¿No te das cuenta? Cada vez que dices que ya has superado lo de mamá, es más evidente que cada vez lo llevas peor. Pero hasta que no pases página de verdad, seguirás haciendo el ridículo una y otra vez... —soltó Miguel consciente de que no debía decir lo que estaba diciendo, pero sin fuerza para dejar de hacerlo.

—Eh, eh, para el carro... —respondió Jesús desorientado como si le hubieran dado un sopapo de realidad que le había dejado en coma unos segundos.

Estaban discutiendo en mitad de la calle y Miguel se preguntaba en qué momento había perdido el control de la situación. Pero daba igual porque ya no había nada que hacer. El gato estaba fuera de la caja.

—No paro el carro, eres tú quien tiene que parar el carro. No haces más que volver loco a todo el mundo con tus maneras enrevesadas de ver las cosas. Estás siempre pensando en ti mismo, por eso vendiste la caravana, por eso acabó así mamá...

—Escúchame una cosa y piensa más de una vez lo que dices —se defendió Jesús apasionadamente—. A lo mejor eres tú quien se debe mirar un poquito a sí mismo antes de hablarle así a tu padre. Muchas lecciones no me puedes dar tú a mí después de los días que he pasado aquí.

—¿Perdona? Ya lo que me faltaba. —Miguel negaba hecho un manojo de nervios. En realidad a ambos se les habían subido los colores y parecían babuinos sudorosos chillando por medio plátano.

—¿Qué pasa? ¿Que si te sale bien lo de Marion dejas a Cova y si no, vuelves a tu novia con el rabo entre las piernas? Supongo que piensas que eso sí que es ser un hombre de verdad.

Ahí le había alcanzado de lleno y Miguel sintió que se venía abajo, pero no pensaba caer sin soltar una última pulla del mismo nivel por lo menos.

—Pues para que lo sepas, hablo con mamá y con Víctor casi todos los días y me llevo fenomenal con él —dijo—. Porque él es una persona normal en la que se puede confiar. Sin ir más lejos, él es quien te ha pagado el billete.

Jesús se acababa de quedar sin palabras. Se sentía traicionado, humillado y hundido. En cuanto a Miguel, tres cuartos de lo mismo. Se habían hecho todo el daño que podían hacerse sin llegar a las manos. De hecho, si a continuación se dieran una paliza, les dolería mucho menos.

Después de mirarse unos segundos el uno al otro apretando los puños y los dientes y casi echando humo por las orejas, dieron media vuelta y cada uno se alejó en una dirección. Ambos andando hacia ningún sitio.

21

Galopó escaleras arriba hasta su piso como un búfalo desbocado. Su padre había traspasado todos los límites imaginables con lo que acababa de soltarle en mitad de la calle. Miguel también se había quedado a gusto, pero eso ahora no importaba, únicamente estaba obcecado con lo que le habían dicho a él, por mucho que él hubiera iniciado el chaparrón, por mucho que él hubiera lanzado las coces más gratuitas. Eso, ahora mismo, eran matices que no le apetecía valorar. Lo que había dicho su padre le ofendía a ese nivel en que solo te ofenden las cosas que en el fondo te parecen absolutamente ciertas. Tan indignado estaba que, sobre la marcha, decidió que no quería volver a ver la maleta de su padre por casa.

Abrió la puerta y entró como alma que lleva el diablo en el salón, donde estaba Fernando desnudo y en el suelo, arrodillado junto a él, Matthijs.

—No es lo que parece —exclamó Fernando al verle entrar. El profesor de Contabilidad se incorporó rápidamente con los ojos como platos. Sin embargo, Miguel estaba tan a lo suyo que ni siquiera se fijó en la escena y pasó de largo directamente a su habitación.

Allí lanzó sin orden ni concierto todas las cosas de su padre en la maleta, incluyendo su ropa sucia y el maldito diccionario de español-alemán, mientras los otros dos le miraban desde el salón. Luego la cerró a presión aplastando todo de malas maneras, abrió la ventana y la tiró a la calle desahogándose con un grito agudo, como de niña saltando el plinto. Después de trazar un arco en el vacío, la maleta impactó contra el suelo y reventó, sus contenidos se desparramaron por el césped y fue esa visión lo que acabó de sacar a Miguel de su emperramiento.

—¿Qué coño acabo de hacer? —se preguntó asustado mirando a la calle. Un hombre que pasaba por allí se bajó de su bicicleta y empezó a hurgar entre las pertenencias de Jesús Miguel esparcidas por el suelo—. ¡Eh! ¡Stop! —gritó.

Salió disparado de la casa otra vez, dejando atrás a Fernando y Matthijs, que justo acababan de vestirse y habían pasado en un minuto de ser protagonistas de una escena inesperada a espectadores de otra aún más extraña.

—Ah, hola, ¿estabais aquí? —dijo Miguel ya desde la escalera sin siquiera mirarlos—. Perdonad que no os he saludado.

En la calle rodeó el edificio a la carrera hasta llegar al sitio donde había caído la maleta. El mangante que había visto desde su ventana se alejaba en bici llevándose el diccionario de español-alemán. Le persiguió un par de manzanas, pero finalmente se dio por vencido y regresó al lugar del impacto. Allí recogió la ropa que se había desperdigado por el suelo. Volvió a guardarla en la maleta con mucho más tacto que antes, incluso haciendo un torpe intento de ir doblando las camisas de su padre, y regresó con ella al portal. Fernando estaba allí, despidiéndose de Matthijs, que se escabulló calle abajo mientras los dos compañeros de piso se encontraban.

—Miguel, tenemos que hablar —dijo Fernando avergonzado.

—¿De qué? —preguntó Miguel, que no se había enterado de nada y entraba en el portal sudoroso y con el rostro enrojecido.

—De lo que acaba de pasar... —contestó el otro siguiendo a su compañero escaleras arriba.

—Ah, ya. Es mi padre, que ha vuelto a sacarme de quicio.

—Ya, ¿y de lo demás?

—No te entiendo, Fernando, perdona.

—¿Esa es la maleta de tu padre? —preguntó el andaluz.

—Sí. Es que se va mañana ya.

—Espero que no te molestara que la otra noche me fuera con él de juerga hasta las tantas. Menuda nos cogimos.

—No, no, me parece fenomenal.

—Es un tío cojonudo, tu padre. Lo que me pude reír con él —recordó Fernando con una sonrisa.

Miguel entró en el piso sin contestarle y volvió a dejar la maleta en el mismo lugar en el que estaba hacía unos minutos. Solo que con el cierre destrozado y restos de césped incrustados en la esquina del impacto.

—¿De verdad no has visto nada? —insistió su amigo.

Miguel se sentó en el sofá resoplando. Se esforzaba por buscar algún argumento de calidad para justificar lo que le había gritado a su padre, pero todos los que encontraba eran imitaciones taiwanesas de razonamientos auténticos. Fernando le preguntó si estaba bien, pero como su compañero de piso seguía sumido en un denso silencio, acabó yéndose a su habitación.

Mientras intentaba organizar sus pensamientos, Miguel no podía evitar preguntarse adónde habría ido su padre tras la bronca, aunque le daba igual. Trató de convencerse de que no era problema suyo. No pensaba darle más vueltas, pensó Miguel sin dejar de darle vueltas. «Por mí como si se tira a un canal y se ahoga», se dijo a sí mismo, preocupado por si se le ocurría tirarse a un canal y ahogarse. Decidió que si en una hora no regresaba ni sabía nada de él, a lo mejor tenía que llamar a la policía. O en media hora.

Como mucho, en diez minutos daría la alarma a la Embajada de España en Ámsterdam y a la Interpol.

Cuando ya estaba valorando la posibilidad de salir en bici con un megáfono para buscar a su padre por toda la ciudad y, llegado el caso, el Benelux entero, un pitido le sorprendió en su ordenador. Lo peor que le podía pasar ahora era que, encima, a Marion le hubiera molestado que no respondiera inmediatamente al mail conciliador que le había enviado. Pero no, solo hizo falta asomarse al monitor para descubrir que en realidad había algo aún peor que le podía pasar y le estaba pasando: se encontró con un mensaje privado de Jean Pierre.

Se estremecieron partes del cuerpo de Miguel que desconocía y que, de hecho, posiblemente habían surgido de la nada para estremecerse en ese momento. Aunque Jean Pierre y él eran amigos de Facebook, nunca se habían escrito nada. Él solo era para Miguel lo que suele ser la pareja oficial del otro en una infidelidad: un ente abstracto en la distancia, como un Playmobil astronauta o algo así. Miguel sabía que Marion le había hablado muchas veces de él a Jean Pierre durante las primeras semanas de Erasmus, cuando ni siquiera se le pasaba por la imaginación lo que acabaría ocurriendo entre ellos. Desde esa ignorancia se dirigía ahora a Miguel en estos términos:

> Hola Miguel, ¿qué tal estás tú? Perdón a mi español pero yo tiengo que decirte la cosa en secreto. Yo voy ir este fin de semana al Ámsterdam y necesito tú ayudes a mí por preparar grande sorpresa para Marion. Yo no quiero decir a sus amigas de la casa nada ellas porque se lo irían a decirselo, eres tú la persona única a la que puedo decir yo. Como ella me dice que tú y ella lleváis super, seguro que piensa tú idea fantástica para yo aparecer sorpresa delante de ella sin espera nada Marion. Cuento contigo para impresionarla mi novia, quiero que sea inolvidable para ella.
>
> PD: Llego el lunes en tren a Ámsterdam Centraal a las

13:30 ves tú recogerme sin decir nadie de nadie. Como se te escape secreto te corto la pelotas!!! hahahahaha!!

Aunque después de esto último había añadido un icono sonriente, Miguel visualizó a Jean Pierre amputándole literalmente los testículos con un cuchillo mal afilado. De hecho, el mensaje entero, la comprobación de que Marion seguía sin confesarse ante su novio, y la idea que ahora este proponía, le resultaba una agresión humillante. Al menos para el lunes su padre ya se habría marchado. Por cierto, ¿qué estaría haciendo su padre y por qué no volvía? No quería volver a verle, pero al mismo tiempo le preocupaba que no entrara por la puerta.

Su primera reacción fue la más sensata y cabal que puede tener un ser humano; es decir, la menos indicada para sus intereses. Pensó contarle todo a Marion, pero, de pronto, se dio cuenta de que si se lo decía, ella abortaría la visita de Jean Pierre. Y tal vez esa visita sorpresa era la única manera de desenredar el nudo que Marion necesitaba soltar para irse definitivamente con Miguel.

Tenía que hablar con Marion, así que sin dudarlo cogió el móvil y marcó su número. Ella contestó tras el primer tono, cosa que a él le agradó, puesto que se la imaginaba esperando con anhelo su llamada desde la última vez que se habían visto. Marion le preguntó con voz dulce cómo estaba y Miguel se dejó querer, inventándose que había estado enfermo y con mucha fiebre, sin nadie que le cuidara, pero que ya se encontraba mejor.

—Ya sé que no le has dicho nada de lo nuestro todavía a Jean Pierre, pero no te preocupes porque no te llamo por eso —dijo Miguel desplegando su plan.

—¿Cómo sabes que no le he dicho nada? —preguntó ella.

—Ah, ¿se lo has dicho?

—No —reconoció Marion.

—Pues por eso. En realidad te llamo porque acabo de leer tu mail.

—Ya pensaba que no me ibas a responder.

—No, no, es que he estado sin salir de la cama y quería decirte que, no sé por qué, después de leerlo me encuentro mucho mejor. Bueno, sí sé por qué, porque me encanta lo que dices y porque, pase lo que pase, incluso si hubiera algún cambio inesperado de golpe, fuera el que fuera, tenemos que seguir apostando por nosotros hasta el final. Pase lo que pase, insisto.

—Solo necesito encontrar la manera de decírselo. O dar con el momento bueno —dijo Marion sin ser consciente de que algo así es lo que necesitaba escuchar Miguel.

—Vamos, que en persona sí se lo contarías.

—Para mí estas cosas son más fáciles cara a cara, claro, lo malo es que yo no puedo ir a París ahora a hablar con él.

—No te preocupes por eso, de verdad, no pienses en eso ahora, a mí me vale con lo que me cuentas en el mail y voy a esperar lo que haga falta, de aquí al lunes o incluso más si hace falta.

Marion insistía en no justificarse, pero le contó que notaba a Jean Pierre más ilusionado que nunca por su relación, detalle que no es que la hiciera dudar de sus sentimientos, pero sí le hacía más difícil lanzar el jarro de agua fría. Quedaron en verse lo más pronto posible y mientras se despedían, Miguel ya estaba tecleando en Facebook con la mano libre.

> Querido Jean Pierre. Me alegra mucho saber de ti y el plan que me comentas me parece buenísimo. Ante tu idea solo puedo quitarme el sombrero y decir: chapot. Cuenta conmigo, me pongo a organizarlo ya mismo. Ya estoy contando las horas que quedan para que llegues a Ámsterdam y te reencuentres con Marion, vaya cara se le va a poner. Me llevo genial con ella aunque dentro de unos límites, claro.

> Qué buena idea has tenido, cabronazo. Deja todo en mis manos, la vamos a liar muy gorda, craaac!!!!!

Tras añadir otro icono sonriente, le dio a «enviar» y se frotó las manos. No es que le hubiera salido bien el plan, pues en realidad no había tramado ninguno. Todo se había alineado mágicamente gracias a una mano invisible.

En ese momento se abrió la puerta de la habitación. Era Fernando, traía el móvil en la mano y parecía muy alarmado.

—Es tu padre, Miguel. Tenemos un problema.

22

Miguel y Fernando irrumpieron en el Don Quijote, donde había incluso menos clientes que de costumbre. Bajo la mirada indiferente de Pieter, el viejo camarero albino que intentaba mantenerse despierto detrás de la barra, avanzaron a paso seguro hacia una mesa donde estaban sentados Antonio y Jesús Miguel. Este último al verles llegar bajó la cabeza avergonzado. No quería enfrentarse a su hijo cara a cara.

—Este es Antonio, el dueño del Don Quijote —dijo Fernando presentándole a Miguel—. Antonio: aquí está Miguel, el hijo de Jesús.

—Sentaos, por favor —dijo Antonio después del apretón de manos de rigor señalando dos sillas vacías.

Miguel se sentó buscando con la mirada a su padre y confirmó que este le evitaba recolocando la silla hacia otro lado para darle el costado.

—Ante todo, mucha calma —dijo Antonio asumiendo el papel de mediador.

—Quiero saber exactamente lo que ha pasado y por qué era tan importante que yo viniese —exigió Miguel.

—Lo que te decía: él siempre pensando solo en sí mismo —murmuró Jesús al oído de Antonio.

—¿Qué has dicho? —preguntó Miguel.

—A ver, tranquilos —pidió Antonio—. Lo mejor es que lo cuente Jesús.

—Yo no tengo nada que decir —contestó el aludido haciéndose el orgulloso.

Entonces Antonio tomó la iniciativa de relatar lo que había sucedido. Apenas unos minutos antes de que llamaran a Fernando por teléfono, un coche de policía había traído a Jesús Miguel al Don Quijote. Al parecer, le habían sorprendido en el museo Van Gogh intentando descolgar el cuadro *Los girasoles.*

—Esa última parte es mentira —protestó Jesús Miguel.

—Eso tendrás que explicarlo ante el juez cuando comparezcas —explicó Antonio.

—Perdonad, pero repetídmelo otra vez porque no os vais a creer lo que he entendido —dijo Miguel aguantándose la risa.

—¿Qué has entendido? —preguntó Antonio sin ningún amago de gracia.

—¡Que mi padre ha intentado llevarse un cuadro de Van Gogh! —respondió Miguel intentando provocar la carcajada general con su malentendido.

—Eso es justo lo que ha pasado —sentenció el dueño del bar con absoluta sobriedad. La sonrisa de Miguel se congeló y luego parpadeó y tragó saliva. Se le estaba nublando la vista.

—Parece ser que tu padre ha intentado robar un Van Gogh —resumió Fernando.

—Eso es lo que ellos dicen —apuntó Jesús.

—¿Y tú qué es lo que dices? —le preguntó Miguel directamente, en voz muy baja y profunda. Su padre le retiró la mirada otra vez, negándose a contestar.

Se hizo una pausa mientras los tres esperaban una respuesta.

—Contesta a tu hijo, por favor, Jesús, que así no avanzamos nada —dijo Antonio.

—¿Cuál era la pregunta?

—Que si es verdad que has intentado robar un cuadro —repitió Fernando.

—Yo no intenté robar nada —aseguró Jesús, pero sin mirar nunca a Miguel—. ¿Para qué voy a intentar robar yo un cuadro de unos girasoles? ¿Para regalárselo a mi hijo y reconciliarme con él o qué? ¿Acaso porque él tenga el póster en el salón os habéis pensado que yo iba a creer que le gustaría tener el original? Pues no, no es así para nada. Simplemente pasé por ahí, me resbalé y para no caerme intenté agarrarme a lo primero que pillé, al cuadro ese, al que me abracé como pude, agarrando todo el marco, y saltó la alarma esa tan desagradable.

Miguel soltó un bufido de incredulidad y desvió la mirada a un lado, al tiempo que negaba con la cabeza.

—Ya está con los gestitos —le dijo Jesús a Antonio—. ¿Ves lo que te decía?

—Vamos a ver —retomó Antonio—. Le han estado interrogando en el museo y al no entenderse, tu padre les ha dado mi nombre y le han traído aquí.

—¿Por qué no diste mi nombre y mi dirección? —quiso saber Miguel.

—Está de broma, ¿no? —preguntó su padre a Antonio.

—Tranquilos, por favor —intervino otra vez el de Astorga—. El caso es que le han citado para presentarse ante el juez la semana que viene. Pero, según me ha dicho, mañana mismo se va a España.

—Toco madera —apuntó Miguel poniendo ambas manos sobre la mesa. Los cuatro miraron la mesa a la vez, constatando que era metálica. Luego buscó por alrededor algo de madera que tocar, pero no había nada y guardó las manos en los bolsillos.

—Entonces, ¿qué piensas hacer? —preguntó Fernando a Jesús.

—Como tengo que quedarme en Ámsterdam para el juicio, me voy a instalar unos días aquí con Antonio.

—A mí no me importa —indicó el dueño del bar—. ¿Tú

cómo lo ves? Sería hasta que se arregle lo del juez, supongo que será alguna pequeña penalización o lo que sea.

—¿Os habéis vuelto locos o qué? —exclamó Miguel—. Me ha costado mucho pagar ese billete y no estoy dispuesto a perderlo. Tú te vas mañana como estaba previsto, y de la declaración ante el juez te olvidas. Como si te fuera a buscar después la Interpol.

—En eso tiene razón Miguel, no van a ir a perseguirte a Oviedo por eso —señaló Fernando.

—¿Ahora estáis los dos conchabados para echarme de aquí o qué? —reaccionó Jesús, y mirando a Fernando añadió—: Pues cuidadito, no vaya a contar yo alguna cosa que me sé.

—¿De qué hablas? —preguntó el andaluz.

—Ya lo sabes tú de sobra.

Miguel se acordó de que Jesús tenía el billete impreso y de repente pensó que era capaz de haberlo perdido o haberse deshecho de él aposta, así que le preguntó dónde lo tenía. Jesús contestó, pero no a su hijo, sino otra vez a Antonio.

—Claro que tengo el billete. ¿Acaso este me toma por imbécil?

—Jesús, si quieres quedarte, aquí tienes sitio —dijo el hostelero—. Ahora, también tienen razón ellos: no te van a impedir viajar por el incidente este. Lo más seguro es que cierren el caso y se olviden.

—¿Cómo voy a volar si me han quitado el pasaporte? —preguntó Jesús desafiante. Los demás se quedaron mirándole sorprendidos.

—Hay que joderse —protestó Miguel.

—Bueno, perdón, todo lo anterior que he dicho sí es verdad, pero esto no —reconoció Jesús. Se sentía un poco culpable al ver con qué facilidad se habían tragado su absurda mentira—. No me han quitado el pasaporte. De hecho, ni tengo, vine con el DNI.

Fernando, Antonio y Miguel se miraron entre sí y luego a Jesús otra vez, que bajó la cabeza resignado. Notaron un resplandor y un olor a ropa rancia: era Pieter, que se acercaba arrastrando los pies para dejar sobre la mesa una jarra de sangría con un golpe seco.

—¿Qué haces? No te hemos pedido nada —le dijo Antonio en holandés. Pero Pieter no le oyó. Estaba absorto mirando al infinito y le caía un poco de baba de la comisura de los labios.

Media hora después, Miguel, Jesús y Fernando regresaban a casa. Miguel le había pedido a su compañero de piso que los acompañara y que, por favor, no se separara de ellos para suavizar posibles roces. Nada más entrar en el apartamento, Jesús vio su maleta rota en el salón y le preguntó a Fernando qué había pasado.

—No tengo ni idea —dijo este mirando de reojo a Miguel, que se escaqueó del tema aprovechando que su padre no le había formulado la pregunta a él directamente.

—Pues sí que... ¿Me dejas tu ordenador? Es solo para poner un correo automático.

—Va muy lento, es mejor que uses el de Miguel —contestó Fernando.

—Prefiero usar el tuyo vaya como vaya —respondió Jesús con una sonrisa de falsa cordialidad. Fernando odiaba estar en medio de esa trifulca familiar, pero no podía hacer nada y además estaba temeroso de que, o bien el padre o bien el hijo, le preguntaran en cualquier momento por Matthijs.

Miguel se fue a su habitación para estar a solas y Fernando le dejó el ordenador a Jesús, que se puso a escribir en el salón.

Querido Mariano, aqui vuelven mis e-milios otra vez al ataque dsdes esta maravillosa ciudad que es Asterdam, donde no dejan de ocurrirme situaciones extraordinarias que me gustaria que contarías por todo Mieres con la idea de que si algun dia regreso cosa que no se cuando podria llegar a ser, la gente me reciba con la admiracion que merecen mis situaciones que a continuacion te relato. Lo primero detodo es decirte que gracias a benir a Asterdan he consegido dos cosas: una es superar miseparacion de rosario, que ya no pienso en ella para nada ni si estabien con victor, ?TU SAbes algo? para MI esto ya forma parte del pasado o como me gusta llamarlo a mí, del pasado. LA otra cosa es que me e reconcilado muy bien con chusmi y nuestra relaccion. es estraordinaria menos por algunos matizes que luego te contare.

Pero lo mas imporatnte que queria decirte es que e conocido a una mujer, si, imaginate que biniendo al estranjero finalmente a sido donde e consegido retomar mi vida de gran fornicador ((Esto es lo mas inportante que me gustaria que dijeras por ahi pero como quien no quiere las cosas, dejarlo caer con gran admiracion como si saliera de ti expontaenamente aunque con la voz bien fuerte que te se oiga en Trasgu y aledaños ayacentes((

El caso es que el otro dia conoci a una mujer que me a llebado a unas alturas de satisfacion xesual que yo nunca habia conocido antes y yo ya ella tambien por su puesto tenias que verla como gritaba ylas cosas quedecia aunque bueno yo no las entendia porque era en ALEMAN. Eran cosas de tipo erogeno y luego estube biendo en un diccionario las palabras qe ella habia dicho cuando yo la penetraba ((perdon por el lenguaje que utilizo aqui pero creo que a llegado la hora de llamar a las cosas por su nonmbre) y Esto era lo que singificaba lo que me habia dicho: te quiero jesus te amo ERes el hombre que esaba esperando toda mi vida JESUS y nadie me habia echo gozar tanto nunca chinganndo no te bayas nunca jesus por fabor. YA sabeis que yo no e sido nunca dado a los conpromisos porque soy muccho de ir de flor en flor haora bien eneste caso realmente creo que a surgido algo entre esta mujer alemana y yo que ya beremos a donde llega.

no se si podremos volber a bernos porqe ella tiene un trabajjo que le quita mucho tiempo trabaja en un escaparate de una zona de Asterdan donde ay muchas mujeres inpresionantes.LUEgo estube pensando que esta señora de la que os hablo en realidad es una prostituta pero bueno eso no quita ningun merito a lo que te he contado ?o no??¿TUque piensas¿

Antes te e comentado que e tenido unas desabenencias con chusmi pero son pequeñas y por cuestiones muy anedoticas o sea que no importan nada, aunque la zagala que te decia antes cobra por hacer el xeso Y en realidad los gemidos que me dijo no se si significan lo que te e dicho o a lo mejor nada. Me doi cuenta que a beces tengo una manera enrevesada de vber las cosas y les doy las bueltas me pasan con todo el mundo todo el rato de vez en cuando pero casi nunca. Y no puedo ebitarlo incluso a chusmi por eso le e echo daño y me odia no puede ni berme aunque nos llebemos muy bien como te digo. Yo queria que me apreciara como un buen padre sin enbargo no lo se hacer bien y por eso lo ago todo mal a veces y me vuelbo a españa por eso, o sea que en realidad es todo lo que te e dicho pero al reves osea bastante mal.

Ahora te dejo espero que no cuentes a nadie esto o bueno la primera parte donde estaba lo bueno si, pero luego ya todo esto ultimo que te e dicho no lo digas nada por hay. Gracias y un abraZOJESUS

Tecleando estas últimas palabras, Jesús Miguel sintió que la garganta se le estrechaba y que por dentro le atenazaba un temblor que se iba transformando en llanto. Había llegado a lo más bajo y lo sabía.

Detrás de él, Miguel le estaba espiando por una rendija de la puerta de su cuarto y percibía que su padre se estaba viniendo abajo. Cerró la puerta con cuidado para que no le descubriera y se sentó en la cama un poco arrepentido por haber sido tan intolerante con él desde que llegó a Ámsterdam. Era verdad que no resultaba una persona de trato fácil por sus triquiñuelas y propensión a meter la pata, pero tal vez él había exteriorizado desproporcionadamente un rechazo que se había acumulado durante los años anteriores y no tanto porque su padre se lo hubiera ganado en esos días. Ahora no había nada que hacer, puesto que ya se marchaba a España al día siguiente. Él mismo le acompañaría al aeropuerto de Schiphol para asegurarse de que cogía el avión. Pero no quería despedirse de él así, con una nota tan lamentable. Tenía que pensar en algo para que su padre no se fuera en esas condiciones.

La idea le vino rápidamente: había algo muy importante de Ámsterdam que Jesús no había conocido, y era el momento idóneo para hacerlo.

Miguel se levantó de la cama y abrió la puerta de su habitación. En ese instante, su padre, que debía de estar apoyado al otro lado de la puerta intentando escuchar algo, se desplomó sobre él.

—¿Estás bien? —preguntó Jesús al verle.

—Sí, ¿qué haces?

—Nada. Creía que estabas llorando.

—¿Yo?

—Yo tampoco, estoy perfectamente.

—Pues ponte los zapatos —dijo Miguel—. Vamos a aprovechar tu última noche.

23

Caía la oscuridad sobre Ámsterdam y se escuchaba el sonido de un saxo interpretando el solo de *Giant Steps* desde una ventana cuando Miguel y su padre se subieron al tranvía en dirección al centro. Miguel percibió que la tensión entre ellos se iba difuminando gradualmente y estaba orgulloso de haber pensado tan rápido en un plan para sacar a Jesús del abatimiento. Al mismo tiempo, también tenía sitio en la cabeza para pensar en la fiesta que debía organizar en su casa en cuarenta y ocho horas, cuando su padre ya estuviera de vuelta en España.

—¿Adónde me llevas? —preguntó Jesús intrigado, mirando por la ventana del tranvía a las luces de la ciudad.

—Ahora lo verás —dijo Miguel—. No podías irte de aquí sin verlo. ¿Qué es lo más típico de Ámsterdam, eh?

Jesús se quedó sonriendo, como si su hijo hubiera hecho una pregunta retórica que él mismo iba a responder.

—Da igual, ahora lo ves —concluyó Miguel para evitar el engorro de explicárselo.

Se bajaron en Leidseplein, un bullicioso barrio de restaurantes y vida nocturna. Los turistas iban y venían mezclándose con los locales y en el aire podía palparse la inminencia del desparrame.

Miguel condujo a su padre hasta lo que parecía un restaurante con grandes ventanales y algunas mesitas fuera. A cada lado de la puerta de entrada había dos toldos a rayas y encima de cada uno sendos luminosos con el dibujo de un perro y las letras «The Bulldog» en neón.

—¿Vamos a cenar aquí? —preguntó Jesús.

—Esto es el *coffeeshop* más famoso de Ámsterdam —contestó Miguel.

Jesús no entendió nada, aunque le pudo la curiosidad. Entraron en el *coffeeshop,* que estaba de bote en bote. Sonaba la música y la muchedumbre parecía disfrutar de lo lindo. En el local había varios ambientes diferenciados, pero donde Miguel quería llevar a su padre era al sótano, un espacio alargado con mesas a lo largo de dos paredes de ladrillos iluminadas de rojo y con algunas fotos de famosos. El aire estaba cargado de humo.

—¿Aquí todavía no prohibieron fumar dentro de los sitios o qué? —preguntó Jesús siguiendo a Miguel, que se abría paso entre la gente.

Encontraron una mesa libre y la ocuparon. Jesús llamó a un camarero a gritos y le pidió una cerveza en español, con lo que el otro ni se dio por aludido.

—Aquí no se puede beber alcohol —señaló Miguel.

—¿Cómo no se va a poder beber alcohol si es un bar? —preguntó Jesús convencido de que su hijo le estaba intentando tomar el pelo.

—Es que no es exactamente un bar —indicó Miguel—. Es un *coffeeshop.*

—Ah, vale.

—Sabes lo que es, ¿verdad?

—Sí, lo que has dicho antes.

—Pero ¿sabes dónde estamos? —insistió Miguel.

—¡Ah! Sí, sí, sí, claro —dijo Jesús asintiendo como si acabara de caer en ello. En realidad no tenía ni idea de dónde estaban ni de lo que Miguel le estaba diciendo medio en clave, pero no quería pasar por ignorante.

—Vale —dijo Miguel—. Porque es una cosa típica de aquí y no quería que te fueras sin conocerlo.

—Claro, claro —dijo Jesús aparentando convicción. Cogió un menú para enterarse—. A ver qué pone aquí... «Amnesia Haze»... «Purple Haze»... «White Widow»...

—Papá, todo esto es marihuana —dijo Miguel—. Ya sé que es raro que te traiga yo aquí, pero es que pensé que tampoco podías irte de Ámsterdam sin verlo.

—Ahí va la hostia —exclamó Jesús—. ¡Marihuana dice! ¡Como si no lo supiera!

—Sabes que en Ámsterdam es legal el consumo de drogas blandas —dijo Miguel—. Era más que nada para que lo vieras un poco, porque me da que la gente en Asturias te va a preguntar. ¿Quieres que nos vayamos?

—¿Y cerveza tampoco hay?

—Pídete un café si quieres —sugirió Miguel.

—Pero vamos a ver —dijo su padre—. ¿Me has traído aquí para fumar un petardo o cómo es la cosa?

—Te acabo de decir que era para que vieses el sitio, ¿cómo te voy a traer para eso?

—Pero aquí solo de estar respirando este humo es como si te fumaras uno de esos que llaman *porros*.

Los dos se rieron. A su alrededor había turistas haciéndose fotos y seguramente publicándolas en internet. En ese momento llegó el camarero para tomarles nota.

—Para mí una cerveza —dijo Jesús.

—*Sorry, no beer* —contestó el camarero.

—Ah, es verdad, se me había olvidado. Pues un Bitter Kas entonces.

—*What?* —preguntó el camarero a Miguel.

—Yo quiero un café con leche —dijo este en inglés, y luego le preguntó a su padre si no quería él también uno.

—¿Lo dices en serio? —saltó Jesús—. A ver, yo si voy a Briviesca lo que quiero son almendras garrapiñadas, pues aquí quiero lo de aquí, ¿o qué? Venga, hombre, que me voy mañana, ¿cuánto cuesta darle un par de chupaditas a un cigarrín de la risa de esos? Si solo es para probarlo, cojones.

Miguel se lo pensó por un instante: su padre tenía toda la razón. Si le había llevado allí, era para intentar que se llevara un buen recuerdo de su estancia y sobre todo de su relación. De manera que le pidió al camarero un café para él y otra cosa que Jesús no comprendió.

—Ya lo verás cuando lo traiga —le dijo Miguel. Luego le preguntó a su padre si era verdad que había ido solo hasta el museo Van Gogh y trató de sonsacarle lo que había pasado realmente con el cuadro.

—Solo puedo decir que si querer ser buen padre es un delito, me declaro culpable en primer grado —dijo Jesús mostrando sus muñecas como para que alguien le esposara.

El camarero regresó con el café y un trozo de pastel y los dejó sobre la mesa. Miguel iba a explicarle a su padre lo que era cuando una chica italiana que estaba en la mesa de al lado le preguntó si podía tomarles una foto a ella y su amiga posando con un porro. Miguel aceptó encantado. Después se giró de nuevo hacia su padre, que acababa de comerse el trozo de pastel entero.

—Esta tarta de Santiago está de la hostia, pídeme otra para el avión —dijo tragándose el último mordisco y chupándose los dedos.

—¡¿Qué has hecho?! —gritó Miguel. Pero era demasiado tarde.

—Eso sí, una pena que no tengan un poco de cerveza para pasarla —se lamentó Jesús—. ¿Por qué me miras con esa cara? Ah, calla, ya sé lo que estás pensando, que no te he dejado nada, ¿no? Que pidas una hogaza entera, te digo.

Miguel le explicó que se acababa de zampar un Space cake, una tarta elaborada con cannabis de la cual había pensado darle a probar apenas una migaja testimonial. Le habían dicho que comerse la mitad ya provocaba unas alucinaciones considerables y que, de hecho, ni el estudiante erasmus más desparramado se había atrevido a terminarse una ración.

—¿Tarta con droga? Pues esta idea la exportamos a Asturias y hacemos lo mismo con el cabrales —dijo Jesús entre risas—. No te preocupes, Chusmi, de verdad, que sé cuándo algo me ha sentado mal y esto te digo que no siento nada.

Miguel pidió la cuenta al camarero y después de pagar salieron rápidamente. En la calle le dijo a su padre que tenían que volver a casa antes de que la droga empezara a hacerle efecto. Estaban cruzando el canal de Stadhouderskade para airearse. Por debajo pasaba una barcaza turística y Jesús se quedó mirándola embobado.

—¿Tú crees que ese barco se puede untar? —preguntó.

—¿Cómo untar?

—Sí, que si lo podrías untar en una tostada, como si fuera manteca.

Miguel observó a su padre. La pesadilla acababa de empezar.

—Me está pasando algo —anunció Jesús.

—No te pares, papá, tú sigue caminando, vamos —contestó Miguel cogiéndole del brazo. Jesús se había quedado mirando a la gente que pasaba por la calle y señalando a algunos.

—Cada persona lleva puesta una careta de sí mismo, pero algunos llevan la careta de otro —dijo.

Caminaba levantando mucho los zapatos con cada paso, como si estuviera chapoteando en barro.

—Creo que me he cagado encima —dijo entonces—. ¿Me está saliendo algo en la cara?

Miguel contestó a su padre que ni se había ido de vientre ni le estaba saliendo nada en la cara, pero Jesús aseguraba que notaba como «pinchos de erizo» saliéndole a modo de barba. Entonces se puso a gritar presa del pánico. Su hijo le sujetó intentando calmarle y le obligó a sentarse en un banco, pero el otro seguía gritando y dando manotazos al aire, como si intentara quitarse de encima un enjambre de avispas.

—Por favor, haz que pare esto, no me gusta —le suplicó Jesús.

—No es nada —dijo Miguel impotente—. Es solo el pastel, que te está haciendo efecto.

—Ah, bueno, si es solo eso, ya me quedo más tranquilo.

—Lo importante es mantener la calma.

—¿Tú qué haces en Mieres? —preguntó Jesús entonces—. ¿No estabas en Ámsterdam? ¿Y por qué ahora eres negro?

Miguel se levantó del banco y tiró de su padre en busca de un taxi. Ahora Jesús gritaba a todo el mundo que su hijo había vuelto a Mieres. Además veía muchas otras cosas, formas y colores desplegándose en complejos patrones aleatorios por todas partes, pero ni quería ni hubiera sabido cómo explicar esto a su hijo. Finalmente pasó un taxi y Miguel lo paró.

—Al parque de Jovellanos —dijo Jesús nada más entrar al taxista, que era antillano—. Vamos para El Trasgu, va a alucinar Mariano cuando vea que eres negro.

Miguel le dio al taxista las indicaciones correctas y el coche se puso en marcha. Jesús iba mirando por la ventana e informando al taxista que en la calle estaba nevando comida para peces.

—Papá, tienes que relajarte —le pidió Miguel.

El taxista los miraba suspicaz por el retrovisor.

—Los puentes se abren específicamente como si fueran teléfonos de cristal. —Miró a su hijo con cara de terror—. No he querido decir eso, estoy muy mal.

Los delirios eran lo de menos. Lo peor era cuando Jesús se daba cuenta a ráfagas de lo que le estaba pasando. Alternaba sonrisas desmedidas con gestos de estar pasándolo fatal.

Al bajarse del taxi, Miguel tuvo que ayudarle a llegar al portal y luego a subir las escaleras, ya que las piernas le flaqueaban como si fueran de plastilina.

—Perdón —dijo Jesús tapándose la boca—. Es que acabo de eructar un murciélago.

Entraron en el piso, donde estaba Fernando estudiando en el salón. Se levantó en el acto al verles llegar y no tardó ni medio segundo en sumar dos más dos.

—¿Space cake? —preguntó sucintamente.

—Sí —contestó Miguel.

—Pues no hay nada que hacer, al cuarto con él.

—Hay alguien en nuestra casa —le dijo Jesús a su hijo, mientras miraba con gesto extraño a Fernando.

Miguel contestó que era su compañero de piso.

—¿Y te lo has traído a Mieres?

Se lo llevaron a la cama de Miguel para intentar acostarle.

—¿Te acuerdas de cuando fui a verte a Ámsterdam? —preguntó entonces Jesús con una sonrisa pícara mientras le quitaban los zapatos—. Pues tengo que confesarte que me fui de putas. Concretamente con una alemana que se llamaba Greta. Greta-Greta. Greta Gretita Gretona Gretosquinitinichina.

—Hay que intentar que se duerma, mañana estará bien —dijo Fernando.

—Papá, tienes que intentar dormirte —le repitió Miguel. Pero su padre estaba cantando la canción de los Picapiedra a pleno pulmón.

—No quiero cantar —protestó Jesús como si estuviera elevando su queja a una instancia superior, aunque después seguía tarareando el tema—. Por favor, haced algo para que deje de cantar.

Miguel y Fernando le observaban con lástima. Sabían que no había ningún remedio para esto más que esperar a que el efecto de la droga se desvaneciera por sí solo. Ni una ducha, ni un café, ni tomar el aire, todo era inútil.

—Intenta cerrar los ojos —recomendó Miguel. Tendido ya en la cama descalzo, su padre le obedeció, pero siguió cantando entre dientes.

Dos horas después, Miguel y Fernando seguían alternándose para vigilar a Jesús mientras el otro intentaba dormir un poco. A las cuatro y media de la madrugada, Miguel se quedó traspuesto en el sofá y cuando se acercó a la habitación, Jesús le estaba preguntando a Fernando «de qué estaba hecho el fuego».

Después de vomitar, Jesús se quedó tumbado en el suelo del cuarto de baño diciendo que había un espantapájaros en la ducha pidiéndole que guardara un secreto que no pensaba contar a nadie jamás.

—En unas horas tenemos que salir para el aeropuerto —le dijo Miguel a su compañero de piso—. Tengo que meterle en el avión sí o sí.

—Así no van a dejarle subir...

Le metieron en la ducha y le tuvieron un rato bajo el chorro del agua.

—Estoy mejor —dijo Jesús después. Pero al añadir que tenía que irse a trabajar a la mina con Rosario y Víctor, se dieron cuenta de que seguía exactamente igual. Se había hecho de día.

A las ocho de la mañana, Fernando acompañó a Miguel y Jesús hasta la parada del autobús del aeropuerto y allí se despidió de ambos, deseándoles buena suerte. Durante el trayecto a Schiphol, Miguel sujetaba el brazo de su padre e intentaba sosegarle, mientras Jesús inhalaba y exhalaba profundamente.

—¿Estás seguro de que es buena idea viajar a Ámsterdam ahora? —preguntó a su hijo—. A lo mejor estás demasiado ocupado con tus cosas.

—No vas a Ámsterdam, vas a España —contestó Miguel.

—Pero ¿tú vienes conmigo?

—No, yo no voy, papá. Vas tú solo.

—No puede ser —dijo Jesús asustado—. Paco el salchichero ¿qué tenía mal? ¿Las lumbares o las cervicales?

Al llegar a Schiphol buscaron la terminal de EasyJet y en

el control de pasaportes Miguel pidió que le dejaran entrar con su padre hasta la puerta de embarque porque estaba «un poco desorientado» y además tenía que llevarle la maleta.

—¿Estás mejor? —preguntó a su padre de camino a la puerta.

—Creo que sí —contestó él mirando alrededor—. Esta pescadería es enorme.

Miguel se relajó al pensar que estaba a punto de conseguirlo. Por los pelos, pero iba a conseguirlo. Quedaban quince minutos para embarcar y le compró a Jesús una botella de agua, que se bebió de un trago. Solo con mirarle a la cara era evidente que seguía bajo los efectos del Space cake, pero si conseguía mantener cierta calma en el momento del embarque, una vez cerradas las puertas del avión, ya estaría todo hecho. Al llegar a Madrid sin duda su padre ya estaría bien del todo y, si no lo estaba, allí se encargarían de él.

Cuando anunciaron el embarque por megafonía se pusieron en la cola.

—Quiero que sepas que a pesar de todo me ha alegrado que vinieras a Ámsterdam —dijo Miguel observando la reacción de su padre y cruzando los dedos para que fuera normal.

—Iba a decir una cosa sin sentido —dijo Jesús—. Pero no quiero.

—Pues no lo digas. No digas nada que no quieras decir.

—No puedo.

—Tranquilo, ya verás como todo va a salir bien —aseguró Miguel—. Tú no digas nada, pero escucha esto, escúchalo bien: te pido perdón si estos días he dicho algo que no te haya parecido bien o lo que sea. Si ahora no entiendes a qué me refiero, por lo menos intenta recordarlo porque mañana lo entenderás. Ha merecido la pena que vengas.

Jesús respiró hondo, dispuesto a entrar en el *finger*. Miguel le dio la maleta y le abrazó. Luego le vio caminar lentamente hacia el interior del avión y se fijó en cómo le daba las buenas tardes a un extintor.

Lo había conseguido. Miguel se quedó esperando un rato, viendo cómo embarcaba el resto del pasaje, y cuando cerraron la puerta de embarque, tomó una bocanada de aire como si fuera la primera después de haber estado días dando brazadas bajo el agua. Emprendió el regreso a la salida con su cuerpo avanzando a diferentes velocidades, sus piernas dejaban atrás el aeropuerto y su cabeza ya casi tocaba el timbre de casa de Marion.

Entonces escuchó un tumulto a su espalda, cerró los ojos y cruzó los dedos para que no fuera lo que se temía que era. Al darse la vuelta vio cómo dos azafatas y dos miembros del personal de tierra sacaban a Jesús del *finger* y forcejeaban con él en la zona de embarque hasta inmovilizarle. Su padre llevaba puesto el chaleco salvavidas amarillo, que se infló de pronto en pleno forcejeo con una operaria del aeropuerto a la que Jesús tiraba de las rastas desesperadamente. Por un segundo Miguel consideró la posibilidad de seguir caminando y acelerar el paso como si la cosa no fuera con él. Pero su padre empezó a gritar su nombre, así que se dio media vuelta y se dirigió a afrontar la situación con aplomo, como si no hubiera barajado huir en ningún momento.

—¡Es mi padre! —gritó.

—Este hombre no puede volar en estas condiciones. Ha amenazado al piloto y le ha robado la gorra, que no sabemos dónde la ha metido —le informó la representante de la aerolínea que llevaba rastas en el pelo y un walkie talkie en la mano. Jesús no dejaba de reírse, pero al mismo tiempo se le notaba angustiado por no poder dejar de hacerlo.

—¿No pueden sedarle? —preguntó Miguel.

—Haz el favor de llevártelo de aquí si no quieres que le denunciemos —contestó la mujer.

—Pero ¿y el billete? ¿Puede ir en el próximo vuelo?

—Si te lo llevas ahora mismo, no te pasamos la factura del trozo de moqueta que ha levantado del pasillo.

No había nada que hacer. Habían perdido el avión, el billete, y estaban a punto de perder lo que les quedaba de dignidad, así que Miguel se resignó a volver a casa con su padre. Cogió el equipaje de mano, y al ver que pesaba demasiado, lo abrió para descubrir que dentro había un secamanos recién arrancado del baño del avión. Miguel se lo devolvió a la operaria pidiendo disculpas en nombre de Jesús, que, mientras tanto, insistía en que se llevaran ese microondas a casa.

En el camino de vuelta Jesús se quedó dormido en el tranvía y Miguel pensó si no podía haberse dormido un poco antes, al entrar en el avión. ¿Y si todo había sido un numerito de su padre para quedarse en Ámsterdam? Descartó la idea y se pasó el resto del día cuidándole, dándole agua y poniéndole paños húmedos en la cabeza.

Durante unos minutos se quedó dormido y Miguel aprovechó para comprobar su Facebook por si había novedades. En efecto, Jean Pierre le había puesto un breve recordatorio de su plan para mañana. Y por si fuera poco, había publicado en el muro de Marion una foto suya dando un beso al aire. A Miguel no le importó mucho, pues ya saboreaba el chasco que se iba a llevar el franchute en su «viaje sorpresa» a Ámsterdam.

Después quiso comprobar si había billetes baratos de vuelta a España para otro día y miró en el historial del navegador para encontrar la web donde compraron el billete que acababan de desperdiciar. Entonces vio que alguien había hecho recientemente una serie de búsquedas... «zagalas en pelotas», «conocer chavalas en holanda», «sexo salvaje en Asterdan», y después otras más perturbadoras como «frases bonitas para tus hijos», «cómo hacer que tu hijo te quiera», «truco para no quedarse solo en la vida» y similares. Estaba claro quién había tecleado esas preguntas en el ordenador y de dónde habían salido las frases tan literarias que su padre le había dicho.

Por la tarde llegó Fernando y ambos comprobaron que Jesús parecía estar recuperándose por fin. Al caer la noche, Jesús dormía como un niño en la cama de Miguel y este le observaba desde la puerta. Le había hecho perder dinero, horas de clase, horas de ver a Marion y además ahora iba a interferir con la temida llegada de Jean Pierre. Y lo peor de todo es que no podía culparle porque esta vez el responsable era solo él, por su estúpida idea de llevarle al *coffeeshop*. Apagó la luz e iba a cerrar la puerta cuando oyó que su padre balbuceaba algo. Se acercó a la cama y le preguntó si necesitaba algo.

—Fue por la matrícula —dijo Jesús.

—¿Qué dices? Descansa, ya estás otra vez.

—No, la matrícula de la universidad. De Oviedo. El colegio mayor del primer año, Chusmi, no me llegaba. —La mirada de Jesús era diferente, ya no estaba poseído por el pastel, ahora parecía acorralado por la emoción.

—¿Qué pasa con la universidad?

—La autocaravana. La vendí para poder pagarte la universidad —dijo Jesús con la voz débil pero entera.

Miguel le miró fijamente. Solo le veía con la luz que entraba del pasillo, pero en los ojos de su padre supo ver que no era otro delirio más, sino la primera verdad que había dicho en Holanda.

24

—Ya no tiene que faltar mucho..., ¿cómo has dicho que se llama? —preguntó Jesús Miguel.

—Jean Pierre —contestó Miguel, más atento al andén número 3 que a su padre.

—¿Como el actor francés ese de... ya sabes? —Jesús decoró su pregunta con unos aspavientos inclasificables que pretendían ser patadas de kárate—. Sí sabes, menudas hostias que calzaba.

—No sé quién dices. —Miguel trató de evitar el bochorno escondiendo la mirada en el reloj del móvil—. Tenía que haber llegado ya.

—El del kung-full. Se llamaba así, ¿no?

Ambos esperaban sentados en un banco de la estación de tren de Ámsterdam a que llegara el novio de Marion. Era una bonita mañana de mayo en la que el sol acentuaba los colores de la capital holandesa hasta tal punto que Miguel optó por no estropear el día explicándole a su padre que Van Damme se llama Jean Claude y además no era francés, sino belga. Un poco por no afear una jornada que ya de por sí se prometía alborotada y también porque la confesión sobre la autocaravana seguía burbujeando en la conciencia de Miguel.

Después de dormir catorce horas seguidas, Jesús por fin se había repuesto de su legendaria parranda lisérgica. No podía decirse que se hubiera dado mucha prisa en recuperarse teniendo en cuenta que en el mismo tiempo hay médicos que hacen un doble trasplante renal. Por la mañana, obedeciendo a un pacto firmado entre sus respectivos sentidos de la vergüenza ajena, todas sus conversaciones discurrieron como un eslalon temático en el que ambos esquivaban cualquier referencia a lo que Jesús Miguel había dicho en plena montaña rusa alucinógena. Sobre todo, Jesús había evitado hacer ninguna referencia a lo que había confesado sobre la venta de la autocaravana, con lo cual Miguel lo tomó por una señal infalible de que lo dicho era totalmente cierto. Habían adoptado la misma postura incómoda que toma una pareja de desconocidos cuando se despierta después de una noche de sexo que se les ha ido de las manos, solo que en este caso el único que se había desnudado de pies a cabeza era Jesús Miguel y sin quitarse una sola prenda.

—¿Y entonces estás seguro de que tenemos que ayudar al franchute? —preguntó sin que la pregunta provocara ninguna respuesta—. Lo digo porque a ver si ahora la gabacha se va a ir con él.

—Pues que se vaya. De alguna manera tiene que acabar esto —dijo Miguel con una rotundidad que trató de grabar en su memoria para volver a usarla otro día.

Cuando Chusmi le contó que iba a ayudar al novio de Marion a organizar una fiesta sorpresa, al principio pensó que su hijo era idiota. Pero cuando luego le explicó que era la única esperanza de que Marion se decidiera a romper con Jean Pierre, confirmó que era gilipollas perdido. La sorpresa ya estaba convocada a través de un grupo de Whatsapp llamado *Spanish Fiestuki* que tenía como avatar la foto de un recortador haciendo lo suyo con un miura. Allí participaban todos los habituales, incluyendo por supuesto a Marion, que había confirmado su asistencia para esa misma noche.

—Pero vamos, que si tú me dices que venga contigo a

buscarle, yo ya sabes que te acompaño encantado —dijo Jesús Miguel tirando de casta minera, convencido de que si se trataba de acompañar a su hijo incondicionalmente, tenía más valor hacerlo hacia la derrota absoluta.

—No te he pedido que me acompañes, aunque gracias —puntualizó Miguel.

—Pero si me lo hubieras pedido, también habría venido. —Jesús añadió un codazo cómplice—. O sea, que, resumiendo, en la fiesta sorpresa, la sorpresa se la va a llevar el franchute.

Por lo que Marion le había contado y por sus fotos en Facebook, Miguel se había hecho la composición mental de que Jean Pierre era clavado al actor Olivier Martínez: es decir, un galán francés, alto, fuerte y sofisticado. Pero cuando, de pronto, asomó aquella mano blancucha agitándose entre la muchedumbre, toda aquella imagen se derrumbó como una torre Eiffel de palillos. Había una realidad de base que las inseguridades de Miguel habían obviado y era que Jean Pierre, antes de nada, era francés. Como tal, estaba dotado de un don innato para combinar colores con un arrojo que en España solo poseen los más horteras. Jean Pierre paseaba impunemente unos pantalones pirata blancos que iban combinados con unos zuecos almíbar sobre calcetín también blanco. No era guapo del todo ni poseía un físico privilegiado, además era un pelirrojo de esos acentuados que en España empezaron a desaparecer en los ochenta (en Asturias nunca los hubo). Pero lo más estrambótico era esa ropa que a Miguel le parecía un cruce entre los restos de temporada del Pull and Bear y las prendas que reparten algunos organismos de ayuda internacional en zonas de catástrofe humanitaria.

Jean Pierre reconoció a Miguel de inmediato y le dio un abrazo que por sí solo duró más que la suma de todos los que se había dado con su padre.

—Qué ganas tenía de conocerte —contestó Miguel dosificando el retintín en un grado imperceptible. Ambos tenían más o menos el mismo nivel de inglés para salir del paso. Luego le presentó a su padre, del cual dijo simplemente que estaba unos días de visita en Ámsterdam.

—Encantado de conocerle —dijo Jean Pierre muy sonriente y estrechando con fuerza la mano de Jesús, que, en un acto de desobediencia civil en apoyo a su hijo, se limitó a dejar la suya tan blanda como una pularda cocida.

—Te lo vas a pasar genial aquí, ya verás —dijo Jesús guiñando exageradamente un ojo a Miguel a la busca de algún tipo de compadreo que no encontró el eco deseado—. Si no conoces Ámsterdam, te vas a sorprender, Jean Paul, ya verás la de sorpresas que te esperan, alguna gorda, o no, ninguna, vamos, no sé, yo no digo nada...

Mientras salían de la estación, Jean Pierre le contó a Miguel todo lo que había pensado para la fiesta. Le dijo que en la maleta le traía de regalo una botella de Clos du Bourg, uno de los mejores vinos franceses del momento, y que de camino a casa tendrían que pasar por algún supermercado para comprar todo el alcohol necesario. Por su parte, y aunque no entendía ni la mitad de lo que hablaban en inglés, a Jesús Miguel le bastaba con estar allí a punto de sumarse a una fiesta más en Ámsterdam, con su hijo y con el novio pelirrojo de la chica de los sueños de su hijo, por muy raro que sonara aquello.

En una tienda de licores, mientras Jean Pierre se aprovisionaba de botellas de whisky, ginebra y cervezas, Miguel y Jesús tuvieron un aparte para valorar el estado de la situación.

—¿Qué te está pareciendo? —preguntó Miguel a su padre en español.

—Cagon ros, mira los dientes que tiene el gabacho. A poco que te esfuerces, la chavala es para ti —contestó Jesús.

—¿Qué cosa significas *la chavala*? —preguntó Jean Pierre en un castellano esforzado pero bastante potable.

—No, nada, perdona, hablábamos de otra cosa —improvisó Miguel al verse sorprendido por la retaguardia.

—Yo tenía los dientes así por el problema del nacimiento y ahora yo ahorrando para *brackets* —dijo Jean Pierre con una sonrisa que era un desafío en sí misma—. Además, aprendí de español en veranos en Fuenterrabía, si vosotros queréis, hablamos así por practicar.

Jean Pierre, que hasta ese momento había cumplido todos los estándares de pobre chico superado por las circunstancias, jugaba con más naipes de los que aparentaba a simple vista. Además de políglota, era cercano y desplegaba un carisma natural que en el transcurso de la mañana fue conectando poco a poco con Miguel y su padre. Aprovechando el camino hacia casa, Jean Pierre no tuvo ningún problema para sincerarse y contarles su historia con Marion como si los tres ya fueran amigos de toda la vida.

La había conocido en el restaurante Blue Lagoon de Disneyland París tres años antes, durante un viaje de fin de curso organizado por sus respectivos institutos. La conexión que surgió por casualidad al compartir vagón en el Space Mountain se hizo más patente cuando coincidieron por pura casualidad en el pasaje encantado de Aladino y ya fue casi mágico que la suerte los volviera a colocar juntos en la cola del Orbitron. Aunque empezaron a salir ese mismo fin de semana, hasta que pasaron tres meses de citas Jean Pierre no reconoció que todas aquellas casualidades de Disneyland las había provocado él. Con la ayuda de dos compañeros que hicieron de parapeto, consiguió siempre el sitio más cercano a aquella rubia que le había encandilado ya en el parking. Desde entonces, habían disfrutado de casi dos años y medio de relación. Lo que más le había gustado de Marion era su famoso optimismo, su vitalidad y positividad a prueba de bombas. Por si esto fuera poco, también habían compartido muchas juergas universitarias y algunas escapadas europeas como aquellas vacaciones por Croacia el verano pasado, cuando habían planeado vivir juntos en el distrito V de París.

Ante ese comentario, Jesús Miguel sorteó mirar directamente la cara de su hijo, un poco por evitar el bochorno general y otro poco por evitárselo a sí mismo. Jean Pierre detalló cómo había aprovechado las últimas semanas en París para visitar algunos apartamentos de alquiler y ya tenía localizado uno de apenas cuarenta metros cuadrados que tenía unas vistas increíbles de las Arenas de Lutecia. Pero lo peor de todo es que Jean Pierre contaba todo esto desplegando una simpatía espontánea ante la que era inevitable caer cautivado. Cuando dijo que había dado una señal de setecientos cincuenta euros por el piso, ni Miguel ni Jesús entendieron el apartamento como lo que era: un féretro de apenas cuarenta metros cuadrados en el que podía ser sepultada la «relación» de Miguel y Marion.

Aun así, Miguel trataba de sacudirse su simpatía por Jean Pierre como si fuera un picor que pudiera quitarse rascando. La camaradería del francés se le estaba haciendo cada vez más incómoda porque no podía quitarse de la cabeza que se había acostado con su novia no hacía ni una semana. Y que quería seguir haciéndolo el resto de su vida.

Cuando llegaron a casa y dejaron todo listo para la fiesta, Jesús Miguel se retiró a echar una cabezadita «Para poder estar animado esta noche y desfasar no, lo siguiente», ante lo que Miguel y el francés se quedaron, literalmente, sin palabras. Luego Jean Pierre aprovechó el primer momento a solas con Miguel y, en cuanto pudo, se acercó para posarle la mano sobre el hombro en un gesto de confraternidad incuestionable.

—Gracias, de verdad —dijo el francés acariciando ahora su espalda.

—No, de verdad, no pasa nada —contestó Miguel medio escaqueándose del incómodo sobeteo.

—No todo mundo hace un favor así por amigo. Si digo la verdad, me sorprendió cuando contestabas mi mensaje positivamente —sonrió Jean Pierre mientras abría una lata de cerveza y se la pasaba a Miguel.

—¿Ah, sí, y eso por qué? —respondió él descolocado de verdad, antes de echar un trago largo.

—Sé que esto muy raro, pero yo no sabía otra manera de hacerlo, estaba un poco ¿cómo se dice? Desesperado. —Soltó una risotada para quitar tensión a la escena—. Tuviste que sorprender mucho de mi propuesta, claro.

—¿Desesperado por qué?

Jean Pierre abrió el frigorífico y sacó otra cerveza para él. Hizo una especie de brindis con la lata de Miguel y mantuvo una sonrisa congelada demasiado tiempo como para no ser la antesala de algo que no tenía gracia.

—¿Tú no has preguntado a ti por qué yo soy aparecido de repente en Ámsterdam? Yo no suelo de hacer locuras así improvisado. —Jean Pierre dio un trago largo a la cerveza y se quedó mirando fijamente al español—. Tú has tenido que pensar seguro algo.

—Para... darle una sorpresa... a... Marion, ¿no, o qué? —Miguel trataba de quitarle trascendencia a la conversación porque no sabía hacia dónde la llevaba Jean Pierre, solo intuía que iba a ser doloroso.

—Pasa algo a Marion —soltó Jean Pierre tras negar con una leve sonrisa—. Desde hace una semana he notado que no está bien ella.

Jean Pierre escudriñó cada variación en la mueca de Miguel como si buscara el más mínimo recoveco para componer una teoría, y el otro no sabía qué hacer para escabullirse de ese escáner, así que, en un alarde de falta de recursos, se limitó a negar la mayor.

—Pues yo no noto que le pase nada. Hay que ir a por hielos —dijo en un intento de desviar la atención del francés, pero Jean Pierre se mantuvo en el mismo sitio, con el mismo tono y con el mismo tema. Miguel se dio cuenta de que le había cogido del codo para evitar que se fuera.

—Creo que tenemos confianza juntos, acabamos de conocer, pero estas cosas pasan, ahora ¿no te pasa a ti? —Jean Pierre hizo una pausa y Miguel se limitó a afirmar tímidamente—. Eres mejor amigo de Marion aquí, por eso me hace sentir que nosotros tenemos la confianza. Por eso te pregunto, ¿Marion te ha contado alguna cosa?

—Bueno, amigos sí somos, pero es que todo todo tampoco me lo cuenta. ¿Qué me tenía que contar?

—Yo no sé. No me ha contado, pero sí ha intentado contarme algo. Yo sé que está pasando mal momento. Marion es conocida en todos nuestros amigos por siempre ser alegre y optimista y ahora es la vez primera que no la veo así. Y me gustaría saber qué pasa a ella, yo entendería, no soy tonto.

—¿Entenderías el qué?

—Que haya podido ¿cómo se dice? Pasar... algo con alguien —soltó Jean Pierre desde una tranquilidad que Miguel envidió inmediatamente—. Entonces, ¿tú sabes si Marion ha estado con alguien? A ti te habría dicho. No es tanta importante, todos se conocen los típicos romances de Erasmus.

—Pues fíjate que yo creo que de erasmus también pasan cosas de verdad —contestó Miguel—. No es que lo sepa, pero pasar sí que pasan, lo he visto. Y si tanto te importa Marion, me sorprende que te importe tan poco que esté teniendo algún rollo.

—¿Qué hacer tú en mi lugar? —preguntó Jean Pierre justo antes de cruzarse de brazos y concentrar toda su atención en la respuesta de Miguel.

—¿Yo? Yo no lo entendería porque si ha pasado algo, que no lo creo y en todo caso será cosa de ella, es porque le apetece un cambio de aires. ¿A ti también te ha pasado algo?

—¿En París, dices, de amor?

—Hay confianza, no se lo voy a contar a Marion —dijo Miguel. Y luego pensó que al menos no en ese preciso instante, tal vez sí en un cuarto de hora, lo que tardara en llegar a su casa esprintando sin coger aire.

—No he hecho nada. Y estoy seguro Marion tampoco, mas estos días he notado que tenía algo que decirme, créeme, la conozco, algo que no era bueno.

—Estaba entregando los últimos trabajos —disparó Miguel improvisadamente—. Ella quería entregarlos antes que nadie, y creo que ya ha hecho todas las entregas. Es normal que esté así.

—*D'accord,* eso pensaba, entonces tú también habías notado rara a ella, ¿no?

Miguel dio un trago largo. Un trago que estiró más allá de lo razonable. No tenía tanta sed, de hecho, ni le quedaba cerveza en la lata. Era, simplemente, que estaba tomando una de las decisiones más complicadas de su vida.

—¿Yo? No.

No quería dejar vendida a Marion. Y menos cuando acababa de descubrir que era verdad que estaba intentando contarle todo a Jean Pierre.

25

Quince minutos de retraso y Marion sin llegar, pensó Miguel. Lo pensó Jean Pierre también, y Jesús Miguel un poco menos. En el salón estaban reunidos los mismos invitados que ya estuvieron en la otra «Spanish Fiestuki», sin terminar de entender por qué se celebraba otra igual tan poco tiempo después, pero no le daban mucha importancia. Desde luego, no le daban la importancia suficiente. El mismo queso sin etiqueta, el mismo embutido rumano y algunas guirnaldas recicladas de la fiesta anterior. A Miguel le costaba darse cuenta de que no estaba en la misma fiesta de una semana antes. El matiz diferenciador era solamente que en esta ocasión su vida se estaba yendo al carajo. O no...

Más de media hora de retraso y Marion seguía sin llegar. Los invitados ya se habían ventilado la mitad de la bebida y habían reaccionado todos de idéntico modo a la presencia de Jean Pierre: uno por uno iban echando una mirada fugaz a Miguel, un breve intercambio facial en el cual se podía leer una expresión entre la lástima y la compasión. Miguel era consciente, sabía que montar aquella fiesta escapaba a cualquier razonamiento cabal, pero quería pensar que él tenía más datos que los demás. Solo él sabía que aquello era una trampa perfecta. Otra cosa es cómo fuera a acabar realmente, pero el intento estaba ahí. Por primera vez, Miguel echó de menos todas esas casas de apuestas que inundaban de anuncios internet, una que dijera cuánto daban por él y cuánto por Jean Pierre, para hacerse una idea de cómo estaba la terna y, por qué no, para aprovechar y meter cincuenta eurazos a su favor. O para saber si iba a llegar Marion en algún momento, porque con una hora ya de retraso, Jean Pierre estaba cada vez más inquieto.

—¿Ella ha mandado algún mensaje? —preguntó Jean Pierre—. Quizás yo debería escribirle ella, como si estoy en París, por ver qué ella dice.

—No, no lo hagas, seguro que va a venir. —Miguel intentó mostrarse convincente, aunque en sus entrañas podía oír a un niño de siete años llorando de desesperación.

Jean Pierre se había puesto sus mejores galas. Y como francés poco dotado para la contención estética, eso significaba que parecía que iba a presentar el festival de la OTI de 1975. Llevaba unos tirantes enganchados a un pantalón pitillo verde a juego con una estrecha corbata, también verde, que Miguel no sabía si le daba un aire de moderno de Gijón o de vendedor de Leroy Merlin. Además se había echado tal cantidad de colonia que podría haber perfumado con su presencia una planta entera del centro Georges Pompidou, siempre que nadie encendiera un mechero a menos de doce metros de distancia, por peligro de combustión.

—Pero ¿tú has hablar ya con ella? —preguntaba Jean Pierre, ansioso por primera vez desde que había llegado a Holanda.

—Está al caer, no van a pasar ni cinco minutos, ya verás.

Treinta minutos después Marion llevaba una hora y media de retraso. Miguel volvió a mirar el reloj del móvil, que acababa de mirar seis segundos antes. La fiesta discurría con frecuentes risotadas para el resto del personal, que disfrutaba de los chascarrillos de un Jean Pierre que se había ganado a los asistentes enseñando fotos de su móvil. Incluso las chicas destacaron su estilazo a la hora de vestir, señalando específicamente una foto donde aparecía con los zuecos almíbar y el pantalón pirata blanco con los que se había bajado del tren esa mañana. Miguel lo tenía claro: o llegaba Marion, o Jean Pierre se montaba una orgía y acababa follando más que él en todo el Erasmus. Solo Danielle pudo sacarle de su ensimismamiento cuando le agarró del brazo y se lo llevó a una esquina.

—¿Se puede saber de qué va esto? —Danielle nunca había sido muy simpática con Miguel, pero ahora le faltaba muy poco para agredirle físicamente—. Esto es una locura.

—No ha sido idea mía, ha sido idea suya, díselo a él, que tanta gracia os hace —dijo Jesús señalando con la mirada a Jean Pierre.

—Sabes que no va a venir, ¿no?

—¿Cómo que no va a venir? Claro que va a venir.

—Cuando he salido de casa se estaba metiendo en la cama.

—¿Marion? No, no, no, espera, tiene que venir. Tienes que llamarla y decirle que venga. Si la llamo yo, se va a oler algo.

—No voy a llamarla, no entiendo qué estáis haciendo, Miguel. Si quieres que venga, llámala tú y se lo cuentas todo —sentenció Danielle haciendo ademán de dar la conversación por finiquitada, pero Miguel la agarró del brazo.

—Mira, Danielle, ya sé qué problema tienes conmigo desde que empezó el curso, ¿vale? Los dos lo sabemos. Pero no lo hagas por mí, hazlo por Marion. Su novio está aquí, olvídate de mí y hazlo por tu amiga. Y que sepas que yo no fui el que te puso el apodo de *Groucho*. Yo nunca he dicho absolutamente nada de si tienes o no demasiado bigote, en todo caso fue Fernando.

—¿Quién me llama *Groucho*? —preguntó Danielle sorprendida.

—Nadie. —Miguel no se podía creer la jaula que acababa de abrir sin querer.

—Me depilo el labio cada dos semanas. ¿Quién me llama así?

—Nadie, pero en caso de que alguien te lo llamara, no soy yo y nos tienes que ayudar con esto. No a mí, a tu amiga.

Danielle tensó la mandíbula, resopló por la nariz y luego se retiró a hacer una llamada de la que Miguel no perdió detalle, intentando escudriñar cada mueca de la francesa para sonsacar alguna pista de lo que debía de estar siendo la respuesta de Marion. De pronto, su padre le sorprendió por la espalda.

—¿Cuánto falta para que el mochuelo muerda «el cebo»? —Jesús Miguel se aseguró de señalar bien claro las comillas con los dedos en el aire.

—¿Quién? —Miguel seguía atento a la llamada de Danielle, que ya le parecía que se estaba alargando más de la cuenta.

—El franchute, digo. ¿Viene o no viene la Mariam? Vaya careto se le va a quedar, que se joda. Ahí le vamos a devolver a los europeos todo el timo aquel del «robondeo», ¿eh, sí o no?

Casi dos horas de retraso y Kifimbo se acababa de servir el último culín de ginebra. Al menos Danielle había confirmado que Marion estaba de camino. Había tenido que decirle que alguien había traído una botella del mejor tequila del mundo, un Gran Imperio Reposado, sabiendo que Marion no podría resistirse a un envite etílico de tal calibre. En efecto, Marion salió disparada de su caparazón melancólico y ya estaba en un taxi a punto de llegar.

En ese momento, Miguel fue consciente por primera vez de que estaba a punto de juntar a la chica de sus sueños con su novio de toda la vida. Podía parecer un descalabro y, seguramente lo era, pero ya nadie podría acusarle de inacción con la francesa. Sobre todo, no se lo podría acusar él mismo.

Escuchó un portazo. Era Marion. Su llegada a la casa le pilló en la esquina opuesta del salón, así que solo pudo verla de costado. Estaba preciosa, llevaba un vestido negro con volantes y mangas drapeadas que no le había visto hasta ahora. La casualidad había querido que Marion se vistiera de gala para una noche que no iba a olvidar. Miguel trató de acercarse para saludarla antes que el francés, pero buscaba a Jean Pierre con su mirada y el francés no aparecía por ningún lado. Cuando estaba a punto de atajar esquivando el reposapiés para cruzarse con ella y ser el primero en dar la bienvenida a Marion, unas manos sorprendieron a la francesa por detrás. Era él, que había llegado por la espalda y había tapado los ojos de su novia justo cuando Miguel se colocaba frente a ella.

—¿Qué haces, Miguel? —preguntó Marion tanteando las manos de Jean Pierre.

Miguel estuvo a punto de contestar y aclarar la confusión, pero Jean Pierre le hizo gestos desesperados para abortar sus palabras y alargar así la broma.

—Venga, ya sé que eres tú. Saca el tequila, tenemos que hablar.

Miguel torció el gesto. Sabía que no era el momento, ni el lugar, ni posiblemente la manera, pero sabía que no podía hacer nada para parar el desastre. Marion empezó a toquetear los brazos y a impacientarse.

—¿Y por qué están todos tan callados, Miguel?

—¡Vivan los novios! —soltó Jesús Miguel descorchando una botella de champán que disparó el tapón con el sonido de una barrena perforadora de roca.

Mientras el champán brotaba imparable pringando todo el salón, Jean Pierre despegó suavemente las manos del rostro de Marion. Ella se giró y, envuelta en brazos del francés, esbozó una mueca que Miguel no le había visto todavía pese a tener catalogadas todas sus expresiones. Parecía superada por el momento, y sabía que cualquier reacción meditada que pudiera ensayar implosionaría ante la inabarcable sorpresa. Y esa Marion sobrepasada y primitiva fue la que se lanzó sobre Jean Pierre en un abrazo que hizo girar a ambos. Todos los invitados aplaudían como si se tratara del primer vals de una boda.

Miguel se vio obligado a sumarse a los aplausos para no ser la nota discordante en el jolgorio general. Verse celebrando ese instante le pareció tan patético que hacerlo vestido de *majorette* con bastón y minifalda no le hubiera parecido mucho peor. Mientras aplaudía, eso sí, con un poco menos de ímpetu que los demás, usó el rabillo del ojo para descubrir que Danielle y Sophie vitoreaban el beso con una ilusión que no habían demostrado el día que él hizo lo propio con Marion jugando a la botella. A su padre le descubrió cuchicheando con Fernando.

—Como sigan así, van a acabar a cuatro patas en el suelo como tú y el madurito aquel —le estaba diciendo con un codazo. El andaluz le devolvió una mirada asesina y Jesús pidió disculpas por el desliz.

Marion presentó a Jean Pierre a sus compañeras de piso e hicieron un corrillo para destacar lo bien que vestía el francés. Por el tono de Marion, Miguel supo que estaba emocionada y contentísima por la presencia de Jean Pierre, a quien no soltaba. Fernando acercó un combinado a Miguel. Era el único avituallamiento que le podía ayudar a subir ese repecho.

—Supongo que quieres que te diga que todo esto no ha sido una cagada —preguntó Fernando a su amigo.

—No te he pedido nada.

—Pues mejor porque tampoco puedo decírtelo. ¿Qué tal estás?

—Bueno, lo peor ya ha pasado, ahora solo queda esperar —contestó Miguel. Seguro que en breve Marion cumpliría lo prometido y se sinceraría con Jean Pierre.

—A ver si es verdad, porque el tío ese puede que tenga un gusto de la hostia vistiendo, pero yo creo que tú le das mil vueltas. Por cierto, ¿sabes si le pasa algo a la Groucho conmigo? Me ha tirado media botella de granadina encima y yo diría que ha sido queriendo.

Antes de que pudiera responder, Jesús Miguel se les unió con otro cubalibre para su hijo.

—Toma, Chusmi, te traigo tus vitaminas. ¿Dónde está el tocadiscos?

—No es un tocadiscos —respondió Miguel antes de trincarse la copa de dos tragos.

—Ya me entiendes, la minicadena del pachangueo bueno. Esto todavía se puede remontar, ¿te acuerdas de cuando te llevé a ver el ascenso del Caudal y empezaron perdiendo 1-0?

—Ganaron 2-0.

—Ya, pero empezaron perdiendo, ¿no?

Miguel miró a su padre suplicando algo de sensatez.

—A ver, da igual, hostia, era por poner un ejemplo —insistió su padre—. Quiero decir que esto todavía puede acabar bien. ¿Dónde está el tocadiscos?

—Aquí el único partido lo tiene que jugar ella —dijo Miguel señalando a Marion con su copa vacía.

—Ah, pero ¿hay un partido en serio? Yo lo había dicho en plan metáfora.

—La música se pone donde está Kifimbo —señaló Miguel el ordenador desde el que la gente iba poniendo canciones.

Fernando sacó la consabida bandeja con rodajas del salchichón rumano asegurando que era fuet, pero esta vez las compañeras de Marion lo desdeñaron porque era parecido al de la anterior fiesta. Estaban equivocadas, no era parecido, era el mismo de la anterior fiesta. Jean Pierre sí quiso probarlo y aseguró que le gustaba mucho. Mientras tanto Kifimbo le explicaba el funcionamiento de Spotify a Jesús Miguel y este consiguió poner *La conga de Jalisco,* de Georgie Dann.

—¡Vamos, todos a hacer el tren! —gritó Jesús cogiendo a Danielle por la cintura e indicando a Sophie que le cogiera a él por detrás.

Para sorpresa de Miguel, todos los presentes se unieron al tren danzante cogiéndose por la cintura y dando vueltas al salón. «Esto ya es demasiado», pensó, negándose en redondo a participar en el juego. Pero todos le insistieron efusivamente y al final no le quedó más remedio que unirse a la cola. Sudando y resintiéndose de las lumbares, intentaba seguir el ritmo y sentía una profunda pena de sí mismo mientras veía a Jean Pierre riéndose y besando a Marion. Entonces se dio cuenta de que su padre, que iba agarrado a Danielle, aprovechaba la situación para frotarse bien con ella por detrás.

—¡Papá! ¡Para! —gritó por encima de la música sin dejar de hacer el trenecito. Pero no solo nadie le oía, sino que Danielle se reía mucho y parecía encantada con los frotamientos de Jesús. ¿Cómo era posible? El tren serpenteaba por todo el salón, liderado ahora por Kifimbo, y en uno de los cruces Marion percibió la desesperación en la mirada de Miguel. De golpe a ella se le iluminó la mente y empezó a sospechar algo. Al terminar el baile se le acercó mientras Miguel se servía otro combinado.

—Estás bebiendo mucho, ¿no? —le preguntó.

—Solo es la segunda, ¿te parece mucho? —contestó Miguel con un deje desafiante. A un lado vio a su padre probándose los tirantes de Jean Pierre entre risas de todos.

—¿Puedo preguntarte una cosa? —inquirió Marion. Miguel dio un trago calculado para ahorrarse la respuesta, así que ella continuó sin su permiso—. Has organizado todo esto para que me enfrente a Jean Pierre cara a cara, ¿verdad?

—En absoluto —contestó él convencido de la belleza poética de esta trampa preparada por Jean Pierre contra sí mismo—. Fue él quien me pidió que organizara esta fiesta, yo no he hecho nada más que lo que me pidió.

—Lo digo porque es mucha casualidad —ironizó Marion.

—No tanta, todo esto es porque él te ha notado rara estos días. Por cierto, ¿cómo está ese tema?

—¿De qué? —preguntó ella impaciente—. ¿Quieres que se lo diga aquí?

—No sé, ¿quieres tú?

—Miguel, por favor. Como comprenderás, no puedo hacerlo delante de toda esta gente —dijo Marion señalando con disimulo al grupo de invitados—. Prométeme que no vas a adelantarte y que vas a poner buena cara ante las circunstancias.

—¿Buena cara?

—Que Jean Pierre no note nada raro, te lo suplico.

—¿Durante cuánto tiempo más, si puede saberse?

—No lo hagas más difícil, te lo pido por favor.

De golpe el careto de Jean Pierre se materializó detrás de Marion, cogiéndola por la cintura y besando su cuello. Les preguntó si estaba todo bien.

—Claro que sí —dijo ella, y clavó la mirada en Miguel. Jean Pierre hizo lo propio, esperando que él se uniera al optimismo.

—Todo muy bien —aseguró Miguel después de una breve pausa, un diminuto silencio con el que quiso aportar algo de suspense.

—Pues venid, que ahora viene la sorpresa de verdad —dijo Jean Pierre con una sonrisa entre maliciosa y cómplice.

Se colocó en el centro del salón y pidió silencio. Cuando al final lo consiguió medianamente, se dirigió a todos los presentes para anunciar lo que él mismo llamó *el segundo movimiento de esta sinfonía de las sorpresas.* Entonces se sacó del bolsillo dos cartulinas que parecían entradas de un espectáculo y levantándolas en el aire, anunció:

—¡Pasado mañana Marion y yo nos vamos a Bruselas para ver la gala de Eurovisión en la zona VIP!

La ovación fue instantánea y unánime, incluyendo a Jesús pero con la excepción de Miguel, para el cual la noticia, más que el segundo movimiento de ninguna sinfonía, había sido el directo al mentón después del jab. Marion intentaba mostrarse entusiasmada mientras lanzaba fugaces miradas a Miguel. Jean Pierre explicaba a los asistentes que era una ocasión única porque el representante de Francia en Eurovisión ese año era amigo suyo. Alguien soltó un «Jean Pierre es el puto amo» y Miguel no quiso comprobar quién lo había dicho para no tener que odiarle el resto de su vida.

Al final, lo único bueno de toda la fiesta había sido que la pugna por Marion no apareciese en las casas de apuestas de internet, pensó Miguel, porque así, al menos, se acababa de ahorrar cincuenta euros.

26

Querido Marianin:

Aqui sigo en Asterdan donde como te decia en mi anterior mensaje web todo va a la perfecion y no ay ningun problema de ningun tipo gracias a dios todo bien. De echo acaba de terminar en nuestro piso una fiesta mas de las que abitualmente celebranse aqui en Holanda y estaras pensando que ya le vale a este todo el dia de parranda siendo en todas ellas el rey del cachondeo pues piensa lo que quieras marianin llamame fiestero no me importan las etiquetas ni tampoco que sea la comidilla en todo mieres MIeres. Estas fiestas como ya os conte en alguna ocasion y espero que lo hallas ido diciendo bien son bastante liberales en el buen sentido de la espresion de qe puedes morrear o frotar la cebolleta con una o otra indistintamente pues a todas pareceles bien tanto una como la otra sin mala intencion pero al mismo tiempo eso qe me llevo marianin qe meneos me he pegado hace un rato con una gavacha madre mia no puedo dormir están tods dormidos y yo a ver cuando duermo.

ESTE mensaje es sobre todo para advertirte de que nunca comas las drogas. E pasado ultimamente por el infierno de la droga adicion y es algo que no recomiendo ni a mi peor enemigo. Al principo pasastelo muy bien y es divertido como distracion de otros problemas que puedes tener tanto a nivel de persona como al nivel humano tambien, sin enbargo esta manera de disimular los problemas no es buena porque en realidad estas agrabando la situacion con el consumo de suxtancias alucinógenas que acen daño a tu organismo humano yo digo no a las drogas si a la vida metele un gol al sida. puedes tener bisiones repentinas como la aparicion de trasgus, vaques y otras criatures que de pronto presentanse ante tu vision aunque en realidad no estan ahi. Esto y cosas peores es lo que sucede cuando consumes la droga puesto que tambien llegas a pensar que perdiste el control del pensamiento y ya no eres persona. solo una Persona verdaderamente fuerte de caracter como yo puede salir deste infierno tras una ardua batalla que puede durar dias o incluso horas. Podéstar tranquilos que la reabilitación está completa que no me tiembla la voz cuando digo SÍ, soy Jesusmiguel Roncero ye ganado este pulso que me ha retado la espiral de las drogas. Yo mas qe naide comprendo el infierno por el qe han pasado compiañeros como Maradona, jOSelito o Wysnei hiouston pido perdon si alguna ves les critique en el trasgu su actitud de vividores porqe ahora si les entiendo pero si me preguntas ¿oyesme jesus MIgel no segirÁs enganchado a una drogas? te digo qe me hoiga todo el mundo: estoy enganchado a la viDA VI DA, la droga mas DURA. TE cuento todo esto para que te hagas una idea de lo que es la vida en el estranjero y las cosas estraordinarias que aqui suceden a alguien que viene con ganas de tragarse la vida a bocanadas como se mi caso. Aora desde esta posicion en la que estoy puedo instruiros a bosotros sobre cosas que no sabeis aunque es un sacrificio para mi pero por mis amigos hago esto y más alla todavia si hace falta. creo que estas esperiencias mestan aciendo mejor persona y me gustaria que se las dijeras a tu mujer que como es amiga de rosario a lo mejor se lo cuenta a ella. mandoos a todos un cordial saludo desde aSterdamn. JESUS miguel.

Jesús apretó el botón de «enviar» y luego estuvo un rato haciendo búsquedas de sus temas favoritos en Google, como comprobar definitivamente si era verdad que el Caudal de Mieres no empezó perdiendo aquel partido de ascenso, o apuntar en su cartera el teléfono del Proyecto Hombre con el fin de llamar de vez en cuando para saludar u ofrecerse para dar alguna charla a modo de ponencia. La casa estaba en silencio y los restos de la fiesta a medio recoger. Miguel y Fernando dormían ya, pero Jesús se sentía inquieto y no podía pegar ojo. Tras haber perdido el avión por culpa del Space cake parecía que Chusmi estaba menos agresivo con él. Cuando se había frotado con Danielle en el baile del trenecito durante la fiesta, a Chusmi le había encantado y le había jaleado. En estas y otras cosas andaba pensando cuando un sonido del ordenador le avisó que tenía un mensaje entrante:

> Querido Jesus, aqui Marianin. estas ahi¿¿¿ cuando me pusiste en la primera carta de mail hace unos dias yo estava recogiendo berzas y no te pille y por eso no pude contestarte pero ahora me as pillao justo delante del ordenador de mi sobrino el pèqueño el grande no el pequieño aciendo unas cosas de INTERnet y por eso puedo contestarte PORQUE te fuiste a Holanda sin decirnos naday dejando a deber lo que tenias apuntao en el trasgu? Hay una cosa muy importante que te tengo que decirte que por fin emos cobrado la indernizazion de la enpresa, esto es porque hace no mucho nos subimos el jose y yo al paso elebado de lautopista y pusimos una pintada poniendo Ropsa ladrones hijos de putas pagar ya para que lo bean los coches. bueno a lo mejor no fue por eso así en concreto exactamente sino tambien un poco por una sentencia del Audiencia nacional que salio pero el caso es que somos todos ricos nos han cascao 20 mil EUROS en la caja Rural. no en total sino los 20 por cabeza que son como unos tres millones y algo me ha dicho mi sobrino el pqueño no el grande, con el grande no me hablo que son unos tres y algo de millones antieguas pesetas.
>
> se despidetu amigo MARIANO

27

La barcaza turística con el techo descubierto avanzaba plácidamente por el canal Oudezijds Voorburgwal. Los viajeros sentados en mesitas de seis iban tomando fotos a los distintos puntos de interés según se lo indicaba el audio de sus auriculares. Jean Pierre se relajaba mirando al cielo azul con el brazo por encima del hombro de Marion. Hasta aquí todo normal. Pero Miguel, sentado enfrente, no dejaba de preguntarse por qué había aceptado sumarse a esta excursión y, para colmo, haciendo pareja con su padre. La estampa solo sería más incómoda si su padre hubiera decidido a última hora salir de casa con gorra, cosa que por supuesto había hecho, poniéndose una visera del equipo ciclista CLAS-Cajastur que había metido en la maleta por si un día se iban a coger cangrejos. Pero a Miguel nada le podía parecer tan bochornoso como el plan que le había propuesto su padre justo antes de salir de casa.

—Chusmi, una cosa que he estado yo pensando. —Jesús Miguel le hizo un gesto de que se acercara mucho para hablar en confidencia, aunque estuvieran solos en casa—. Como a mí me gusta decir, ahora tienes «la sartén por el mango». No sé si en Holanda usáis la expresión.

—¿A qué viene esto ahora? —respondió él intentando separarse de su padre.

—A ver, Chusmi... —Jesús Miguel colocó la mano en el hombro de su hijo y empezó a susurrarle en el oído—. Una cosa era cuando la Mariam no quería decirle el asunto a su novio porque estaba en Francia, y otra cosa es ahora que nosotros le tenemos a tiro.

—Marion está esperando para decírselo, ¿qué querías, que se lo dijera delante de todos en la fiesta? Ella quería, pero yo le dije que no era el momento ni el lugar —respondió Miguel alejándose un palmo de su padre y manteniendo un nivel de voz normal—. Además, ¿por qué hablas tan bajo?

—Lo que digo es que si ella no se lo dice, tú puedes hacer que el otro se entere —siguió susurrando Jesús.

—No pienso hacer eso, yo no se lo voy a decir —negó con la cabeza.

—No, no digo que tú se lo digas. Digo que se lo dejes caer sin que se dé cuenta de que se lo estás diciendo. O sea, que sí se dé cuenta de que ha pasado algo entre vosotros, pero sin que la otra espabilada te pueda acusar de que se lo has contado —dijo Jesús rematando el ambiguo plan con una sonrisa que pretendía ser el sello de calidad de la idea.

Miguel se negó y un par de horas más tarde, se veía cumpliendo el papel que le había pedido Marion: el de amigo generoso comportándose de forma «natural» (mentalmente hizo las comillas, claro). También había pensado que sería preferible tener vigilada a Marion antes que quedarse en casa atormentado por lo que podría estar haciendo con su novio. Pero ahora empezaba a arrepentirse de haber ido al dichoso barquito, porque Jean Pierre lo estaba haciendo todo delante de sus narices: cuchicheos al oído, risitas y carantoñas que al principio provocaron una ligera incomodidad en Marion, pero que el francés supo ir venciendo con el paso de las horas. En realidad, Jean Pierre no estaba tan cariñoso, era Miguel quien interpretaba cada gesto como un arrebato amoroso para humillarle.

Al poco de empezar el recorrido por los canales, Marion le preguntó a Miguel si no se le había ocurrido antes llevar a su padre de paseo en uno de esos agradables barcos. Miguel improvisó contestando que sí, pero que no les había dado tiempo a hacer todo. En cuanto a Jesús, parecía que la noticia de haber recibido 21.188,56 euros de su indemnización por despido no le interesaba tanto como el hecho de estar pasando un día más en Ámsterdam con su hijo y sus amigos, así que dedicó un rato a contarles cómo había entrado en contacto con Antonio, el del bar Don Quijote, así como el proyecto que le había sugerido de transformar su local en una sidrería.

—Ese proyecto es inviable porque la hostelería ahora mismo es un sector en crisis —indicó Miguel llevando la contraria a su padre por inercia—. Por no hablar de lo difícil que sería venderle a nadie el concepto de una sidrería en el centro de Ámsterdam.

—Pues mí no estoy en acuerdo contigo —dijo Jean Pierre—. Los datos de hostelería son más dinámicos de zona euro. Y la especialización en el núcleo turístico es una moda que sube.

—Justamente lo que yo te decía —contestó Jesús a su hijo. Por supuesto que no le había dicho tal cosa, pero daba igual porque la información de Jean Pierre había dejado a Miguel por los suelos. Era lo que le faltaba, que el franchute estuviera más al día que él en cuestiones de economía a pesar de estudiar Derecho.

Pasaron por un canal donde había varias viviendas flotantes, en concreto por el lugar donde Miguel había fantaseado con establecer su negocio del Bed and Breakfast con Marion. La buscó con la mirada, pero ella, o bien no se acordaba, o bien estaba tratando de evitarle sutilmente.

La barcaza enfiló por el canal de Amstel y Jean Pierre le pidió a Miguel que les hiciera una foto con el móvil a él y a Marion. Miguel accedió y los enfocó con la cámara mientras ellos posaban juntando las mejillas.

—Cuidado, que estás dejando fuera a Jean Pierre —advirtió Jesús. Miguel corrigió el encuadre apretando los dientes y disparó la foto.

Más adelante Jesús se fijó en que casi todos los edificios antiguos de Ámsterdam tenían una polea en lo alto de la fachada, y dijo a modo de guasa que a lo mejor era para que subieran los muebles por fuera al hacer mudanzas. Lo que Marion no entendía, se lo iba traduciendo Jean Pierre.

—Deja de decir tonterías, por favor —recriminó Miguel a su padre.

—Jesús tiene mucha la razón, es justo para esa cosa —apuntó Jean Pierre—. Además, las fachadas son levemente inclinadas por la arriba para facilitar el trabajo.

—¿Lo ves? —dijo Jesús. Jean Pierre le caía cada vez mejor.

Ahora el francés le pidió a Miguel que le hiciera una foto con su padre, y ambos posaron haciendo el gesto de la victoria.

—Ha quedado genial —dijo Miguel con un tono sarcástico que nadie percibió.

—Venga, ahora poneos los tres juntos, que os hago yo una foto —propuso Jesús muy ilusionado. Cogió el móvil de Jean Pierre y se puso de pie para encuadrarlos.

Mientras posaba entre Jean Pierre y Marion, Miguel observó que la barcaza estaba a punto de pasar por debajo de un puente mientras su padre preparaba la foto de espaldas al peligro inminente. A ver, no es que deseara que Jesús se hiciera daño. O no mucho, en cualquier caso. Miguel se limitó a desviar un poco la mirada pensando que, si ahora su padre era tan amiguito de Jean Pierre, ya se encargaría este de avisarle. En efecto, al darse cuenta el francés gritó «¡cuidado!» y Jesús se agachó rápidamente, evitando el impacto por los pelos. Cuando volvió a incorporarse, se giró para ver el puente que había dejado atrás y, en un ataque de risa fruto del alivio, chocó sus cinco con la mano de Jean Pierre. Por la megafonía del barco repitieron que quien se pusiera de pie podría ser expulsado de inmediato del trayecto. En ese momento, a Miguel no le pareció mala idea ponerse de pie a modo de eutanasia activa.

Al terminar el recorrido por los canales, los cuatro se bajaron del barco y Miguel sugirió ir a comer un trozo de pizza en un restaurante cercano que conocía. Jean Pierre dijo que le parecía buena idea, pero no le costó mucho convencerlos de otra mejor: ir a un quiosco de arenques para degustar esta delicia típica de Holanda, que se servía en una bandejita con cebolla picada y pepinillo.

—Me cagon ros, esto está cojonudo, es como las anchoas de Santoña, solo que más dulce —dijo Jesús masticando con la boca abierta mientras se metía los trozos de arenque a puñados. Su voracidad y sus malos modales irritaban profundamente a Miguel, pero a la vez parecían resultar muy divertidos para Marion y Jean Pierre.

—Qué cojones tendrán que ver los arenques con las anchoas de Santoña, ¿eh? —dijo Miguel entre risas que nadie secundó.

—Los dos son pescado azul —explicó entonces Jean Pierre tranquilamente—. La diferencia única ser que estos arenques son de las aguas más frías del norte y se marinar con el pepinillo y la manzana, no como la anchoa, que se marinar solo con limón y el ajo.

—Y aceite también —apuntó Miguel para no quedarse fuera de juego.

—Pero aceite se pone después —corrigió Jean Pierre.

—Eso depende —añadió Miguel por decir algo.

—Pues no habré pescado yo anchoas en mis buenos tiempos —dijo Jesús—. En el Cantábrico metes la mano y las sacas a puñaos, ¿verdad, Chusmi?

—Yo no te he visto pescar anchoas en la vida, pero si tú lo dices...

—¿No te he contado yo nunca cuando salíamos a pescar en Gijón? —preguntó su padre.

—Pero ¿qué dices? Si acabas de bajarte del barco turístico dando tumbos, qué vas a montarte tú en un barco de pesca —respondió su hijo con una sonrisa, intentando en vano convencer a Marion y Jean Pierre de que lo planteado por su padre era ridículo.

—Yo no he salido dando tumbos —se defendió Jesús.

—Venga, no empecéis como siempre —dijo Marion con una sonrisa.

—No empezamos, no, ¿como siempre de qué? —contestó Miguel pasándose al inglés—. Es que no sé si te has dado cuenta, pero mi padre tiene una leve tendencia a exagerar un poco sus batallitas.

—Bueno, tú también haces eso algunas veces —dijo ella, pero no para pincharle, sino como siempre de buen humor—. Me hace mucha gracia lo que os parecéis en eso.

—¿De qué habla esta? —quiso saber Jesús.

Jean Pierre resumió en español de forma distendida lo que habían hablado Miguel y Marion.

—Esa cosa es normal —concluyó el francés—. Son la personalidad que hijos heredamos de los padres nuestros sin darnos cuenta. Yo por ejemplo muchas veces me dicen de ser muy cuidadoso con los dineros, como lo es mi padre. Pero nunca molestarme a mí, es porque mi familia ser muy humilde y siempre poco del dinero.

—Pero estudias en la Sorbona —dijo Miguel tratando de pillarle por algún lado—. No sé a vosotros, pero a mí algo no me encaja.

—Sí, pero beca de la propia universidad y yo trabajo todas tardes en tienda de mascotas —contestó Jean Pierre.

Después del interludio se dirigieron a visitar la casa museo de Ana Frank, cuya historia relató Jean Pierre salpicándola con todo tipo de detalles interesantes sobre la ocupación nazi de Holanda, la Segunda Guerra Mundial, el siglo XX en general y las teorías de Stephen Hawking en concreto. Jesús estaba sorprendido por todo lo que sabía Jean

Pierre, y este explicó que, aparte de estudiar Derecho, se interesaba también por la historia, la ciencia y otras disciplinas. Miguel quería que el novio de Marion le cayera mal, pero por mucho que lo intentaba no lo conseguía, puesto que, sorprendentemente, el francés no cruzaba nunca la línea del alarde o la pedantería.

—Como no te pongas las pilas, el franchute se te lleva a la chavala y te quedas con un palmo de narices —le disparó Jesús a Miguel en un aparte, mientras Jean Pierre y Marion se hacían un *selfie* junto a las grandes letras del logo de *I Amsterdam.*

—Y eso lo dices para animarme porque estás de mi lado, claro —dijo Miguel con sarcasmo que, esta vez, su padre sí captó.

Jesús se disculpó una vez más por su falta de diplomacia y le aseguró a su hijo que claro que seguiría estando a su lado hasta que se quedara con la chavala, pero le recordó que el tiempo se les agotaba porque al día siguiente se iban para Eurovisión.

—O hacemos algo hoy, o este le cuenta lo del apartamento que ha visto en París y adiós muy buenas —advirtió Jesús esperando una respuesta decidida de su hijo. Quería verle dar un puñetazo en la mesa, una señal de que ahí estaban sus cojones toreros—. ¿Has pensado lo que te he dicho esta mañana? Porque no te he visto lanzar ni una indirecta y ya se te está haciendo tarde.

Pero Miguel no estaba dispuesto a dejarle caer nada a Jean Pierre, primero porque la estrategia de su padre venía de alguien que nunca había conseguido recuperar a la mujer de su vida, y segundo porque no se trataba de acabar con Marion, sino de que ella eligiera acabar con su novio. Después los cuatro alquilaron una bicicleta para regresar pedaleando a casa de la chica, donde ella les preparó una cena sencilla a base de pasta y ensalada. Jean Pierre ya había pasado allí la noche anterior con Marion y por supuesto pasaría esa también. Cuando estaban acabando de cenar y no quedaban muchos motivos para alargar la jornada, Jesús Miguel empezó a impacientarse y a lanzar miradas a Miguel, miradas que intentaban activar algo dentro de su hijo, algo que no sabía muy bien qué era, pero que no iba a hacer por sí solo. Por eso decidió tomar la iniciativa.

—¿No está rara Marion? ¿Le pasa algo? —preguntó Jesús a Jean Pierre observando de reojo a Miguel en todo momento.

Jean Pierre se encogió de hombros, sin entender lo que Jesús decía. Marion no comprendía lo que estaba pasando, pero puso cara de querer saberlo.

—¿Tú no la ves rara? —preguntó Jesús esta vez a su hijo, haciendo ligeros gestos con el cuello para que le secundara.

—Yo no —respondió Miguel para chasco de su padre.

—¿Tú qué querer decir con eso, Jesús? —preguntó Jean Pierre con su imperturbable sonrisa.

—Sí tienes que notarlo, piénsalo bien, ¿seguro que no lo notas? A esta chica le pasa algo y no lo está contando. —Jesús Miguel seguía empeñado en que su hijo cayera con las botas puestas, a la desesperada—. Como incómoda, algo tiene dentro, no sé, pero vamos, que si decís que no, yo me callo y listo.

—¿De qué estáis hablando? —preguntó Marion con impaciencia, ahora ya consciente de que se referían a ella.

Ante el silencio posterior, Jesús Miguel aceptó por el momento la derrota y envainó con la conciencia tranquila de haber intentado algo. Algo torpe y cochambroso, eso sí, pero que al menos le hacía sentir un buen padre. Cuando Miguel vio a Jean Pierre bostezar después de la breve sobremesa, se levantó y le dijo a su padre que era hora de irse. Este quería quedarse un rato más y propuso jugar a la botella, pero fue rápidamente disuadido por su hijo y al final los cuatro se despidieron. Marion los acompañó hasta la puerta. Allí le dio dos besos a Miguel en las mejillas y rozándole la mano le dijo:

—Gracias.

Miguel se quedó clavado en la puerta. Su padre se dio cuenta de la situación y optó por bajar al portal para dejar espacio a su hijo con la francesa.

—Para mí tampoco está siendo nada fácil —susurró Marion echando una mirada de precaución al interior de la casa.

Miguel tiró de dignidad y se puso a hablar en voz alta, con la clara intención de molestar a Marion.

—¿Nada fácil? Pues a mí me parece que justamente estás haciendo lo más cómodo.

—Baja la voz, por favor.

Miguel deseó poder hablar en un idioma que Jean Pierre no comprendiera, pero recordó que el novio de Marion, hablaba francés, inglés, español, alemán y tenía nociones de italiano y chino. Seguro que hasta se defendía en bable mejor que él.

—¿Qué vas a hacer, te vas a ir con él a Eurovisión? —preguntó Miguel, pero antes de dejar hueco para una respuesta, ya estaba girándose para marcharse—. Da igual, no digas nada.

—No lo sé —concluyó Marion.

Miguel se giró y se acercó hasta ella sin saber muy bien por qué, seguramente porque no había ninguna explicación coherente para lo que estaba a punto de hacer, pero ya se había dado la vuelta y había dado los dos pasos que le plantaban a un palmo de los labios de Marion. Podría haber pasado cualquier cosa, pero no, pasó la única que podía pasar: que ella esquivó el beso. Sin embargo, tras un breve instante en el que ambos comprendieron que tal vez no iban a volver a estar tan cerca nunca más, Marion le plantó un beso a Miguel por sorpresa y después cerró la puerta.

En el tranvía de vuelta a casa, Miguel y Jesús no cruzaron ni una palabra.

28

Aquella noche Miguel fue incapaz de pegar ojo. La ansiedad le hacía dar vueltas en la cama como si quisiera meterse dentro del colchón para desaparecer. En el transcurso de la madrugada, y después de haber rastreado cada palmo de su habitación con el móvil en la mano como un zahorí buscando agua, había descubierto un recoveco entre la ventana y un perchero de pared donde llegaba una rayita más de cobertura. Una rayita podría parecer poco, pero si se trataba de facilitar la llegada de algún mensaje de Marion, en la cabeza de Miguel una rayita era tan larga como el trasvase Tajo-Segura. Un mensaje de Marion pidiendo que fuera a buscarle, diciendo simplemente que le quería mucho, o que le quería más que a Jean Pierre, eso era suficiente, incluso aunque fuera por poco e hiciera falta resolver el desempate con foto *finish* emocional. Miguel solo pedía un desenlace. Pero el único mensaje que recibió decía «Te echa de menos» y era del *Apalabrados.*

Ya casi era de día y quería que su padre, que estaba durmiendo en el salón, entrara en su cuarto para hablar con él y compartir la angustia de no saber nada de Marion. Pero no estaba dispuesto a salir para pedírselo, solo lo aceptaría si era su padre quien venía a pedirle hablar. Jesús mientras tanto roncaba a pierna suelta en el sofá del salón.

¿Qué tenía el francés que no tuviera él? De acuerdo, hablaba varios idiomas, sabía de todo y poseía una gran inteligencia emocional. Había contraatacado por el flanco que Miguel menos podía haber previsto: con unas entradas para Eurovisión, sin duda lo que más podía entusiasmar a Marion, mientras que él durante su «relación» lo máximo que le había regalado era una pulsera de tela de un puesto de *hippies* y una e-tarjeta de Jib Jab en la que había incrustado sus caras sobre dos elfos bailando. Se lo merecía. Se merecía haber perdido a Marion, que en cualquier momento partiría para Bruselas, una ciudad tan lejana como cualquier otra cuando se trata de no volver a ver a alguien nunca jamás. ¿Y su padre qué hacía? Seguía durmiendo. ¿No se daba cuenta de que estaba sufriendo lo indecible en su habitación? Pero él siempre a lo suyo, claro, que ahora era roncar como un cerdo en el salón. «Que le den», pensó. No le necesitaba para nada, era lo bastante maduro como para atravesar la situación sin ayuda de nadie. De repente, emitió desde la cama un gemido innecesariamente alto. Pensó que tal vez con eso su padre se daría por aludido y vendría a preguntar qué le pasaba. Pero nada, el muy zoquete seguía dormido como un tronco.

Miguel tampoco podía borrar de su cabeza un detalle, una pequeña grieta en una noche plagada de derrotas por la cual se podría colar un hilillo de victoria. Al irse de casa de Marion, poco antes de besarle, ella le había rozado la mano y le había dicho «gracias». ¿Qué había querido decir? ¿«Gracias» por ser tan estúpido y obediente que mi novio ni se ha dado cuenta de lo nuestro? O ¿«gracias» por apoyarme en este momento tan difícil, cuando estoy a punto de contárselo todo a Jean Pierre para a continuación volver corriendo a tus brazos?

Estaba casi convencido de que era la primera opción, pero después de varios días encajando reveses en la misma mandíbula, le apetecía jugar un minuto a creerse la segunda opción, simplemente para experimentar qué se sentía ganando, por concederse ese capricho. Cerrar los ojos y fabular con esa posibilidad según la cual Marion se había mostrado distante porque padecía un terrible conflicto interior. Pobre. Quería abrazarla y besarla y beber sus lágrimas cuando se reencontraran a la vuelta de Eurovisión. Para seguir besándola y abrazándola, todo cada vez más fuerte, sobre todo el tema de los besos. Este último tramo de su batiburrillo mental le provocó una leve efervescencia entre las piernas que anunciaba una erección. La verdad es que podía aprovechar la paz reinante en el piso para darse un pequeño homenaje.

Estaba empezando a tocarse, ya había tirado de disco duro mental para concentrarse en los pechos de Marion, que había memorizado con calidad fotográfica tras la primera fiesta. Ya los estaba haciendo ligeramente más grandes, un poco más redondos, cuando su padre abrió la puerta de golpe mostrándose tal como había venido al mundo.

—¡Nooo! —gritó Miguel.

—Perdona, es que tengo que coger unos calzoncillos limpios, los otros ya están que da pena verlos —dijo su padre tapándose el regazo con una mano y señalando su maleta con la otra. Sin esperar respuesta se agachó para coger la prenda que necesitaba mientras Miguel se giraba en la cama para darle la espalda.

Su padre le preguntó cómo estaba y Miguel contestó que bien, pero que si no le importaba, prefería estar a solas.

—Quiero que sepas que, si necesitas hablar, aquí me tienes —dijo Jesús incorporándose con sus partes ya bien cubiertas.

Antes Miguel había deseado que su padre viniera a decirle justo estas palabras, pero ahora le provocaban desazón e incluso un poco de rechazo, así que se mantuvo de espaldas a él.

—Te digo que estoy bien, cierra la puerta al salir, por favor —dijo fingiendo torpemente un bostezo para convencer a su padre de que le dejara solo.

—¿Sabes algo nuevo de la Mariam? —preguntó Jesús desde el quicio de la puerta.

—¿Todavía no te has enterado de que se llama Marion? —respondió Jesús cortante.

—Vamos, que no te ha dicho ni pío.

—No lo sé porque ni he mirado el móvil, lo tengo apagado para que no ande dando la chapa toda la noche con mensajitos.

Jesús se quedó unos segundos callado y Miguel ya no estaba seguro de si su padre seguía ahí o se había ido. Cuando se giró para comprobar qué narices estaba haciendo, le vio apoyado en el marco de la puerta, negando con la cabeza. Cuando sus miradas se cruzaron, Jesús chasqueó la lengua y se acercó a la cama de su hijo.

—Pero ¿no ves que hoy se va con el gabacho? —se quejaba mientras buscaba un hueco en el pie de la cama para sentarse. Miguel acercó las piernas al borde para que las nalgas de su padre no encontraran espacio.

—Pues que haga lo que quiera, como que no tengo otras cosas en las que pensar. Sal y cierra la puerta, anda.

—Tú no quieres que se vaya, Chusmi, y yo no voy a dejar que se vaya —dijo Jesús antes de girarse y buscar algo en el escritorio. Removía libros y repasaba la habitación.

—¿Qué buscas?

—Si tú no vas a hacer nada para que no se largue, déjame a mí el ordenador. —Justo en ese instante dio con él sobre la mesita de noche.

—No se te ocurra mandarle un mail ni nada parecido —dijo Miguel intentando evitar que se lo llevase. Pero el forcejeo fue ridículo. Jesús se puso el portátil bajo el brazo y enfiló hacia el salón.

—Tengo que buscar una cosa —informó al tiempo que se giraba para cerrar la puerta.

—No, si ya me imagino el qué —dijo Miguel desafiante.

—¿El qué?

—Es igual, cierra la puerta.

Jesús cerró la puerta con suavidad. Miguel ya no iba a ser capaz de retomar lo que estaba haciendo, así que decidió ducharse para ir al campus y ver si eso aumentaba las posibilidades de encontrarse con Marion como por sorpresa antes de que se fuera.

Pero la sorpresa se la llevó Miguel por donde menos lo esperaba. Fernando le recibió en la facultad con una expectación desbordada, como si estuviera viendo llegar en bici a un familiar lejano que daba por muerto. Le preguntó si había mirado el móvil y Miguel, pensando que tal vez se refería a que tenía alguna llamada de Marion, lo sacó inmediatamente para descubrir que lo que tenía eran seis llamadas perdidas de Fernando. Había estado intentando localizarle y Miguel no se había dado cuenta porque iba pedaleando. Cuando el andaluz le dijo que tenía algo importante que contarle de Marion, todo el cansancio acumulado por tantas horas de desvelo se esfumó y su adrenalina reactivó hasta el nervio menos usado de su cuerpo. Fernando le contó que había pasado por delante de casa de la francesa una hora antes y la había visto salir acompañada de Jean Pierre con un par de maletas que dejaron dentro de un coche que parecía de alquiler. Según Fernando, Marion se había quedado blanca al verle y le hizo un gesto para que se acercara. Aprovechando que Jean Pierre esperaba dentro del coche, Marion le pidió a Fernando que le acompañara un momento al piso. Allí le dio algo para Miguel.

En ese momento, Fernando mostró un fajo de hojas que hicieron añicos las expectativas de Miguel, añicos que, si los juntara uno por uno y los pegara con pegamento, solo formarían una gran decepción.

—Solo son mis apuntes de Macroeconomía, ya ni me acordaba de que me los había pedido —dijo Miguel mientras hojeaba el supuesto tesoro con cierto desprecio.

Fernando tragó saliva y, sin saber muy bien cómo pedírselo, le sugirió con varias indirectas que mirara dentro de ellos.

—No te habría llamado seis veces por unos apuntes, Chusmi —dijo Fernando señalando el taco.

Miguel miró de nuevo el fajo de folios y esta vez empezó a rebuscar nervioso entre los papeles. Como no encontraba nada, su compañero de piso le quitó los apuntes y se puso a buscar lo que quería enseñarle.

—Lo siento, no tenía que haber curioseado esto, pero es que antes de dármelos, cogió una hoja, escribió algo a toda prisa y no me he podido aguantar. —Fernando encontró exactamente la página en la que había algo inesperado.

—¿Me acabas de llamar Chusmi tú también? —preguntó Miguel con efecto retardado.

Sin contestarle, Fernando sacó de los apuntes el papel que buscaba y se lo dio a Miguel. Era una pequeña nota escrita sobre el reverso de una lección sobre John Maynard Keynes. En ella, Marion había garabateado un escueto párrafo donde reconocía que se había sentido bloqueada con la llegada de Jean Pierre y que estaba cometiendo el mayor error de su vida al irse a Eurovisión, pero que al mismo tiempo no encontraba el modo de hacer las cosas de otra manera. Le pedía disculpas y un último favor, que no pensase que se iba a Bruselas habiendo elegido a Jean Pierre por encima de él, sino que más bien se iba por no haber sabido cómo elegir. Su relación (ella no puso comillas) no había fallado, era ella quien lo estaba haciendo mal, pero no encontraba el valor para hacerlo bien con Jean Pierre. La carta se cerraba con un beso que no llegó a la cabeza de Miguel, pues su cerebro se había quedado anquilosado un par de frases antes, en la declaración de que se iba por no haber podido elegir.

A los pocos minutos, habían cambiado el campus por un pub en el que se dedicaron a beber cervezas sentados junto a la barra. Se les había unido Kifimbo y el ambiente se había enrarecido porque Miguel no terminaba de asumir como una buena noticia el soplo de esperanza que supuestamente era la carta. Él lo único que quería era un desenlace cósmico y definitivo para poder dejar de tomar decisiones equivocadas, y esa nota se parecía mucho más a un doloroso «continuará» en función de lo que él decidiera, seguramente también de forma equivocada.

—Yo creo que debes ir a Bruselas y darle una sorpresa —dijo Kifimbo.

—Es lo que hizo Jean Pierre viniendo aquí, y le rompió todos los esquemas a la chavala. Todavía estás a tiempo, Bruselas no está tan lejos —secundó Fernando al keniata.

Ambos trataban de convencer a Miguel, que no dejaba de mirar su Heineken como si las burbujas fueran a revelarle algo así como el comodín del público.

—Necesito que esto se acabe de una vez —sentenció, y en esta ocasión sonó más de verdad que nunca.

—Si eso es lo que quieres, tranquilo, que ya lo tienes. El final es este, tomándote unas cervezas conmigo y con Kifimbo, este final no te lo quita nadie. Todos estos meses pueden acabar aquí y ahora, o pueden acabar por todo lo grande, en Eurovisión. —Fernando terminó su discurso con la convicción de que acababa de activar algo dentro de Miguel.

—No sigas por ahí, anda —dijo él.

Pero lo que necesitaba era precisamente que su compañero siguiera por ahí, que le convenciera del todo, dejarse engatusar en algo tan descabellado como lo que estaban proponiendo y que, en el fondo, él ya había pensado antes. Solo se estaba resistiendo para recargar la batería de su dignidad, que llevaba unos días fulminada.

—Todos habríamos hecho lo mismo si fuéramos Marion y aparece nuestra pareja con entradas para Eurovisión —razonó Kifimbo.

—Y todos nos quedaríamos contigo si tú apareces por

sorpresa en Bruselas —sumó Fernando—. Bueno, no nosotros, sino ella, entiéndeme el paralelismo.

—Da igual, tampoco tengo manera de ir —dijo Miguel antes de dar el último trago a su tercio de Heineken, como si ese sorbo agotara también el coleteo final de su «relación».

Los tres se quedaron un rato en silencio, mirando a sus respectivas cervezas. De pronto, cuando menos sentido tenía, Kifimbo se empezó a reír. Primero fueron un par de carcajadas que captaron la curiosidad de Miguel y Fernando, pero luego fue un ataque de risa que descolocó definitivamente a sus amigos. El keniata tomó algo de aire para disculparse y pedir a Fernando que animara a Miguel contándole la anécdota de esa mujer de cuarenta y tantos años que había aparecido por la facultad buscándole a gritos y aporreando puertas. A Kifimbo le volvió a dar el ataque de risa solo de enunciar la anécdota.

—¿A qué viene sacar eso ahora? —preguntó Fernando un poco molesto.

—¿De qué habláis? —dijo Miguel, que no sabía nada del tema.

—Tenías que haberlo visto —dijo Kifimbo riéndose y sin darse cuenta de que estaba entrando en aguas peligrosas—. Una mujer tremenda, parecía cortadora de troncos o algo así, pegando berridos por toda la facultad, que a ver dónde estaba Fernando, y no paró hasta que el profesor ese vuestro que vino a alguna fiesta se la llevó al despacho a empujones.

—¿Matthijs? —quiso saber Miguel. Kifimbo asintió—. Pero ¿quién era ella?

—No tiene importancia, tú lo que tienes que hacer es centrarte en encontrar la manera de ir a Bruselas —insistió Fernando.

—Este mes, con mi padre por aquí, voy fatal de pasta, ¿de dónde la saco?

Tras un silencio incómodo, Fernando y Kifimbo intercambiaron una mirada extraña que Miguel no supo interpretar si era un pacto cómplice de que no le iban a prestar nada o un alivio común porque en el fondo pensaban que en Bruselas iba a hacer el ridículo y se lo habían dicho solo para quedar bien. Ahora fue el andaluz quien quiso cambiar de tercio pidiendo la cuenta.

Miguel pasó el resto de la tarde tirado en la cama releyendo una y otra vez la nota de Marion. Por un lado, le sorprendía que no se lo hubiera dicho directamente a él a través del móvil, pero, por otro, valoraba más que saliera de su puño y letra. Tal vez, seguramente, no quiso arriesgarse a que Jean Pierre descubriera algún mensaje comprometido en su teléfono. Daba igual, porque si finalmente decidía lanzarse hacia Eurovisión, necesitaba resolver demasiadas necesidades: lo primero, dinero para el viaje, después más dinero para mandar a su padre a España, y por último, pero no menos importante, que Marion quisiera volver con él. Cualquiera de estas cosas por separado era difícil, las tres a la vez era como resolver un cubo de Rubik con guantes de boxeo a oscuras.

Intentó llamar a Víctor por Skype para pedirle dinero otra vez. No iba a ser un plato de gusto, pero estaba dispuesto a pasar el trago. Sin embargo, Víctor no aparecía como disponible. En cuanto a su padre, sabía que estaba absolutamente arruinado, y por cierto, ¿dónde diablos se había metido esta vez? Al cabo de un rato Miguel se había resignado ante su propia impotencia para resolver nada cuando llegó Fernando, que parecía un tanto inquieto.

—¿Te pasa algo? —preguntó Miguel.

—No, nada, ¿por? —contestó Fernando. Le temblaban un poco los labios y le empezaban a caer gotas de sudor por la frente.

—No sabrás dónde está mi padre, ¿verdad?

—¿No ha vuelto? —Fernando no podía ocultar su nerviosismo.

—¿De dónde? —añadió Miguel.

—No lo sé.

—¿Tú sabes dónde está?

—Yo no, ¿él no te ha llamado aún?

—¿Por qué me tendría que llamar?

Sonó el timbre de la puerta. Miguel se giró sorprendido y devolvió la mirada de extrañeza a Fernando.

—No, no es él, es más, abre y di que no estoy —suplicó Fernando más nervioso que nunca. Ahora, eran unos nudillos los que aporreaban la puerta desde el otro lado.

—Pero ¿quién es?

—Quien sea, da igual. Que a lo mejor no pasa nada, solo lo digo por si acaso preguntan por mí.

—Oye, espera, si te has metido en alguna movida, me lo tienes que decir —advirtió Miguel.

—Que no, de verdad —aseguró Fernando yéndose a su cuarto—. Y avísame cuando sepas algo de tu padre.

—¡Pero ¿qué pasa con mi padre?!

El timbre volvió a sonar, esta vez con una insistencia que indicaba que esa puerta se iba a abrir por las buenas o por las malas. A Miguel le dio la impresión de que Fernando colocaba una silla detrás de la puerta de su habitación. Puso la mano en el pomo de la entrada y abrió sin la menor intuición de lo que podía encontrarse al otro lado. En el descansillo se topó cara a cara con una fornida holandesa que rondaría los cincuenta años, tenía el rostro desencajado y el flequillo pegado a la frente por culpa del sudor que empapaba todo su cuerpo. Sus cejas estaban disparadas y sus fosas nasales parecían dos teteras en ebullición. Los ojos los traía encarnados de llorar, de rabia o, casi seguro, de un cruce entre ambas.

—*I'm looking for Fernando* —gruñó con un deje que empezó siendo un grito y casi termina en llanto.

—*Fernando is not here* —contestó Miguel.

La mujer miró suspicaz hacia el salón por encima del hombro de Miguel y luego le arrolló como si fuera una patrulla de antidisturbios ejecutando un desahucio. Una bocina como de camión se coló por la ventana desde la calle y empezó a sonar con insistencia, pero el sonido no pareció afectar a la intrusa porque esta siguió paseándose por la casa sin dar ninguna señal de que tuviera la situación controlada. Comenzó a abrir puertas de manera indiscriminada y llegó el momento. Estaba delante de la que Miguel había evitado mirar por no levantar sospechas y porque no quería ni imaginarse la escabechina que podría provocarse. La mujer abrió la puerta de la habitación de Fernando. Y no había nadie al otro lado.

—*Tell Fernando I will come back* —ladró la intrusa con cara de pocos amigos. Luego rompió a llorar y se marchó haciendo temblar todo el barrio con sus pisadas de Godzilla.

Miguel cerró la puerta y asomado a la mirilla dejó que pasaran un par de minutos para asegurarse de que la costa estaba despejada. Entonces, miró hacia el cuarto de Fernando, de donde llegaba un silencio atronador. Se acercó convencido de que a su amigo le había salido bien aquello de esconderse detrás de la puerta, pero cuando comprobó que allí tampoco estaba, se quedó unos segundos inmóvil. Lo único que se escuchaba era la puñetera bocina de ese maldito coche en la calle. Miguel se giró hacia la ventana, que estaba abierta. El ruido de la molesta bocina era ahora mucho más claro, mucho más incómodo, casi taladraba los tímpanos como si fuera el afilador del pueblo. Nadie tocaba así el claxon en Ámsterdam. Miguel dio cuatro pasos para llegar hasta la ventana de Fernando y, cuando se asomó, vio algo para lo que no estaba preparado.

En el carril de enfrente, junto a la zona verde, había una autocaravana Hymer modelo Campero de segunda mano con la carrocería algo corroída por el paso del tiempo, pero con un motor que emitía un sonido mucho más saludable de lo que podía presagiar su aspecto. No era exactamente la que paseó a la versión más feliz de su familia diez años atrás, pero le recordó inmediatamente a aquella.

Al volante estaba Jesús, que no dejaba de intentar componer alguna tonadilla con el claxon, y por la ventana del copiloto asomaba Fernando, que le hacía señas para que bajara rápidamente.

—¿Quién quiere salir ahora mismo para Eurovisión a todo confort? —gritó el asturiano sacando la cabeza por la ventanilla.

29

Enfilaron la autopista A-2 hacia el sur, en dirección a Utrecht. El terreno era plano como una tabla de planchar, una horizontalidad perfecta que se extendía en todas direcciones hasta más allá de lo que alcanzaba la vista. Según el GPS tenían que seguir bajando prácticamente en línea recta hasta cruzar la frontera con Bélgica, de allí a Amberes, para entrar a Bruselas por el norte.

Nada más subirse a la autocaravana, Miguel le había pedido explicaciones a su padre.

—Encontré el anuncio por internet y Fernando me dijo cómo ir a verla. No está tan mal, ¿no? Me han dicho que trae parabólica, pero no he sabido ponerla —contestó Jesús—. ¡Si es que no tenía que haber vendido la otra, me cagon ros!

—¿Tú lo sabías? —Miguel se giró sorprendido a Fernando, que iba sentado en la zona noble del vehículo tratando de recuperar el aliento tras su improvisada fuga.

La compra había sido tan precipitada que aún quedaban algunos enseres personales de los anteriores dueños desperdigados por el interior del vehículo. En un primer vistazo, Miguel se fijó en las dos claraboyas que le recordaron mucho a las de la anterior caravana. La parte trasera ahora tenía dos ambientes y, según se encargó Jesús Miguel de repetir una docena de veces, había capacidad para tres plazas de día y una cuarta de noche «para lo que surja». La indicación, por supuesto, llegó seguida de la correspondiente docena de codazos picarones. Pero Miguel no estaba para detalles secundarios ni chascarrillos supuestamente graciosos. En su cabeza solo había una pregunta.

—¿De dónde has sacado el dinero? —quiso saber.

Su padre le explicó que, para empezar, el cacharro no había salido tan caro. Tenía casi ciento cincuenta mil kilómetros y el toldo a manivela no iba bien. Tras regatear durante media hora con el dueño, un cartero holandés, y con la ayuda de su interina, una señora colombiana que iba haciendo de intérprete, se lo habían dejado por doce mil euros. Jesús Miguel insistió en que si hubiera tenido media hora más, le podía haber sacado otros dos mil euros al holandés y una cita a la colombiana. Todo ello lo había pagado con la indemnización por el cierre de la mina que acababa de recibir.

—¿Y cuándo pensabas contarme eso? —preguntó Miguel.

—¡Pues ahora! —exclamó su padre—. No quiero alardear de nada, pero he pasado de estar sin un duro a que me salga el dinero por las orejas.

Mientras Jesús hacía sonar varias veces la bocina —no porque fuera necesario, sino por seguir trasteando en su nuevo vehículo—, Miguel pensó que al menos podía haber aprovechado para comprarse también algo de ropa nueva. Resopló y miró a Fernando.

—¿Y qué pasa contigo? —le preguntó.

—Si a vosotros no os importa, a mí me viene bien alejarme de Ámsterdam un par de días —contestó.

—¿Debes dinero a alguien? ¿Por qué te está buscando la señora esa?

—No es por dinero, es por otra cosa —dijo Fernando—. Bueno, tu padre ya sabe una parte.

Miguel miró a Jesús, que iba concentrado en la carretera. No había querido ceder el volante a ninguno porque alegó que tenía experiencia en viajes largos. Aunque en realidad este viaje era más corto que ir de Gijón a Ponferrada.

Fernando empezó su confesión explicando que desde que llegó a Ámsterdam, se le había ido un poco la cabeza disfrutando del ambiente Erasmus.

—¡Vamos, que te has pegado un buen «Orgasmus»! —soltó Jesús lanzando sucesivas miradas cómplices a Miguel y Fernando, que no le secundaban en el pitorreo—. ¡Or-gas-mus, joder, de *orgasmo,* pero con *Erasmus...*!

—Te hemos entendido, papá. Fernando está contando un tema que parece serio. —Miguel se giró para volver a atender a su compañero de piso, aunque Jesús siguió un rato más riéndose y repitiendo «orgasmus» por lo bajinis—. Eso ya lo sabía, al menos te has tirado a tres o cuatro tías desde que estamos aquí, ¿no?

—Más de veinte —contestó Fernando.

—¿Veinte? —preguntó Miguel no sin cierta admiración.

—Pero ¿dices tías o en total? —añadió Jesús guiñando un ojo a su hijo.

—¿Cómo que en total? —preguntó Miguel.

—Sí, y a otros tantos tíos —asintió Fernando.

—No entiendo.

—Pues él sí. Más claro, el agua —contestó Jesús.

—En España solo me habían gustado las chicas —explicó el andaluz—. Pero nada más llegar aquí no sé qué pasó, que me daba igual tíos que tías, al principio un poco por probar y luego ya por seguir probando.

—Cuéntale lo del cabezón —intervino Jesús. A Fernando no le hizo gracia el mote, pero Miguel insistió, preguntando quién era ese.

—Matthijs —contestó Fernando—. Llevamos viéndonos desde febrero o marzo, no me acuerdo. De hecho, el otro día cuando llegaste cabreadísimo, nos pillaste a los dos en casa y creo que no te diste cuenta, o eso me dijiste.

Miguel bajó la mirada tratando de recordar y en su cabeza recompuso la escena, en la que ahora, efectivamente, aparecía su profesor de Contabilidad.

—El caso es que le he visto demasiadas veces. Se ha hecho unas ilusiones conmigo que la cosa se me ha ido un poco de las manos y ahora no sé cómo cortar con él.

—¡Vamos, que eres como la Mariam pero en versión maricón! —Jesús se ahogaba a carcajadas hasta que se dio cuenta de que, a juzgar por los caretos de Miguel y Fernando, había conseguido ofender a ambos—. Tampoco os pongáis así, lo decía a modo de risas.

—Pero entonces, ¿la mujer de antes...? —preguntó Miguel, obviando el chiste y las explicaciones de su padre, que, a la sazón, seguía repitiendo la palabra *orgasmus* entre dientes.

—Es la mujer de Matthijs. Debió de cogerle el móvil y ahí lo encontró todo. Mensajes, fotos, bueno, no os podéis imaginar la que ha montado esta mañana en la facultad. Pero ella es lo de menos, a mí lo que me tiene fatal es que no me atrevo a decirle que no quiero verle más.

—Pero ya está todo arreglado —dijo Jesús—. Le voy a dar a tu amigo un dinerillo para que vaya a un tratamiento para adictos al sexo. Venga, coño, alegraos, que estamos de celebración.

—Pues a ver si dura hasta mañana —murmuró Miguel. En el fondo tenía miedo de que ir a Eurovisión fuera el momento más bajo de su vida, como en el caso de Dani Diges.

Permanecieron un rato en silencio mirando el paisaje por la ventana. De vez en cuando Jesús alardeaba de alguna característica de la mecánica, los accesorios o la carrocería de la autocaravana. Aunque no envidiaba la situación de Fernando, Miguel se sentía un poco humillado por haber pensado en algún momento que había triunfado en Ámsterdam (por lo de Marion) mientras a la chita callando su amigo estaba batiendo todos los récords imaginables.

Al dejar atrás Utrecht, cruzaron el puente sobre el río Lek y Fernando anunció que iba a tumbarse en una de las literas porque estaba muy cansado.

—Échate en la que quieras —dijo Jesús orgulloso—. Tienes tres camas para elegir y vete a saber dónde hay otra plegable por ahí «por lo que surja».

Al ver que Miguel seguía inmerso en pensamientos oscuros, su padre trató de animarle diciendo que lo peor que podía pasarles ahora era vivir «una noche de la hostia viendo la gala»

—Para empezar, no entiendo que hagas todo esto para que me reencuentre con Marion, si tú nunca intentaste nada parecido para no perder a mamá —dijo Miguel.

Jesús mantuvo la mirada fija en el horizonte el tiempo suficiente como para que Miguel pensara que había metido la pata con ese comentario, que, por otra parte, le despertaba una curiosidad sincera. Pero finalmente su padre se encogió de hombros y le respondió con una media sonrisa de lo más afable.

—Pues seguramente por eso, Chusmi.

—Pero ni siquiera tenemos entradas —dijo Miguel—. Esto no es como llegar al cine y ponerse en la cola.

—No creerás que tu padre se iba a dejar un cabo suelto de ese calibre —respondió Jesús misteriosamente—. A ver, ¿quién es el representante español en Eurovisión este año?

—No lo sé.

—¡El Melendi ese! —exclamó sin suscitar ningún entusiasmo en su hijo.

—¿Y qué pasa con Melendi?

—¿Cómo que qué pasa? ¿No sabes de dónde es? —preguntó Jesús como si fuera una cuestión de Perogrullo que escondía todas las claves para resolver su entuerto con Marion.

—Ya, ya sé que es asturiano, pero ¿eso qué tiene que ver?

—¿Cómo que qué tiene que ver? ¡Que nosotros también somos asturianos, me cagon ros! En cuanto le pille yo por banda y le cite la patria querida, verás como le saco tres pases de esos *very important peoples.*

—Ya. ¿Y cómo vas a conseguir hablar con él?

—¿Te he dicho que la calefacción de la autocaravana se puede regular por zonas? —preguntó Jesús escurriendo el bulto.

—Papá... —contestó Miguel mirando a la ventanilla del lado de Jesús. Afuera había un coche que se les había puesto en paralelo. Al principio no le había dado importancia, pero ahora había empezado a pitar con insistencia.

—Anda la hostia, ¿qué quiere este? —exclamó Jesús al mirar por la ventanilla.

—Pues claramente quiere que paremos.

Efectivamente, del Hyundai amarillo de tres puertas salía una mano que hacía gestos desesperados para que se detuvieran en el arcén. Pero Jesús reaccionó acelerando, convencido de que podía dejarlo atrás con su motor turbodiésel de 150 CV.

—Creo que una persecución ahora mismo no es buena idea —sugirió Miguel.

—Aunque solo sea para probar el reprís del bicho este. Si quieren jugar, vamos a jugar un rato —contestó su padre.

Aun así, el Hyundai pegó un acelerón mucho más acentuado y segundos más tarde ya se había colocado delante de ellos. Jesús Miguel empezó a zigzaguear buscando un hueco, pero, fuera quien fuera el que conducía el coche, lo hacía mejor que él. Era físicamente imposible adelantarle con aquel trasto. Miguel pidió a su padre que parara en el arcén. Mientras detenían la autocaravana, pensó que lo más prudente sería pedir ayuda por teléfono por si la cosa se ponía fea, pero no sabía qué número había que marcar para la policía en Holanda.

El Hyundai se paró en el arcén unos metros por delante

y de él bajó la robusta señora que había ido a casa de Miguel esa misma tarde. Ahora ya sabía que era Agnes, la mujer de Matthijs, y eso no le tranquilizaba, sino más bien todo lo contrario. Apretando los puños, la walkiria holandesa se comía el asfalto que la separaba de la autocaravana profiriendo berridos en flamenco, pero no el de La Niña de la Puebla, sino el otro.

Solo un momento después, casi inmediatamente, por otra puerta del Hyundai salió Matthijs, que corrió detrás de su mujer e intentó interponerse en su camino con el mismo éxito que un gorrión tratando de desviar la ruta de un Airbus.

—¡Hostias, que es el sarasa cabezón! —gritó Jesús señalando al profesor.

La mujer de Matthijjs le dio una voz a su marido que casi lo descuartiza. Ella solo tenía ojos para la autocaravana, y hasta ella llegó encaramándose al capó de un manotazo que hizo que se tambaleara hasta el ambientador.

—*Get out!* —ladró la señora.

—¡«Juisit» la hostia! —exclamó Jesús bravucón.

—*He is not here* —gritó Miguel por la ventana. Intercambió con Matthijs una mirada que duró muy poco, lo que el profesor de Contabilidad tardó en esconder la suya abochornado.

La mujer se bajó del capó y en una exhalación estaba aporreando la puerta de la autocaravana. Miguel y Jesús se apresuraron en abrir, porque era eso, o que ella reventara la puerta.

—*I said get out.*

—¿Qué dice? —preguntó Jesús.

—Que bajemos.

—Oiga, usted no sabe quién soy yo —protestó Jesús—. Cagon ros, si tuviera aquí el garrote de El Trasgu, te ibas a enterar...

—No digas nada y haz como que Fernando no está —indicó Miguel.

Miró de reojo al interior de la autocaravana antes de bajarse. No había visto a Fernando. Después se bajó Jesús, y la señora entró en la Hymer modelo Campero. Matthijs se quedó frente a Miguel, intentando encontrar la manera de decir algo sin desmoronarse por dentro y por fuera.

—¿Está ahí? —preguntó cabizbajo el profesor.

—No —negó Miguel haciendo un esfuerzo titánico por aparentar aplomo aunque le estuvieran temblando las canillas.

—Me ha escrito esta mañana un mail diciendo que se iba a Bruselas con vosotros y Agnes lo ha visto.

—Al final no ha venido.

—Si está preguntando por Fernando, dile de mi parte que hace semanas que no le veo —añadió Jesús Miguel.

Desde el interior de la autocaravana se escuchaba cómo la mujer abría y cerraba puertas, daba voces, pegaba golpes y hacía todo tipo de ruidos.

—¡A ver, un poco de cuidado ahí, que está recién nueva! —gritó Jesús. Luego le confesó en voz baja a Miguel que solo lo decía por incordiar un poco, ya que en realidad la autocaravana tenía más años que la polka.

Matthijs se alejó unos pasos de Jesús y Miguel y se encendió un cigarrillo con las manos temblorosas. Los coches pasaban a su lado por la autopista con un zumbido constante.

Finalmente la mujer salió de la autocaravana con las manos vacías. Miguel se sorprendió de que no hubiera encontrado a su amigo. Cuando comprobó que su mujer regresaba a su coche sin siquiera dirigirles una mirada, Matthijs se acercó de nuevo a Miguel.

—Tú ya sabías lo mío con Fernando, ¿verdad? —preguntó Matthijs tan nervioso que Miguel tuvo que deducir parte de la pregunta.

—Claro —respondió como si fuera lo más natural del mundo—. Recuerda que os vi el otro día.

—No me vas a decir dónde está, ¿no? —dijo muy afectado. Miguel creyó advertir una lágrima incipiente en sus ojos, pero aun así aguantó impertérrito y no respondió.

La bocina del coche empezó a sonar. Matthijs se giró hacia su mujer y apagó el pitillo que se había ventilado en largas bocanadas. Antes de irse, se volvió a girar hacia Miguel, esta vez con la mirada más suplicante de todas.

—Dime al menos si piensa volver a llamarme.

—Me dijo que ya no estabais juntos y que tendría que olvidarte.

Matthijs se quedó un momento bloqueado y Miguel simplemente se encogió de hombros. Se sentía mal por él, pero al mismo tiempo habría dado cualquier cosa por un desenlace tan claro con Marion. En cuanto el profesor se dio la vuelta para irse, Jesús subió rápidamente a la autocaravana y Miguel esperó fuera a ver cómo el coche se incorporaba a la carretera en sentido contrario. Luego, siguió los pasos de su padre y se lo encontró abriendo puertas que, sin duda, ya había abierto antes la mujer de Matthijs.

—¿Fernando? —decía Jesús abriendo la puerta del baño, donde, por supuesto, no se encontraba—. Ya puedes salir, se han ido.

Se escucharon unos golpes en la cocina, apenas a unos centímetros de sus caderas, unos golpes que no había manera de localizar. Entonces, la encimera se abrió por la mitad y las dos hojas se desplegaron espoleadas por los resortes de un somier del que surgió Fernando envuelto en un colchón plegable. Allí estaba embutido al borde de la asfixia, como si el bloque de látex fuera una placenta y estuviera volviendo a nacer. Le ayudaron a incorporarse y se sentó resollando y pidiéndoles un vaso de agua.

—Encima el comedor es convertible, ¡esta autocaravana es la hostia, Chusmi, mejor que la otra! —exclamó Jesús emocionado por haber descubierto la cuarta cama que estaba ahí «para lo que surja».

Miguel llenó de agua un vaso usado que había en el fregadero y se lo dio a Fernando. Mientras el otro bebía, aprovechó para resumirle lo que acababa de ocurrir fuera.

—He estado hablando con Matthijs.

—Lo he escuchado todo. —Fernando por fin levantó la mirada y sonrió a su amigo—. Gracias.

—¿Quieres algo más? —preguntó Miguel mientras le retiraba el vaso vacío.

—Quiero llegar a Bruselas y que arreglemos lo tuyo —afirmó Fernando mientras se ponía en pie—. Arranca, Jesús.

Aquella frase le sonó tan bien a Jesús que le pareció un buen título para una canción de Mecano o un grupo actual de esos. *Quiero llegar a Bruselas.* Cuando ya hasta visualizaba a Ana Torroja en la portada del disco, la Hymer estaba a menos de sesenta kilómetros de Bruselas.

30

Los cañones de luz instalados en el parque Heysel de Bruselas se podían ver atravesando el cielo desde varios kilómetros antes de llegar a la capital belga. Si se trataba de encontrar privacidad para demostrar sus sentimientos a Marion, ese torrente de kilovatios y los tres helicópteros sobrevolando el Palacio del Centenario no parecían señalar el marco más íntimo. Pero no quedaba otra, estaban a punto de llegar a Eurovisión, ese festival que trataba de ser un canto a la unión de los pueblos europeos. Y visto por ahí sí, pensó Miguel: él ponía el pueblo, Marion a Europa y la idea era unirse. Quería remontar en las votaciones que le colocaban por detrás de Jean Pierre y llevarse los doce puntos de la francesa.

Eso si Jesús Miguel encontraba en algún momento la salida acertada de la autopista porque, después de un par de docenas de intentonas, varias de ellas por la misma salida, Miguel empezó a protestar por el retraso. Fernando intentaba calmarle:

—Si estas galas son largas de narices, muy mal se nos tiene que dar si no encontramos a Marion antes de las votaciones —aseguró su amigo a Miguel agarrándole del hombro para animarle—. Y luego lo que duran los votos, que hay países que parece que solo existen para opinar en Eurovisión.

Miguel reparó en un detalle que no había previsto hasta

ese instante. Su objetivo de esa noche se podría resumir en «Marion me ve, el corazón se le salta del pecho, aparta a Jean Pierre de un manotazo y corre a mis brazos». Y si se cumplía el plan, si Jean Pierre se retiraba de la pugna amorosa y él se quedaba con Marion toda la vida, tendría que soportar el resto del festival de Eurovisión, pero no ya de este, que le parecía un suplicio inhumano en sí mismo, sino los de toda la vida compartida con Marion. Y si había algo que le parecía hortera en la vida a Miguel, eso era Eurovisión: canciones blandurrias con coreografías de crucero de tercera. Lo que sentía por Marion era fuerte, pero estar dispuesto a asumir esta tortura anual por amor le parecía lo más cerca que había estado su vida de ser una balada de Sergio Dalma.

—Tranquilo, Chusmi, que ahora solo falta encontrar un sitio para dejar este cacharro —dijo Jesús al volante de la Hymer Campero de seis metros de largo cuando finalmente llegaron a la vía de acceso al parque Heysel.

Se dejaron guiar por el rastro de las unidades móviles de televisión y grupos de fans que indicaban de manera inequívoca el camino hacia la cita de la canción melódica europea. Cuanto más se acercaban, más se empapaban por la electricidad propia del evento que más ilusión transnacional despertaba a lo largo y ancho de Europa. Caía la noche y el LX Festival de la Canción de Eurovisión estaba a punto de empezar.

Tras veinte minutos dando vueltas, Miguel sintió el impulso de decirle a su padre que acercara el vehículo a la entrada y que le soltara allí. La prisa por llegar a la gala la tenía él, no un minero asturiano en paro y un depredador sexual de la provincia de Huelva. Pero cuando vio a su padre sudando tras ejecutar la decimosexta maniobra para trazar una curva en el parking, sintió que debían entrar juntos, que se merecía compartir ese momento con él. Jesús conseguiría aparcar. Sabía que cuando su padre se proponía algo, acababa consiguiéndolo por perseverancia minera.

Menos en esa ocasión. Al final tuvieron que dejar la autocaravana en la plaza para minusválidos de una remota zona residencial, para luego regresar andando más de cinco kilómetros. Cuando llegaron al Palacio del Centenario, el parking ya estaba casi vacío de gente y solo se oía a los técnicos de las unidades móviles soltar improperios en ocho idiomas diferentes. La gala había comenzado.

Miguel, Jesús y Fernando dieron vueltas alrededor del recinto buscando el acceso vip. Adivinaron dónde se encontraba al ver a un grupo de adolescentes arremolinarse alrededor de un maromo con americana roja y pinganillo que tenía toda la pinta de ser el puerta. También ayudó el cartel de 3 metros de ancho por 2 de alto que rezaba «VIP ACCESS».

—Dejadme a mí —soltó Jesús como quien se presenta voluntario a una misión suicida, que viendo el tamaño de las manos del segurata, como dos tapas de alcantarillado, parecía una posibilidad a tomar muy en cuenta.

Se acercó al portero, abriéndose paso entre los fans que querían codearse con sus ídolos. Fernando le preguntó a Miguel si su padre tenía algún plan para entrar y Miguel puso cara de no tener ni idea.

—Yo creo que no —respondió muy convencido.

El diálogo entre el puerta y Jesús Miguel prometía ser un nuevo capítulo de la histórica incomunicación entre España y el resto de Europa, un regreso a los tiempos más oscuros del «Spain is different».

—*Spain is different* —pronunciaba efectivamente Jesús ante la mirada vacía del hombre encargado de la seguridad.

Era lo único que sabía decir en inglés, claro. Había oído lo de «juisit», pero todavía no se había enterado de su significado. Y como no tenía pinta de que se produjera un giro inesperado y el portero resultara ser descendiente de asturianos, Miguel dio un paso al frente para intervenir. Con convicción le dijo en inglés al portero que estaban en la lista vip, que eran amigos del representante español del certamen, Melendi, al que ellos preferían llamar Ramón. El portero consultó un papel, preguntó algo por el walkie y finalmente dijo:

—*We have no invitations from Melendi.*

En realidad, era lo que Miguel esperaba oír, pero aun así lanzó una mirada a su padre con la que pretendía a) devolverle a la realidad de un sopapo y/o b) avisarle de que saliera corriendo si no quería que le estrangulara ahí mismo.

—¿Cómo que «no invitaichon»? —reaccionó Jesús—. Acabamos de hacer mil quinientos kilómetros desde Asturias solo para esto, así que no me joda.

Pero las exageradas protestas de Jesús Miguel se ahogaron entre los empujones de los fans de la puerta, que se creían tan en su derecho de penetrar el recinto como ese grupo de españoles igualmente indocumentados. Justo cuando Miguel empezaba a dar media vuelta, Jesús echó la mano a su bolsillo y arañó un billete de diez euros y dos monedas de cincuenta céntimos. Sacó los once euros y se los plantó al portero en toda la jeta.

—¿«Invitaichon o no invitaichon», eh? ¿Ahora qué? Dame tres. —Jesús se giró hacia Miguel y Fernando creyendo que su movimiento requería una explicación—. No os preocupéis, que acabo de cobrar la indemnización, me lo puedo permitir.

Justo cuando el portero se estiró las solapas de su americana y destensó los brazos, oyeron una voz jurando en español con inequívoco acento astur:

—¡Ya llego, ya llego, estoy entrando, cojones!

Fernando, Miguel y su padre se giraron al unísono y ante ellos, surgiendo de la oscuridad del parking, apareció el intérprete superventas de *Caminando por la vida, Hablando en plata* y *Loco.*

Melendi llevaba una prisa de mil demonios y acababa de colgar el móvil. Enfilaba hacia la puerta de entrada con decisión, pero la barrera infranqueable con la que se topó pudo más que su acelerada carrera hacia el interior del Palacio. Jesús Miguel ya había empezado a desplegar su verborrea, que abrazaba la alargada figura del cantante, también en sentido literal. Contra los casi dos metros de Melendi, Miguel pensó que su padre parecía un niño huérfano abrazando a un posible padre adoptivo:

—¡Melendi, me cagon ros! ¿No te acuerdas de mí? ¿O es que tu padre no te dijo lo de las invitaciones para nosotros? Soy Jesús Miguel, íntimo de Juanan y el amigo de tu padre. Jesús Miguel, de Mieres, el hermano de Alfredo que vive en Villaviciosa y que trabajaba con Richi en la Central Lechera Asturiana de Cangas de Onís. Sí, hombre, que tiene una hija un poco así feucha que ha puesto un kiosco en Pola de Siero.

Melendi se quedó paralizado unos instantes tratando de procesar tanta información. Para Miguel, sin embargo, estaba clarísimo. Su padre estaba ejecutando con la superestrella asturiana la misma estrategia que había utilizado años atrás para ligar con la mujer con la que se acabaría casando. La estrategia «no sabes quién soy, pero yo voy soltando nombres a boleo a ver si atino en alguno». En este caso, Melendi parecía inmune a las estocadas verborreicas de Jesús.

—Sí, dale saludos de mi parte, ¿me dejas pasar? —dijo Melendi sin el menor atisbo de emoción no por su carácter de cantante canallita y pendenciero del amor, sino porque la estrategia de Jesús requería de una coincidencia milagrosa que se le había resistido.

—¡Anda que no te he cogido yo a ti en brazos cuando eras un rapaz en la playa de Luanco!

—¿En Luanco? —exclamó Melendi con los ojos abiertos como platos. La mención de esa villa asturiana hizo que se olvidara por un instante de la existencia de Eurovisión.

—En Luanco, claro, ¿dónde si no? —Jesús sabía que esa playa, que jamás había pisado, era la llave al certamen—. No me jodas que no te acuerdas, no me hagas ese feo, cagon ros.

—Entonces ¿eres el amigo de Moncho? —preguntó Melendi con una sonrisa que parecía remitir a algún recuerdo gracioso—. Es que hace la tira de años, joder.

—¡Claro, hombre! —exclamó Jesús como quien canta bingo varios números después sin haberse dado cuenta de que lo tenía.

Melendi y Jesús Miguel se fundieron en un abrazo. Miguel y Fernando habían visto cosas grotescas durante sus seis meses de Erasmus, pero esta estampa eclipsaba todas.

—¡Pues hemos venido desde Asturias a verte, fíjate lo que te digo! —le soltó Jesús Miguel mientras con la mano hacía gestos a los dos chicos para que se le pegaran. Le presentó rápidamente a su hijo Chusmi y a su amigo, Fernando.

—Cuidado con darle a este más que la mano, que te coge el brazo y lo que no es el brazo. Tú ya me entiendes —dijo Jesús por lo bajini a Melendi.

—Te he oído —repuso Fernando frunciendo el ceño.

—No hacía falta que vinierais desde tan lejos, de verdad —respondió Melendi mientras, ahora sí, empezaba a mirar de reojo la entrada al recinto.

—Llevamos tres años ahorrando para hacer esto —añadió Jesús Miguel mientras seguía los pasos de Melendi.

—Qué raro, ¿no? —preguntó Melendi torciendo el gesto.

—Si eres muy «fans» de alguien, haces lo que sea —respondió Jesús Miguel, que ya se veía dentro.

—Digo raro porque hace tres años no se sabía que yo iba a venir a Eurovisión —soltó Melendi como si la frase fuera un alfiler que reventaba el globo que trataba de inflar Jesús Miguel. Este sonrió, se encogió de hombros y empezó a calcular cuál sería la salida de Bruselas con dirección a

Mieres. Pero, en ese momento, Miguel dio un paso adelante.

—Cagon ros, eso se veía venir desde el primer disco, Ramón, teníamos clarísimo que ibas a acabar representando a España —intervino sin saber cómo iba a acabar la frase—. Como sabemos que hoy vas a ganar de calle.

—Sí, ¿no? —afirmó Melendi con una sonrisa infantil que no encajaba en su metro noventa de hueso y músculos con Denominación de Origen del Consejo Regulador del Principado de Asturias.

Melendi se quedó mirando a Miguel con una sonrisa de cortesía. Jesús hizo lo propio y los asentimientos, miradas y sonrisas duraron demasiado tiempo.

—Tengo bastante prisa, debería estar dentro —resolvió el cantante para salir del incómodo bucle—. Saludos a la familia.

—¡Claro, con nosotros! —repuso Jesús Miguel cortándole el paso—. Bueno, ¿qué, entramos o qué?

Melendi se quedó paralizado por un segundo. La mirada de Jesús Miguel le recordó a esos vídeos de gatitos que alguna vez había ojeado en YouTube en las largas giras en furgoneta. A Miguel le pareció un tanto sobreactuado que su padre también pusiera morritos. Le dio un poco de asco. Melendi también sintió repelús al notar que ese señor ponía el labio un poco en modo leporino.

—Bueno, pero os dejo en la zona mixta —dijo en un nuevo intento de quitárselos de encima.

En menos de veinte segundos ya estaban en el pasillo que conducía a la zona vip del festival de Eurovisión.

31

Tres asturianos y un andaluz caminaban a paso ligero por un laberíntico pasillo del Palacio del Centenario. Melendi avanzaba a grandes zancadas y los demás intentaban seguirle el paso. Jesús Miguel se sentía como la marioneta de Monchito en un especial de José Luis Moreno, abrumado por los escotes, plumas y purpurina de las bailarinas de las distintas delegaciones. Aquel pasillo era un polvorín de periodistas, invitados, instrumentistas y coristas corriendo de un lado para otro. Todo el mundo estaba histérico.

Melendi habló con otro portero para que dejaran entrar a Jesús y compañía en la sala vip. Él tenía que pasar corriendo por la sala de maquillaje y peluquería para prepararse y, así de paso, que le dejaran en paz de una vez. Pero Jesús se lanzó de nuevo a sus brazos para impedir que se escaqueara.

—No sabes lo que significa esto para nosotros, para Asturias —le aseguraba agarrado hasta tal punto a su brazo que notaba que la sangre había dejado de circular en esa parte de su cuerpo—. Lo que has hecho tú esta noche lo voy a contar yo en Mieres y te vas a forrar a vender casetes por toda la zona de Morcín y Riosa.

Melendi se limitó a asentir mientras miraba su reloj. Probablemente ese hombre le había cogido en brazos cuando no era más que un rapaz, pero ahora estaba a punto de crear un conflicto diplomático por la no comparecencia del representante español en Eurovisión. Lejos de ser consciente, Jesús Miguel estaba pidiendo el móvil a su hijo para sacarse una foto.

—Que no se diga, Melendi, hazte un *selfis* conmigo, no seas así —exclamaba ya con el móvil de su hijo en la mano.

Melendi apretó los dientes y pensó que una foto no podía llevar más de diez segundos, así que se resignó a posar. Pero las condiciones de luz no convencían a Jesús, que fue recolocándole a empujones por el pasillo a la búsqueda de una iluminación adecuada. Poco a poco se iban alejando del acceso a la sala vip y, por consiguiente, de Miguel y Fernando, que observaban la escena con estupor. Finalmente los perdieron de vista cuando pasó por delante una *troupe* de tiroleses con micros de diadema.

Pero a Miguel no le interesaba ahora recuperar ni su teléfono ni a su padre, solo quería zambullirse de una vez por todas en la zona vip para aprovechar la barra libre, los canapés y sobre todo encontrar a Marion.

El portero abrió la puerta a los dos erasmus y se encontraron con una enorme sala cuadrada, repleta de monitores colgando del techo y atestada de gente. Parecía la Bolsa de Nueva York, pero en vez de brókers con chaquetas de colores, había camareros pasando con bandejas. Miguel empezó a revolotear entre la gente pensando que no iba a ser fácil localizar a Marion.

—Oye, ¿necesitas que vaya contigo? —le preguntó Fernando solemnemente como si aquello fuera una cuestión de vida o muerte, que, por otra parte, es lo que era.

—No, tranquilo, tú mira a ver que no se pierda mi padre —respondió Miguel sin dejar de buscar una cabellera rubia y unos zuecos color almíbar entre la concurrencia.

—¿Tienes claro lo que vas a decirle? —Fernando no podía dejar de preocuparse por él.

—Sí.

—¿Qué le vas a decir? —El andaluz quería un *spoiler* de su relación con Marion a falta del capítulo final.

—Ni idea.

—Así me gusta, las ideas claras.

Miguel sonrió a su amigo y se sumergió en la muchedumbre.

Nada más retirar la mirada del asturiano, Fernando se dio cuenta de que una pareja vestida con traje de lentejuelas le estaba observando. Durante ese último año le había costado decidir si le gustaban más los chicos o las chicas y parecía que con la pareja representante de Rumanía esa elección no iba a ser necesaria. El hombre tenía rasgos femeninos y la mujer, andróginos. Él moreno y ella rubia, los dos con un cuerpazo espectacular, los dos deseando llegar a una cumbre rumano-española en alguna esquina del Palacio.

Miguel continuó abriéndose paso entre la multitud. Para ser un salón supuestamente exclusivo, aquello parecía el puente de Arriondas en la salida del descenso del Sella. En las pantallas, agradecía los aplausos un diminuto griego vestido de marinero que parecía un Popeye con problemas de crecimiento. Miguel llegó hasta una mampara de cristal que separaba la zona vip del área de prensa. Había recorrido toda la sala y no había rastro de Marion y Jean Pierre. ¿Y si no estaban allí? A lo mejor habían discutido y se habían quedado en el hotel. O a lo mejor habían discutido más aún y Marion se había vuelto a Ámsterdam para reencontrarse con él. De golpe estaba seguro de que necesitaba descartar esa posibilidad enviando un mensaje a Marion, pero recordó que su móvil lo tenía su padre. Dio media vuelta de golpe y se chocó con un hombre que estaba justo detrás de él. El tipo cayó al suelo junto con el plato de canapés y la copa de vino que transportaba. Miguel perdió el equilibrio y se desplomó también encima de él. Era un hombre voluminoso y calvo, con un peculiar bigote. Miguel deseó con todas sus fuerzas que no fuera quien parecía ser, pero resultaba inútil, ya que indudablemente lo era: José María Íñigo en persona.

—Lo siento mucho, de verdad —dijo Miguel mientras intentaba sacudirle la comida que tenía por todo el traje.

—¡No me toques! —estalló el popular presentador bilbaíno, tan famoso por su grueso mostacho como por su temperamento.

—No me he dado cuenta, perdona. Me gustaste mucho en *Supervivientes*—tanteó sin recordar exactamente si había ido de concursante o como presentador.

—Muy bien, pero ¿te vas a quitar de encima?

Miguel se dio cuenta de que estaba tumbado sobre José María Íñigo mientras toda la concurrencia observaba la escenita y se puso rápidamente a cuatro patas para recoger a puñados los canapés que se habían esparcido por el suelo. Los lanzó en un plato y se los plantó a Íñigo en la cara. Este comprobó el nivel de espachurre de aquello que en su momento fue comida y volvió a indignarse con Miguel:

—¡Quita eso de mi vista, marrano! Mira cómo me has puesto.

Efectivamente, Íñigo parecía salido de una pelea de tartas y su mirada parecía anticipar una colleja que le iba a dejar el cuello como las cucharillas de Uri Geller. Miguel pensó en el acto en la cara de carnero degollado de su padre, en la técnica del labio leporino. Intentó ponerla en práctica para exprimir la compasión del presentador de *Directísimo.*

—Quita, cojones, que ya no hay otro corte de publicidad hasta las votaciones y tengo un hambre de la hostia —dijo el presentador mientras cogía un *vol-au-vent* de hojaldre del suelo y se lo ventilaba de un bocado.

Quizás no era su intención inicial, pero placar a José

María Íñigo había reunido a su alrededor a gran parte de los invitados de la sala vip. Y en ese instante aparecieron allí los dos espectadores que andaba buscando pero que hubiera preferido no encontrar justo en ese momento.

—¿Miguel? —preguntó Marion con la cara desencajada.

32

Melendi canturreaba su tema *Pasando página* mientras una marabunta de peluqueras, asesores de imagen y otros asistentes iban y venían con peines, espejos, planchas y fijadores perfectamente coreografiados para dejar la melena del representante asturiano como la capa de un tuno.

En comparación, Jesús Miguel no pudo evitar sentirse orgulloso de su gremio, el gremio minero. Estaban en la calle por la crisis o por lo que fuera, pero al menos ellos eran capaces de sacar entre menos gente una tonelada de carbón a cuatrocientos metros de profundidad. Porque sí, Jesús Miguel seguía pegado como una lapa a Melendi. ¿Dónde iba a estar mejor que junto al intérprete de *Barbie de extrarradio*? Además había notado cierto *feeling* entre ambos, un «yo-no-sé-qué» que Jesús no dudaba de calificar de «amistad eterna e inquebrantable».

—No digo que esté mal el temita este que vas a cantar, pero hay un par de cosas que creo que pueden afinarse —dijo Jesús ahora metido de lleno en su nuevo papel de crítico y musicólogo.

—Puede ser —concedió Melendi—. Pero salgo dentro de diez minutos.

A Jesús Miguel le pareció tiempo más que suficiente para seguir haciendo apuntes mientras el cantante cambiaba de butaca y era maquillado por un ejército cosmético que se afanaba en exprimir la cuenta atrás antes de la actuación.

—Me refiero a algún detallito que no se entiende —dijo Jesús—. Por ejemplo, eso que dices de «naufrago en tu piel», no me aclaro yo mucho a qué te refieres con naufragar. ¿Que no se te pone...?

—¿El qué?

—Tú ya me entiendes.

—Pues no.

—Que si no se te iza el mástil. Que si no se te enverga el trinquete a barlovento.

Melendi seguía sin entender nada y entonces Jesús Miguel se agarró el paquete con una mano y con la otra apretó el puño elevando el antebrazo. Los maquilladores, peluqueros y asistentes hicieron una pausa en sus labores, pasmados ante las gesticulaciones del intruso.

—No, a ver, la canción, como su título indica, es sobre «pasar página» —contestó Melendi ensayando lo que luego iba a explicar en la sala de prensa—. Como cuando debes olvidarte de algo y no lo consigues, o alguien que tienes dentro y no te lo puedes sacar, ¿lo entiendes?

—Pues no mucho, la verdad —contestó Jesús. Aunque el tema le afectaba de lleno, era incapaz de relacionarlo con su propia experiencia—. ¿Quién no va a poder olvidarse de algo o de alguien cuando las circunstancias lo exigen? Es una cosa de Perogrullo, vamos, digo yo.

—Hay gente a quien le pasa —dijo Melendi mientras le perfilaban la patilla.

—Entonces, cuando cantas eso de «la espina clavada que nunca sacaré» —insistió Jesús, al cual aparentemente solo le interesaba un tema y solo uno—, ahí sí que con la espina te refieres al manubrio.

Melendi empezó a preocuparse. A ver si era cierto, como insinuaba ese paisano suyo, que la cuidada poética de su canción compuesta por Carlos Jean podía malinterpretarse con connotaciones sexuales.

—No, no, eso no es así —dijo buscando con la mirada el

apoyo de sus asistentes, que estaban a lo suyo—. A ver, tú imagina que estás muy enamorado de una mujer...

—¿Enamorarme yo? —Jesús puso los ojos en blanco e intentó seguir esa hipótesis—. Vale, lo intento, aunque por lo general ha sido más bien al contrario, tú ya me entiendes.

—... y ese amor de pronto se rompe. Tú contabas con que eso iba a durar toda la vida, pero las cosas no salen bien, por lo que sea, pero se acaba.

Ahora a Jesús empezó a sonarle familiar la hipótesis. Tragó saliva y carraspeó casi a la vez y trató de disimular con más tragos de saliva alternados con más carraspeos.

—Te quedas enganchado a algo que ya no existe —prosiguió Melendi cual gurú—. Que es una imagen idealizada que tienes en la cabeza. No es que sigas enamorado de la persona, no, simplemente te niegas a reconocer que eso no salió bien. Crees que eres víctima de una injusticia cósmica y no puedes olvidarlo, y tampoco entiendes por qué no lo olvidas, no sabes qué es lo que no te deja pasar página, y el problema eres tú mismo. Vamos a ver, ¿tú has visto el videoclip? Lo están poniendo mucho en 40 Latino. —Melendi se detuvo esperando un asentimiento de Jesús Miguel, que obviamente no veía un videoclip desde la época de La Década Prodigiosa—. Bueno, da igual, hay un momento en que salgo yo medio llorando mientras miro la foto de una mulata en tanga subida en una Harley. Eso es una metáfora de que la estoy echando de menos pero mazo. Tienes que verlo, por cierto, está buenísima. Y justo en ese instante, que rompo la foto a cámara lenta con el pecho al aire, suena la estrofa que me gusta tanto de «no podía pasar página, no veía que el libro se había terminado», que es un poco eso mismo, que a veces no olvidamos a alguien porque nosotros nos empeñamos en recordarles, aunque dicho entre líneas en plan sutil, como me gusta a mí el rock.

Melendi terminó su exposición, pero Jesús Miguel no reaccionaba, seguía con el mismo gesto de concentración o ausencia absoluta con la que había empezado a escucharle. Ni una reacción, ni un atisbo de poder salir de su ensimismamiento radical. El único cambio en su rostro fue un brillo casi imperceptible en las pupilas, una claridad que se iba haciendo cada vez más visible hasta que acabó encharcándole los ojos por completo.

—¿Estás bien? —preguntó finalmente Melendi, al ver que Jesús Miguel estaba echando lágrimas por los ojos, pero sin que su rostro se inmutara lo más mínimo. Era difícil llamar *llorar* a aquella secreción.

—¿Por qué me has dicho todo esto? —Jesús Miguel arañó apenas un hilo de voz para articular la frase. Sus labios temblaban y una lágrima ya zigzagueaba por su mejilla. Se la secó como extrañado y miró hacia el techo por si había goteras.

—Me has preguntado por la canción, ¿no?

—Ya, pero, aparte de eso, ¿me lo dices a mí por algo o cómo?

—La canción es para todo el mundo en general, para todo el que haya pasado algo así, ¿no? —dijo Melendi satisfecho al comprobar cómo una vez más sus letras con mensaje tocaban la fibra de su público—. Venga, anímate, cagon ros, que no es para ponerse así.

—Es que me suena que tengo un amigo que ha pasado por eso, tal cual, con su exmujer —explicó—. Igual que en tu canción, él no puede pasar página. Este amigo que te digo ha intentado muchas cosas para superarlo, se ha ido de viaje, ha conocido gente, ha vivido experiencias, ¿y sabes de quién es la culpa? Mía. —Jesús Miguel fue consciente del despiste, y casi hasta agradeció esa sinceridad espontánea—. Vamos, que el amigo soy yo, que no te puedo engañar ahora que somos unos colegas de la hostia.

Melendi se incorporó de un salto, dejando a su maquilladora con la base antibrillos en la mano, y abrazó a Jesús, cuyo penúltimo enredo trolero se había venido abajo de forma emocionante para sí mismo y para el cantante. Ahora sí que eran amigos de verdad, pensó Jesús, cuyas lágrimas se convirtieron en un llanto de mocos. Quería hundir su rostro en el pecho de Melendi, pero este le echó atrás para que no le pringara su camiseta de «Keep Calm and Flamenquito Loco».

—Venga, Moncho, levanta ese ánimo, mecagonrós. ¡Pasando página! ¡¡Pasando página!! —le gritó el cantante a modo de despedida cuando un regidor con auriculares se acercó para que le acompañara.

Jesús se dio cuenta de que Melendi no se había quedado ni con su nombre, pero ya no le importaba. Miró al regimiento de maquilladores que seguía allí y una peluquera, con cara de pena, le ofreció un clínex. Él lo aceptó, antes de escabullirse sin saber muy bien hacia dónde.

Se dejó llevar por la marea de gente muy elegante que se afanaba en pillar comida del *catering*. En eso no parecía haber gran diferencia entre españoles y europeos. Tal vez solo las bromas de cámara oculta poseen una capacidad de atracción comparable a la comida gratis para cualquier ciudadano de la UE. Pero, por extraño que parezca, ahora las bandejas de comida pasaban ante sus ojos sin que Jesús Miguel reparara en ellas. Se hallaba demasiado ensimismado en sus pensamientos para atacar los canapés de dátiles con bacon y almendra, los saladitos de frankfurt o los rollitos de queso y nueces. Caminaba absorto entre la exaltación del público como a cámara lenta, dando pasos sin rumbo con la cabeza gacha.

Caminar con la mirada abajo suele conducir a una cosa. Es inevitable: no sabes hacia dónde vas. Solo ves suelo, suelo y suelo, y al final te plantas en un lugar en el que no deberías estar. Tras dejar atrás a los eurofans devoradores de quiche de tomate y queso en unidades individuales, Jesús enfiló sin darse cuenta un pasillo lleno de cables. Allí dos técnicos le miraron raro y le dijeron algo en francés. Pero Jesús, que seguía ocupando su cerebro en digerir la revelación que había supuesto el temazo de Melendi, continuó su camino por un pasillo oscuro. Lo único que estuvo a punto de sacarle de su estado catatónico fue cruzarse con alguien que se parecía mucho a José María Íñigo, su presentador favorito, pero que no podía serlo porque iba abriendo a la vez varios minicruasanes con surimi para lametear su interior.

Y entonces Jesús pasó entre dos vigas de metal y entró en otro espacio. Estaba tan oscuro que era difícil saber si se trataba de una nave industrial o un diminuto baño sin luz. De repente, un potentísimo foco le iluminó. En ese preciso momento, una familia de campesinos en Grecia, un grupo de camioneros en un bar de carretera de Italia, el público de un pub gay en Alemania, un puñado de mineros en paro en Mieres y otros ciento setenta millones de espectadores en toda Europa vieron lo mismo en sus televisores. Un señor con camisa de manga corta, pantalón de pinzas subido por encima de la cintura y zapatos desgastados atravesaba el fondo del escenario de Eurovisión. Jesús, deslumbrado por la luz, levantó la vista.

—Oye, ¿ese no es tu exmarido? —preguntó Víctor a Rosario en el salón de su casa de protección oficial en Zaragoza.

Había dejado pasar unos segundos de margen, los suficientes para darse cuenta de que no era efecto del clarete peleón que tenía en la mano. Rosario se fijó en el televisor y comprobó que, efectivamente, Jesús Miguel Roncero estaba haciendo un Jimmy Jump en toda regla. Tras superar un instante de parálisis y justo antes de sufrir un síncope, Rosario acertó a coger su teléfono y marcar el número de Miguel.

En el escenario del Palacio del Centenario en Bruselas, Jesús Miguel oyó sonar un móvil. Algo vibraba en su bolsillo y, aunque él no tenía teléfono móvil, respondió: aún conservaba el teléfono de Chusmi.

—Miguel, ¿estás viendo Eurovisión, qué hace tu padre en el escenario? —gritó Rosario desde España a tal volumen que por poco no se escuchó en Bruselas.

Dos empleados de seguridad dieron un paso al frente. Había que sacar a ese hombre del escenario, pero alguien los detuvo. Melendi, que estaba esperando entre bambalinas para empezar su actuación, había reconocido a Jesús y pidió a los seguratas que aguardaran un segundo. Intuía que estaba a punto de producirse algo excepcional, un momento mágico que no le venía nada mal para contextualizar su tema musical.

—Soy yo, Rosario, soy Jesús Miguel, que me quedé con el móvil de Chusmi sin querer. Pero no cuelgues, que no sabes la de cosas que tengo que contarte, aunque igual algunas ya te habrán llegado porque son la comidilla un poco por allí, ¿has oído algo ya? —exclamó Jesús a su mujer y a toda Europa.

Una luz le cegaba y no se daba cuenta de que estaba hablando ante la mayor audiencia del continente. Su conversación era perfectamente audible para decenas de países, aunque apenas comprensible para los espectadores españoles.

—No sabes qué descojono con Chusmi por aquí, nos lo estamos pasando de la hostia juntos. No he venido en plan padre, eh, no, he venido en plan colega, ya habrá tiempo de ser su padre. ¡La de juergas que nos hemos corrido juntos! Bueno, también con Fernando, un colega suyo de Algeciras o por ahí que es bisexual, bueno, igual cojea más de la parte maricona que de la normal, pero quitando eso, bien.

El realizador de la gala, que entendía perfectamente el español a pesar de ser oriundo de Klagenfurt (Austria), ordenó a seguridad que sacaran a ese hombre de escena inmediatamente, pero la postura de Melendi era firme. Ese hombre formaba parte de su actuación, aunque por ahora seguía narrando acontecimientos inconexos:

—Hasta hemos ido al museo de Van Gaal y a una fábrica de cerveza. Ya, ya, no digas nada, que ya sé lo que estás pensando... y sí, lo reconozco, me drogué, pero solo una vez, no soy tan toxicómano como va diciendo por ahí todo Mieres, créeme. Pero hay una cosa que no sabe nadie y esto sí que no te puede haber llegado porque te la voy a decir por primera vez. ¿Está Víctor delante? Porque esto tiene que quedar entre nosotros...

Tras dudar por un instante si estaba auspiciando a un mamarracho, Melendi se dio cuenta de que ahí empezaba lo importante de verdad, que Jesús iba a soltar lo que llevaba dentro..., que iba a «pasar página». Jesús tomó aire, se puso serio de golpe y miró a un punto en el vacío que tenía delante. Un punto rojo que no alcanzaba a entender qué era, aunque se trataba de la cámara que estaba enfocándole. Y así, sin darse cuenta de que miraba al objetivo y Rosario le miraba a él, culminó su relato.

—Igual me he empeñado todos estos años en seguir queriéndote y así no son las cosas, Rosario, de lo nuestro me refiero. Que lo he superado ya por fin, ahora mismo acaba de ser y lo digo en serio. Antes lo decía, pero no era verdad, pero me he dado cuenta de que igual te tenía un poco idealizada, mujer. Para que me entiendas, déjame usar una metáfora que se me está ocurriendo ahora mismo: igual estaba yo empeñado en cambiar de libro..., de libro, sí..., y resulta que había todavía páginas sin leer..., o algo así, dicho muy sutil como me gusta a mí. Y si no me has entendido, que te lo cuente Melendi, que, por cierto, es uno de mis mejores amigos. «Vaya par», estarás pensando. Pues sí.

Melendi se giró hacia los seguratas con un gesto sonriente de «¿lo veis?». Pero ni ellos ni las casi siete mil personas que enmudecían en el auditorio entendían nada. Si esta era la «intro» de la canción de España, menuda se les venía encima con el tema musical en cuestión. Mientras tanto, en el escenario, Jesús abandonó la solemnidad de sus últimas palabras y sonrió abiertamente muy contento:

—Rosario, que yo pensaba que no iba a volver a estar con una mujer y sin ir más lejos el otro día me beneficié a una alemana que se llama Greta y que..., a ver, sí, puta, vale, pero quitando ese detalle...

Jesús no pudo acabar la frase porque los dos empleados de seguridad le placaron para expulsarle del escenario en un santiamén. Jesús no comprendía nada. Le arrastraban hacia un lateral y en sentido contrario venía Melendi, que le guiñó el ojo y levantó el pulgar para arriba. Mecánicamente, Jesús también alzó el pulgar. El escenario se iluminó y el cantante asturiano se colocó en el centro:

—Cuando la realidad llega a su final feliz, es el turno de que hable el flamenquito —improvisó el cantante al micrófono sobre los primeros acordes de *Pasando página*, una rumbita dinámica no exenta de una buena dosis de desenfado en su coreografía pop-rock.

Minutos más tarde, Jesús se hallaba solo en el parking, con el teléfono de su hijo aún en la mano. Había perdido de vista a Chusmi, le habían expulsado de Eurovisión y por muy poco no había visto a Fernando montándoselo con una pareja rumana en un cuarto de contadores cercano a la sala de prensa.

Jesús seguía llorando y, sin embargo, sentía que era el momento más feliz de su vida.

33

No era la imagen que Miguel se había imaginado para su reencuentro ideal con Marion. Tenía restos de salsa tártara en la camisa, lechuga en los pantalones y sobre su hombro había trozos de arenque. Además, sostenía un plato lleno de comida espachurrada por José María Íñigo. De esta guisa se encontró al fin con la francesa y su novio. Definitivamente, no era la reaparición soñada.

—¿Miguel? —dijo Marion con la cara desencajada.

No es que esperara que Marion fuera a desmayarse de felicidad al verle, pero recordaba más efusividad cuando ella vio a Jean Pierre en la fiesta sorpresa de Ámsterdam. Tampoco es que se tratase de compararse constantemente con el francés, pero ahora estaba justificado, pensó. O bueno, sí, se trataba justo de eso, de compararse constantemente con Jean Pierre, que, por otro lado, no podía dejar de mirar primero a Miguel y después a Marion.

—Esto es lo que te pasaba, ¿no? —preguntó Jean Pierre a su novia señalando a Miguel, como un detective que resuelve un caso después de varios meses.

Lógicamente, pensó Miguel, el francés había sumado dos y dos y había tardado medio segundo en saltar de la pregunta «¿qué hace este aquí?» a la respuesta «el ligue Erasmus de Marion es él». Jean Pierre ya había sospechado sobre un posible escarceo de Marion con alguien en Ámsterdam, en concreto con Fernando, que le había dado la impresión de querer follarse a todo lo que miraba. Nunca pensó que su novia podría haber tenido algo con Miguel.

Marion rompió el momento de incertidumbre y dejó atrás el corro de personas que habían cambiado Eurovisión por el gran numerito sentimental que estaban dando ellos. Cogió a Miguel del brazo e hizo un amago de sacarlo del punto de mira de todo el mundo. Miguel sabía que sus primeras palabras en ese encuentro serían determinantes para el desarrollo del mismo. Por eso quiso decir algo con enjundia y sentido, irrefutable.

—Es que he chocado con el gran José María Íñigo y le he tirado las minicroquetitas encima —explicó en cambio.

Marion, Jean Pierre y Miguel estaban tan tensos que no se percataron de que en ese momento por los monitores ya estaba apareciendo Jesús para «pasar página», y que el público vip se giraba perplejo para observar el numerito.

—Ven, tenemos que hablar —dijo Marion llevándose del brazo a Miguel a algún lugar apartado, si es que tal cosa podía existir en la sala vip de Eurovisión.

—Pero ¿qué dices? ¿De qué vais a hablar? —protestó Jean Pierre sujetando a su vez a Marion.

—Es solo un momento —suplicó Miguel.

—No, perdona, vosotros no vais a ningún lado —insistió el francés, que agarraba a Marion del brazo. Pero ella se deshizo de él y le lanzó una mirada termonuclear que ninguno de los dos había visto nunca.

—Sí, Jean Pierre, nos vamos a hablar y tú vas a esperar aquí cinco minutos. ¿Me oyes? O los minutos que sean —dijo Marion con la firmeza de una presidenta del Banco Central Europeo antes de tirar del brazo de Miguel y llevárselo a la única esquina más o menos despoblada del lugar.

Miguel alucinó con el arrebato de Marion, pero se dejó llevar. Sabía que era el momento de dejar que ella tomara las riendas.

—¡Pero la actuación de España empieza ahora! —protestó el francés señalando el monitor en un último intento de controlar la situación. En la pantalla había hecho su aparición Melendi, pero Miguel y Marion ya se habían ido.

No mucho más allá, pero al menos sí detrás de una cortina por la que entraban y salían los camareros, encontraron el pasillo que iba a ser el escenario improvisado del desenlace. Marion miraba a Miguel directamente a los ojos y este no podía dejar de pensar lo guapa que era, que fue y que seguiría siendo siempre.

—Primero déjame hablar a mí —arrancó Miguel. Pero por detenerse una milésima de segundo Marion disparó más rápido.

—No vuelvas a hacerme esto, por favor. Justo cuando empezaba a convencerme de que lo nuestro era imposible, no puedes aparecer en Bruselas para demostrarme lo contrario. ¿A ti esto te parece normal? Ya tenía mi decisión, mi mierda de decisión, yo me volvía a París con él, porque sí, porque, total, tú y yo no podíamos estar juntos, pasaría unas semanas cagándome en que lo nuestro fuera imposible, te escribiría un mail para ver qué tal tú por España deseando que me dijeras que seguías pensando en mí, dentro de unos meses le pediría a mis amigas que me quitaran el móvil cuando estuviera borracha para que no te dijera que te sigo echando de menos... Pero no, tenías que venir a recordarme que todo eso no era la única solución, que había otra alternativa —soltó Marion con un amago de hipo arrítmico, fruto de la emoción, una especie de antesala del llanto, pero lo soltó todo y, de pronto, se quedó callada.

Miguel se quedó paralizado. Notó lo mal que olía su ropa. El discurso de Marion le había confundido por momentos, pero creía estar seguro de que había terminado dejándole una puerta abierta a la esperanza. Miró por la cortina y vio a Jean Pierre impaciente, mientras en los monitores se retransmitía la canción de Melendi que desde allí no podía oír.

—Me quiere mucho, es muy atento, es superinteligente, educado... —prosiguió Marion—. Me sabe tratar muy bien, nos reímos mucho juntos, ya lo has visto...

Miguel pensó si realmente era necesario que ella hiciera esa enumeración de virtudes ahora, cuando él ya sabía de sobra que Jean Pierre rozaba la perfección en todos los frentes. Solo faltaba que le dijera lo bien que se lo montaban los dos en la cama.

—Y en la cama nos entendemos muy bien, además —remató ella—. Pero tú..., tú eres dulce también, y divertido.

Marion le cogió de la mano y a Miguel le pareció que el gesto venía a compensar lo raquítico de la lista de virtudes asignada a él. «Dulce y divertido.» No había más, se acabó el reparto de piropos. Podría haber esperado algo tipo «pero te elijo a ti porque me tira más la pasión latina y mediterránea», pero se dio cuenta de que Jean Pierre también era latino y mediterráneo.

Sin embargo, levantó la mirada al comprobar que Marion no había terminado aún.

—Mira, Miguel, tengo veintidós años, acabo de terminar la carrera y tengo un novio que ha encontrado un piso en el distrito V de París. Pero contigo, en cambio, mi vida todavía no está escrita y eso me encanta.

Toda la presión y los nervios de Miguel se esfumaron de golpe. Se sentía liberado. Marion parecía a punto de elegirle a él, aunque tuviera menos currículum que Jean Pierre, aunque estuviera claro que el francés era el mejor candidato.

—Yo sabía que tenía que venir, después de leer tu carta, lo sabía —acertó a decir con una sonrisa pánfila, que Marion le devolvió.

—¿Qué carta? —preguntó.

La presión y los nervios de Miguel volvieron a subirle hasta la coronilla, sofocándole.

—¿Cómo que qué carta? La que me dejaste antes de venir para aquí.

—Yo no te dejé ninguna carta —aclaró Marion con absoluta franqueza.

Entonces Miguel lo supo. Claro que Marion no había escrito ninguna carta urgiéndole a venir a Bruselas. Ahora se daba cuenta de que aquella carta incluía sospechosamente todo lo que él había querido leer o escuchar para animarse a asomar el morro por ahí. Marion sentía algo por él, eso era obvio. Pero no necesitaba ser «salvada». Esto no podía haberlo escrito la propia Marion, por supuesto, sino su padre con la ayuda de Fernando. Le parecía la mentira más rastrera que le habían colado y, por lo tanto, la prueba de cariño más irrefutable que jamás habían tenido con él.

—¿A qué carta te refieres? —insistió ella.

—Nada, de verdad. Olvídalo —dijo Miguel intentando cambiar de tema, lo que enrareció aún más el ambiente.

Daba igual que Marion pareciera más entregada que nunca a su «relación», el descubrimiento de que la carta que le había llevado hasta ahí era una carta que nunca había existido había entristecido el rostro de Miguel.

—¿Te pasa algo? —preguntó Marion desconcertada.

A él le pasó por la cabeza una expresión muy de su padre: «Me pasan tantas cosas que mejor pregúntame qué no me pasa, así acabamos antes», pero, aparte de no saber cómo traducirla al inglés, no le parecía adecuado andarse con rodeos. Se asomó por la cortina y miró de nuevo a Jean Pierre, que continuaba aguardando educadamente su turno. Vio algo en su expresión que le extrañó. Apenas conocía a aquel chaval parisino, pero siempre le había visto sonriente, seguro de sí mismo, fuerte. Por primera vez vio a alguien frágil, que se estaba jugando su felicidad por la extravagancia de un español que se había liado la manta a la cabeza y había aparecido en Bruselas.

—Miguel...

Un nuevo toque de atención de Marion le sacó de su ensimismamiento y por primera vez Miguel fue capaz de poner en palabras lo que tenía en la cabeza. No hubo contradicción entre lo que deseaba decir y lo que dijo. Ahora era fácil, se sentía liberado. La francesa dejaba de hacerle temblar sus esquemas porque ya no necesitaba ninguno. Ahora solo tenía una respuesta clara.

Cuando el solo de gaita que anticipaba el estribillo final de la canción llegó a su clímax, Miguel supo que había llegado el momento.

—Marion, he venido a buscarte con la esperanza de que te quedaras conmigo y no con Jean Pierre. Ha sido así, y es normal que lo haga después de ametrallarte durante semanas para que dejaras a tu novio y me eligieras a mí. Ese era mi plan. Pero tu futuro está en el distrito ese de París. Te oigo hablar de Jean Pierre y ahí hay algo que tú y yo nunca tendremos. Yo te hago gracia, pero ser «divertido y dulce»...

Marion chasqueó la lengua molesta, como si reconociera que la había cagado con esos apelativos, incluso hizo amago de intentar interrumpirle...

—No, espera... —prosiguió Miguel—. No me molesta. Y no me molesta porque a mí me pasa lo mismo. Yo no sé si me he enamorado de ti, si me he encaprichado, el caso es que yo sé que tú estás bien con Jean Pierre y yo no pinto nada ahí en medio.

—Pero, Miguel, para mí eres algo más que todo eso...

—Te he insistido tanto para que sientas por mí lo mismo que yo siento por ti que ya no tiene ningún sentido que lo hagas.

Marion no había llegado a decirle a Miguel que quería irse con él, pero Miguel estaba convencido de decirle que no por adelantado. Nunca había visto nada así: uno de los dos contendientes abandonaba la competición, pero además sintiéndose el ganador.

Miguel besó a Marion en la mejilla. Se dio cuenta de que le había dejado una mancha de mostaza en la cara y se apresuró a limpiársela con el dedo. Se giró y atravesó la cortina que le devolvía a la sala vip. Jean Pierre pareció respirar aliviado cuando comprobó que junto al español no había nadie.

—No te lo tomes a mal —dijo el francés tendiendo la mano a Miguel cuando este pasó junto a su lado—. Cuando Marion toma una decisión, es difícil pedirle que cambie de idea.

—Lo sé, pero tenía que intentarlo —contestó él. Estrechó la mano de Jean Pierre y con eso sentía que sellaba el final de una historia que podría haber terminado mucho antes, sí, pero que en ese caso habría terminado peor.

Antes de salir, Miguel se acercó al oído del francés y le dijo que si alguna vez notaba a Marion con dudas, era urgente sorprenderla con algo imprevisto.

—Es lo que ella siempre esperará de ti —sentenció, justo antes de seguir su camino.

Miguel se giró por última vez antes de dejar atrás la sala vip para siempre y vio cómo Marion atravesaba la cortina y se acercaba cabizbaja a Jean Pierre. Empezaba la actuación del francés en la gala, que era para lo que habían venido al fin y al cabo. De qué trataba esa canción francesa, eso ya es otra historia.

34

A mil seiscientos kilómetros de Ámsterdam, tres pares de chanclas cruzaban el asfalto del Passeig de Jaume I de Salou desde los Apartamentos Zeus hasta la playa de Levante. Eran Rosario y Víctor, acompañados por Miguel, que se dirigían a pasar la tarde sobre la arena caliente de la Costa Dorada tarraconense.

—... sin embargo, yo le dije a Marion que, por mucho que ella se empeñara, lo nuestro no podía ser, por lo mío con Cova, por lo suyo con Jean Pierre, y porque una cosa es un rollo de erasmus, que es lo que es, y otra cosa comprometerse a lo loco, como ella quería —les estaba explicando Miguel mientras avanzaban por la pasarela de madera—. Llamadme excesivamente realista y calculador, no me importa.

Les costó encontrar un hueco para extender las toallas en el mosaico multicolor que ocupaba la arena. Pero al final se instalaron.

—¿Quieres que te ponga crema? —preguntó Rosario.

—No hace falta, estoy cogiendo color ya —contestó Miguel.

Aun así su piel llevaba blanca como una sábana desde que había vuelto a España, un par de semanas antes. Cova no había querido verle ni contestar sus llamadas. Miguel solo quería pedirle perdón, pero había asumido que si ella no volvía a dirigirle la palabra, en realidad se lo tenía merecido.

De modo que no tenía nada mejor que hacer en agosto que irse en autobús a Zaragoza para reunirse con su madre y con Víctor y de allí viajar a Salou en el Opel Vectra de su padrastro. Les había contado (casi) todo lo relacionado con la visita de su padre a Ámsterdam y después su «aventurilla» con Marion. Pretendía que a través de su relato todos los involucrados en el embrollo, empezando por él mismo, quedaran bien o muy bien. Para tal fin, llevaba desde Zaragoza sin parar de reconstruir la historia de forma casi poética, incurriendo a veces en contradicciones que su madre y Víctor pasaban por alto para que Miguel no se sintiera mal.

—Total, que este año en Ámsterdam has sido un verdadero rompecorazones —resumió Víctor sentándose en su toalla con un sombrero de paja. Llevaba gafas para ver con el cristal ahumado.

—Bueno, no es para tanto —contestó Miguel queriendo quitarse importancia, como si con esa falsa humildad relativizadora su versión de los hechos cobrase más verosimilitud. Por dentro era muy consciente de que tardaría semanas o tal vez meses en olvidar a Marion, su sonrisa, el tacto de su piel, su olor...

—¿Qué te pasa? —preguntó Rosario.

—No, nada —contestó mientras se daba cuenta de que se había quedado un poco en las nubes.

Víctor se puso a leer un libro de novecientas páginas que se había propuesto despachar en cuatro días, y Rosario se recostó para tostarse al sol. Miguel los miró, pensando en algún circunloquio más para dejarles claro lo bien que lo había hecho todo en Ámsterdam. Pero se dijo que ya había sido suficiente. Parecían felices ahí tumbados en la arena y no necesitaban más explicaciones. Les bastaba con estar unos días con él y no pensaba estropearlo. Así que se encaminó hacia la orilla y se dio un chapuzón entre las olas del Mediterráneo. Se sumergió en el agua y vio una piedra unos metros por debajo. Se apostó a sí mismo que, si conseguía cogerla, todo le saldría bien al final. Aguantando la respiración nadó hacia abajo y alcanzó la piedra por los pelos, antes de volver a la superficie.

Por la noche los tres fueron a cenar a un chiringuito. Miguel se había quemado y le dolía toda la espalda. Pidieron una ensalada y unos calamares para picotear al centro y luego cada uno un segundo. Entonces Rosario le pidió a Víctor que le dijera a Miguel lo que quería contarle.

—Ah, sí —dijo Víctor—. Verás, hay una plaza en el Catastro de Zaragoza, y si te interesa, creo que podría hacer alguna gestión. Aparte, coincidirías allí con mi sobrina Laura, que acaba de empezar a trabajar en la nueva Ciudad de la Justicia de Aragón.

Luego dijo que iba a buscar en su móvil una foto de la tal Laura y, mientras lo hacía, Miguel miró a su madre, que se limitó a esbozar una sonrisa. Sin duda habían planeado esto con antelación, pero no con malicia, sino genuinamente interesados por su bienestar.

—Ahora que has terminado la carrera, ¿para qué vas a volver a Mieres? —preguntó Rosario.

Víctor le enseñó la foto de su sobrina. Era bastante guapa y parecía maja. Miguel se metió en la boca una rodaja de calamar rebozado y miró hacia el paseo marítimo. Luego dijo que gracias, pero que tenía pensado quedarse en Mieres de momento. No era el sitio más prometedor del mundo, pero él era de allí.

—A lo mejor el hogar de uno no es un lugar geográfico —añadió—. Sino una parte de nuestra naturaleza de la que no podemos renegar.

Rosario y Víctor no lo sabían, pero había sacado la frase de internet el mismo día que hizo sus maletas para regresar de Holanda.

Después, los tres brindaron.

EPÍLOGO

De: Escanciadordelamor@trasgu2.nl
Para: miguelron@hotmail.com
Asunto: Trasgu 2

Querido Chusmi, como estas?? Cada vez controlo masel ordenadoR. aqui para informarte de los ultimos acontecimientos en Asterdanm. Vas a «flipar en colores» de como emos trasformao el Don quijote que ahora es el «TRASGU dos». Pa empezar le emos quitao el dibujo del D. quijote que habia fuera y pusimos un escanciador. por dentro no te lo puedes creer porque aparte de quitarle el gotele nos an hecho unas reproducciones digitales que ocupan toda la pared. una es de FERNANDO alonso, otra de la REINA LETIZIA, y la tercera aque no sabes quien? DE MELENDI el pobre aunque quedó antepen-ultimo en eurovision bueno pues este omenaje a lo mejor le conpensa un poco, ha prometido que va a benir un dia a vernos. EN medio de los 3 pone PUXA ASTURIES claro.

Lo mejor de todo sin enbargo es que el local ba mucho mejor ahora con la nueva orientacion de sidreria que tambien quiero hacerlo gastroteca y no veas como se llena de turistas y incluso de gente de aqui holandeses. antonio el de astorga esta que se le hace el culo pexi-cola con este reModelacion que menos mal que tenia yo la indernizacion mia pa poder hacerlo. Al camarero que Yahabia aqui no se si te acuerdas que es to blanco Pieter se llama pues le emos puesto un chaleco una faja y una montera y una fregona pa limpiar el suelo cuando yo escancio, aunque tampoco es que se me caiga mucho fuera porque ya sabeis lo bien que se me da o sea que mucho trabajo no tiene pero para el es bastante.

cada SEmana hacemos una fiesta aqui igual que unas fiestas que sean en Asturias por ejemplo ahora estamos con la venticinco semana de la Sidra Natural de Gijon. ponemos Hevia a to trapo y la gente entra y yo me lio a 4escanciar y no paro y la gente lo «flipa en colores» Hoy sin ir mas lejos se me acercan tres mozas que venian de italia creo o de grecia no se y me dicen podemos acerte una foto y yo claro me pongo a escanciar por el lado bueno y me dicen NO, que queremos una foto solo contigo... ¡Todo por lo famoso que me he echo en la Comunidad Europea gracias a lo de la gala Chusmi!!! y yo claro digo me cagon ros pues claro, y se me ponen al lao y yo posando con ellas pillando cacho a base de bien sacando bien pafuera el pecho y voy y las digo con dos cojones a las chavalas ¿Asturias o trabajas? (¿lo pillas???) mira se hacer cosas de estas con el ordenador ahora :-) ;-) 8-0 :–O,?

Chusmi espero que estes muy bien pasando lo que te queda del verano y solo darte unas gracias una vez mas por aberme acogido en Asterdanm y darme la oportunidad de istalarme aqui en plan bien ayudandome a superar muchas cosas de mi bida sentimental y mi situacion que ya estan arregladas

Te manda un cordial saludo tu padre JESUS MIGUEL RONCERO

POSdata: sabes algo de tu madre?